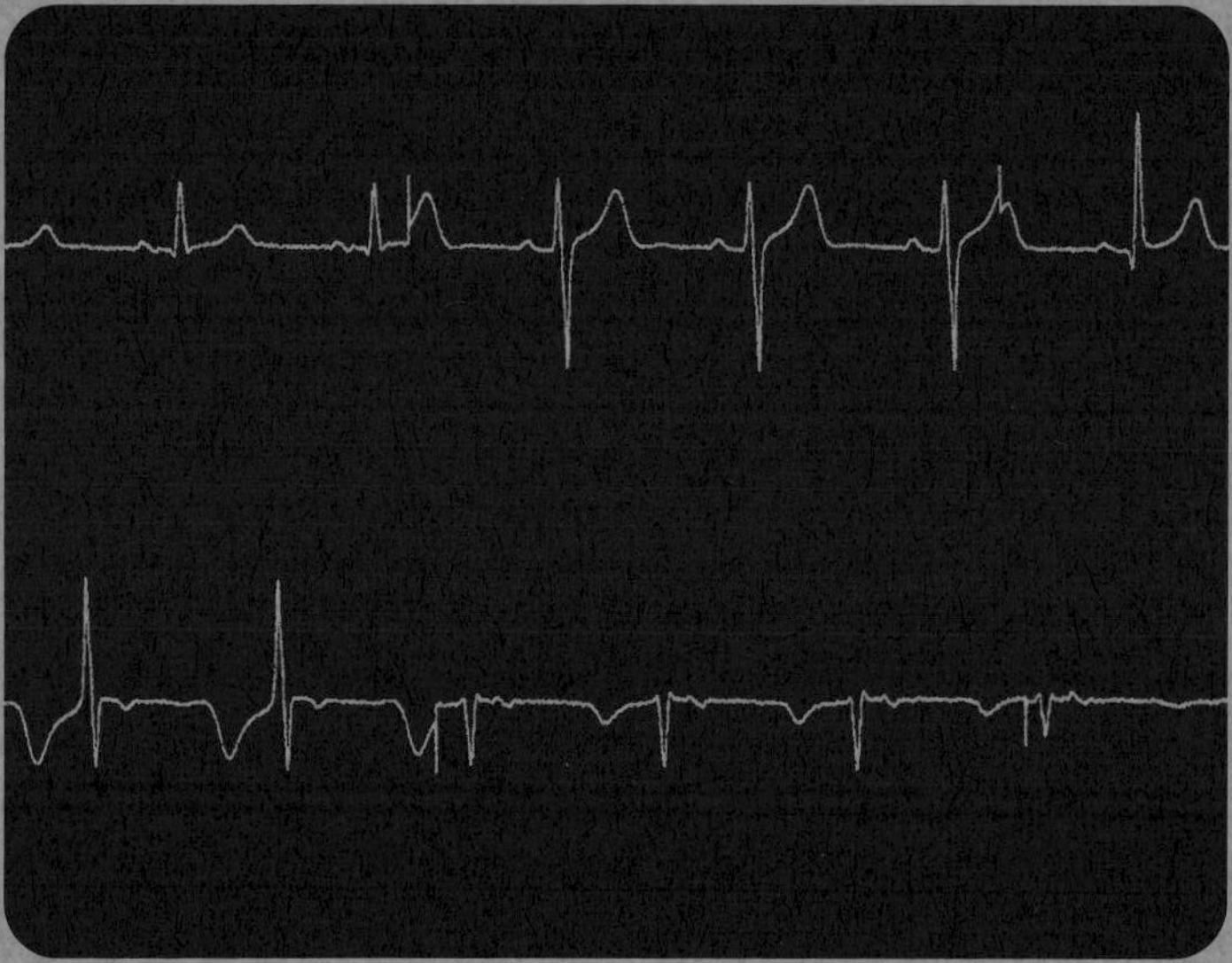

ドクター・デスの遺産

中山七里

Nakayama Shichiri

The legacy of Dr. Death

角川書店

ドクター・デスの遺産

目次

装丁　高柳雅人

Cover Photo ：Getty Images

一　望まれた死

1

『ねえ、聞いてよ。悪いお医者さんが来て、お父さんを殺しちゃったんだよ』

通報を受けた倉科恵子《くらしなけいこ》は聞き覚えのある声に、ああまたかと思った。少し舌足らずで拗《す》ねたような口調。声から察するに小学生低学年の男の子だろう。

「またあなたね。昨日も同じ電話をしてきた子でしょう」

恵子の所属する通信指令センターは警視庁本部内に設置されている。ここで通報者から状況を聴取して現場周辺を巡回中のパトカーへ指示を飛ばすのが恵子の役目だ。

警視庁本部への通報件数は全国一だろう。最近は携帯電話の普及に伴って右肩上がりになってきた。いきおいイタズラ電話も増加しており、受理台に座る恵子にはそういう電話の迅速な処理も求められている。

「名前、ちゃんと憶《おぼ》えているわよ。マゴメダイチくんだっけ。あのね、110番へのイタズラ電話は偽計業務妨害罪といって立派な犯罪なのよ。もう、こんなことはやめなさい。ダイチくんは警察に逮捕されたくないでしょ」

わざと厳《いか》めしく言ったのはもちろん戒めのためだが、ダイチの反応は予想外のものだった。

『ボクを逮捕する前に、あの悪いお医者さんを逮捕してよ。お父さんは病気と闘っていたのに、お母さんは一生懸命看病していたのに、それをあの医者が、あの悪い医者が……』

声に真剣さはあるものの、それでも医師が患者を殺しに来たというのはいくら何でも妄想じみている。ふと頭を過《よぎ》ったのは医療過誤の可能性だった。

「ダイチくん、お父さんは入院していたの？　そこで治療とか手術をして死んでしまったの？」

『違うよ。家だよ。ボクの家に来てお父さんを殺しちゃったんだよ』

往診に来て、そのまま患者が危篤状態になったということか。それなら分からない話でもない。

『警察は悪いヤツらを捕まえてくれるんでしょ。だったらあいつを捕まえてよ。本当にお父さんはあいつに殺されたんだ。お医者さんの恰好《かっこう》をしてるけど、あいつは死神なんだよ』

やれやれ、今度は死神ときたか。

イタズラ電話でなければ、これは子供の妄想に近いものなのだろう。自宅療養中の父親が往診時に危篤となり、子供の目には医者が死神に見えた。昨今の刺激的なマンガやアニメの影響もあるだろう。

ふとダイチに対して同情心が湧いた。高圧的に諭したのは自分の早計だったのかも知れない。

「ねえ、ダイチくん。お医者さんでも治せる病気と治せない病気があるの。ダイチくんのお父さんはきっと治せない病気だったんじゃないのかな」

話している最中、恵子は自分が電話相談をしているような錯覚に陥った。

『違うよ。本当に殺されたんだってば。何度言ったら信じてくれるんだよおっ』

拗ねた声が湿り気を帯びてきた。このまま電話を切るにも忍びない——そう考えた時、ふっと思い出した顔があった。

「分かった、ダイチくん。おウチの電話は今掛けている電話でいいのね。こちらから折り返し連絡するから、ちょっとだけ待っていてね」

ダイチとの通話を終えた恵子は刑事部捜査一課に内線を回す。一課には同期の高千穂明日香《たかちほあすか》がいる。生活安全課を志望していたのに捜査一課に回されたという変わり種で、警察学校時代も婦警というより保育士のような雰囲気を持つ同僚だった。

「高千穂？　指令センターの倉科だけど、今いい？」

『いいけど』

「何だか機嫌悪そうね」

『今扱っている事件で技能指導員と組まされてるんだけど、この指導員がまたすごくクセのある人で……ああ、ごめん。愚痴をこぼすつもりはなかったんだ。で、何の用』

「二日連続でお父さんを殺されたって通報があるんだけどさ」

恵子はダイチから受けた通報の内容を説明する。

「おそらく往診した時には危篤に近い状態で、それを父親恋しさから、お父さんが殺されたと誤解したんだと思う」

『ありがちな話ね』

「高千穂、そのダイチくんと話してみてくれない」

『どうしてわたしが。捜査一課の仕事じゃないわよね』

「捜査一課の仕事じゃなくても、あなたの仕事っぽいでしょ。声の感じだと小学生低学年。お父さんを亡くしたばかりで情緒不安定になっている」

『だから、どうしてそれがわたしの仕事っぽいのよ。わたしの相手は傷害や殺人の強行犯で』

「情緒不安定な子供に何のケアもしないで放置しておくと、近い将来少年犯罪の芽になりかねないわよ。まさか自分の担当事件になるまで待つつもりなの」

『……それ、脅しなの』

「脅しじゃなくて、ここに災いの萌芽《ほうが》がありますよっていう通報。指令センターに詰めていると人脈が広がらなくてね。凶悪犯罪担当で且つ子供の扱いに慣れている警察官は、高千穂明日香くらいしか思いつかなかったのよ」

『つくづく顔が広くない女ね』

「小顔と言って」

『言っておくけど、わたしだって子供あしらいが上手《うま》い方じゃないのよ。入庁以来、むくつけき男の相手しかしてこなかったし。周りの同僚は血の臭いのするような男ばっかりだし、ちょっと外見よさげな相棒はとんだ朴念仁だし』

「愚痴が変な方向に飛んでるわよ。でもさ、放っておけば、確実に一人の少年の心が捻《ね》じ曲がること請け合いね。将来の凶悪犯罪の芽がこのまま成長するか、それとも摘み取られるかは一人の女性警察官の正義感にかかっている」

『……底意地の悪さは相変わらずね』

「人を見る目の良さも相変わらずよ。わたしに指名されたのを光栄と思ってくれなきゃ」

『その子の家の電話番号、教えて。ただの被害妄想だったら良し。万が一ということもあるし』

「正式な事情聴取？　高千穂一人でやるつもりなの」

『朴念仁を道連れにしてやるつもり』

＊

「それで子供の訴えに耳を貸したという訳か」

目的の場所にクルマを走らせながら、犬養隼人《いぬかいはやと》の言葉は自然に尖《とが》っていた。子供から父親が殺されたという内容の通報があったと聞いて明日香と同行することを決めたが、まさかそんなやり取りだとは思ってもみなかった。

「どうして俺を道連れに選んだ。お前一人でも片付けられる案件だろう」

「どんな案件であっても捜査員の単独行動は避けるようにと通達が出ています。それに従ったまでです」

明日香はまるで取りつく島もない。言葉の端々から嫌悪感が滲《にじ》み出ているが、そのくせ何かと犬養を巻き込もうとしているのだから真意が摑《つか》めない。相棒の心一つ読めないというのも情けないが、元より女心を読むのは苦手中の苦手だったと自分を慰める。

警官になる前は俳優養成所に通い、その甲斐《かい》あって所作や表情から相手の嘘を見抜く能力は身についたが、これが女には全く通用しない。

「それに犯罪の臭いが皆無という訳じゃありません。市民からの通報を無視した結果、捜査が後手に回ったとしたらいったい誰が責任を持つんですか」

「今から建前を盾にすることを覚えたら、碌《ろく》な刑事になれんぞ」

「へえ、実例があるみたいな言い方ですね」

「左遷させられた管理官がちょうどそういうタイプの人間だった。俺たちは建前で靴底を擦り減らしているんじゃない」

件《くだん》の管理官を明日香も嫌っていたのか、それきり口を開こうとしなかった。自分への好感度はともかく、黙ってくれたのでとりあえずは有難い。

明日香が馬籠大地《まごめだいち》という少年から訊《き》き出した住所は練馬《ねりま》区石神井町《しゃくじいまち》二丁目。石神井公園にも近く、閑静な住宅街の一画だった。この辺りは坂が多く、遠くから望むとまるで街全体がうねっているように見える。平日の午後、近くの小学校からは児童たちの声が聞こえ、とても殺人のキナ臭さは漂ってこない。

馬籠宅は長くなだらかな坂を登り切った場所にあった。犬養は路肩にクルマを駐《と》め、明日香を従えて坂を上がる。自分で巻き込んでおいて、明日香は荒い息をしながら後からついてくる。

「遅いぞ」

「平地は、楽、なんですけど」

「通報してきた子供に文句を言うんだな。坂の上の家に住むヤツは面倒を起こすなって」

ひと足先にここと思える家に到着した。表札には〈馬籠〉とある。番地も合っているからこの家で間違いない。予想と違《たが》えたことが一つだけある。玄関ドアに〈忌中〉の貼り紙がしてあったことだ。追いついた明日香も貼り紙を見て神妙な顔つきをした。

「少なくとも父親が亡くなったというのは本当らしいな」

インターフォンを鳴らしてみるが反応はない。貼り紙の末尾には小さな文字で斎場の場所が記されてあった。おそらく遺体とともども家族も斎場に移動したのだろう。斎場は石神井台《しゃくじいだい》となっているので、ここから近い。ここまで来たのなら、毒を食らわば皿までだ。通報してきた大地少年から話を訊いておくべきだろう。

いったんクルマに戻って今度は次の目的地を目指す。斎場はすぐに見つかった。公営の斎場らしく、駐車スペースは二十台分ほどしかないが、クルマで来る参列者が少ないためか犬養の駐める余裕はある。

〈馬籠健一《けんいち》　葬儀式場〉

既に受付が始まっており、記帳場所には喪服姿の参列者が行列を作っている。女性参列者の中にはハンカチを目元に押し当てている者も散見される。

外にいても焼香の匂いが風に運ばれてくる。嗅《か》ぎ慣れた殺害現場とは異なる死の匂いに、原初的な畏怖《いふ》が刺激される。

「わたしたち、どう見ても異分子ですよね」

明日香は居心地悪そうについてくる。

「喪服着ていないの、わたしたちだけだし」

「招かれていることに違いはない。もっとも喪主にではないけどな」

辺りに充満する死の匂いを掻《か》き分けながら記帳台の最前列に割り込むと、受付の男性が早速眉《まゆ》を顰《ひそ》めた。

「申し訳ありませんが参列者の方は、故人とどのような間柄であろうと順番をお守りくださいませ」

「悪いけど故人とはこれから関わるところなんですよ」

犬養は懐から警察手帳を取り出した。

「大した話じゃないから大騒ぎしないで。故人のご子息だと思いますが、大地くんはいますか」

「控室に待機しています」

受付の男性は慌てて犬養たちを、その控室に案内してくれた。

「何か故人の死に疑惑でもあるのでしょうか」

「あなたは故人とどういう間柄なんですか」

「甥《おい》に当たる者で馬籠啓介《けいすけ》といいます」

「疑惑に発展するかどうかも分からないことです。故人は長患いだったんですか」

「さあ、しばらくは僕も行き来がなかったので……」

「死因は何だったのですか」

「小枝子叔母《さえこおば》さんからはがんだったとしか聞いていません。やっと今日が通夜ですからね。まだ遺族と落ち着いた話をしていないんですよ」

「自宅療養中に亡くなられたとか」

「そのようですね。何でも容態が急変したので、慌ててお医者さんを呼んだけれども手遅れだったとか。でも、それだって小枝子叔母さんがかなり狼狽《うろた》えて連絡してきたものだから、やっぱり詳しい話は知らないんです」

やはり詳細は大地と小枝子から訊き出すしかなさそうだ。

親族控室には母子二人だけがいた。これが小枝子と大地だろう。小枝子は気の抜けたような顔をしており、それを大地が心配そうに見ている。

犬養は啓介を部屋の外に置き、明日香と二人で入る。

「どちら様でしょうか」

小枝子は力のない視線をゆっくりと上げる。

「立て込んでいるところを申し訳ありません。警視庁捜査一課の犬養と申します。こちらは高千穂」

はあ、と小枝子が訝《いぶか》しげに首を傾げる一方、大地の方は表情を一変させた。

「高千穂さん？　ああ、やっぱり来てくれたんだ」

「大地。これはいったい、どういうことなの」

「大地くんが１１０番通報したんですよ。お父さんが悪い医者に殺されたんだって」

途端に小枝子は目を剝《む》いた。

「大地！　何てことをしたの。お父さんは病気で死んだのに、それがどうして殺されたなんて話になるのよっ」

母親の勘気に触れて、大地はびくりと肩を震わせる。

「お父さんは誰からも慕われて、誰からも憎まれなかった。そんな人が殺される訳ないじゃないの」

「でもお母さん、あの医者が来てから急にお父さんの具合が悪くなったじゃないか」

「もう、とっくに手遅れだったのよ。お医者さんのせいなんかじゃないのっ」

小枝子は大地の肩を鷲摑《わしづか》みにして前後に揺さぶる。大地は泣き出す一歩手前だったが、それを犬養が止めた。

「馬籠さん、葬儀の席でこれを言うのは心苦しいのですが、どうか落ち着いてください」

小枝子と大地の間にやんわりと割って入り、二人を引き離す。そして大地の身体を明日香に委《ゆだ》ねる。

「奥さんと話がしたい。大地くんを連れて別室に待機していてくれ」

もちろん大地を落ち着いた場所に誘導して別個に聴取するという意味だ。母親のいる前では、大地も自由に話すことができないだろう。

「あ、あ、あの子は父親の死に動揺してあんなことを言ったんです」

「おいくつですか」

「八歳です」

「ああ、父親に甘えたい盛りですね。夢想しがちな年齢ですからね。お母さんの言う通り、動揺して110番に通報してしまったというのも大いに頷《うなず》けます」

「ウチの子がご迷惑をお掛けして……本当に申し訳ありませんでした」

小枝子は米つきバッタのように何度も頭を下げる。

「いえいえ、大地くんの勘違いならそれに越したことはありませんよ。ただ、通報があったからには報告書を作成しなければならないので、事情だけお聞かせいただけませんか」

「事情と言いますと……」

「ご主人が亡くなられた際の状況を詳しく教えてください。その調書を作成してこの件は無事終了です」

小枝子はこくこくと細かく頷いてから、しばらく考えを纏《まと》めるかのように口を噤《つぐ》む。再び話し出したのは三十秒も経ってからだった。

「主人の健一は自動車部品を扱う工場を経営していました。堅実な性格が幸いして大地が幼稚園に行く頃までは順風満帆だったんですけど、四年前から体調を悪くしたんです。最初はただの疲労だと思って無理を重ねていたら、ある日工場の中で倒れてしまって……診察してもらい、肺がんを患っていることが分かりました」

「肺がんは治りにくいがんの一つでしたね」

「ええ、五年生存率が数パーセントしかないとか。それでも主人は絶望することなく、懸命に闘病を始めました。仕事を部下の人に一任して、入院治療に専念したんです。でも、一年経ち、二年経っても病状は悪化するばかりで……三年目からは、本人の希望なら自宅療養に切り替えてもいいと言われました」

「回復しないのに、ですか」

「お恥ずかしい話ですが、その頃には工場も人手に渡し、預金を取り崩して入院治療費をどうにかこうにか捻出《ねんしゅつ》していたんです」

つまり入院費が工面できなくなったので、病院側から患者を引き取るように言われたのだ。

「がん保険にでも入っていたら少しはマシだったんでしょうけど、もう後の祭りですよね。それで細々と自宅療養を続けていたんですけど昨日のうちから、急に容態が悪くなって。慌ててお医者さまに来ていただいた時には、もう呼吸が止まっていたんです」

「医師の診断では、直接の死因は何だったんですか」

「心不全でした」

「肺がんの症状が悪化した訳じゃないんですか」

「入院していた時分から抗がん剤を投与していたんですけど、お医者さまの説明では、抗がん剤の副作用で心不全を起こすことがあるって」

言われて犬養は思い出す。以前扱った事件で専門医から説明を受けたことがあった。その医師によれば抗がん剤の中には心毒性を持ち、心臓の筋肉にダメージを与えるものがあるのだという。そして心臓の筋肉の脆弱《ぜいじゃく》化は狭心症や心不全を起こす要因となる。

「四年間の闘病生活ですっかり弱っていたんでしょうね。最期は力尽きるみたいに呆気《あっけ》なかったんです。がんに罹《かか》る前は本当に元気でしたから、大地もその頃の印象がなかなか拭《ぬぐ》えないのだと思います。臨終に立ち会っても、お父さんが死んだなんて嘘だと、何度も何度も遺体を揺さぶるんです」

その様子が目に浮かぶようでやりきれなかった。

「臨終に立ち会った医師が死亡診断書を作成してくれたんですね。拝見してもよろしいですか」

「埋葬許可をいただくために、もう区役所へ提出しました」

「それなら結構です。後ほど問い合わせてみますので」

闘病生活が長かったのなら、既往症の記録が残っている。死亡診断書に死因が心不全と記載されていれば、小枝子の説明の裏付けが取れる。それで今回の一件は落着するはずだ。

犬養は部屋を出て、斜向《はすむ》かいにある別の控室のドアノブに手を掛ける。犬養がノブを引くのと、反対側から明日香が押すのが同時だった。

母親からの聴取が終わった――そう告げる前に、明日香が緊迫した様子で話し掛けてきた。

「犬養さん、変です」

「何が変だ。母親の説明には何も不審な点が見当たらなかった」

「大地くんの話では、医者は二人きたというんです」

「二人?」

「馬籠さんの臨終を看取《みと》った医者が来るほんの一時間前、別の医師がやってきたって」

犬養の脳裏に閃光《せんこう》が走った。

小枝子はそんなことはひと言も口にしていない。

「母親の横にいてくれ。子供からの聴取を邪魔されたくない」

明日香と交替する形で、犬養は大地と対峙《たいじ》する。明日香の扱いが功を奏したのか、大地はいくぶん落ち着いていた。

「大地くん。今、お姉さんにした話をもう一度聞かせてくれないか。家にやって来たお医者さんが二人いたというのは本当かい」

本当だよ、と大地は事もなげに答える。

「最初のお医者さんはお昼前に来たんだよ。看護婦さんと一緒でさ。お父さんの具合を診て、注射をしてすぐに帰ったんだよ。それまではお父さん、ちゃんと喋《しゃべ》っていたのに、急に静かになってさ。そうするとお母さんが慌てて別のお医者さんを呼んだんだよ。二人目のお医者さんは、お父さんの目に光を当てたり胸に聴診器を当てたりしていたけど、お父さんはゴリンジュウですって言うんだ」

「じゃあ、君の言う悪いお医者さんというのは」

「うん、最初に来たお医者さんのことだよ」

「どんな顔だったか憶えているかい」

「えっとね」

大地は視線を斜め上に向けて記憶をまさぐっているようだった。

「頭の天辺《てっぺん》が禿《は》げててさ、ちょっと怖い感じの人。背はあまり高くなかった」

「お母さんはそのお医者さんのことを何て呼んでいた。名前で呼んでいたのか」

「ううん。ただ先生って呼んでただけだよ」

「二人目のお医者さんとは完全に別人だったんだな」

「うん。二人目のお医者さんは背が高くて髪の毛もあったもの。間違える訳ないよ」

犬養は大地の目を直視する。女の嘘は見抜けなくても子供の嘘は見破れる。大地が虚偽を口にしているとは到底思えなかった。

これはどういうことだ。

小枝子と大地の証言がまるで相違している。昨日今日の話なので記憶が薄れるはずもない。大地の証言を信じるのなら、自動的に小枝子が嘘を吐いていることになる。

何が一件落着なものか。疑惑で真っ黒ではないか。

謀殺の臭いを嗅ぎ当てて、犬養の五感が矢庭に鋭くなる。最初の医師が馬籠に注射した薬剤はいったい何だったのか。それが馬籠の命を奪った直接の原因ではなかったのか。

ぎりぎりで間に合った。今晩が通夜で明日《あした》が告別式なら、まだ死体は焼かれていない。

犬養は再び廊下に出て明日香を呼び寄せる。

「ひょっとしたらとんでもないカードを引き当てたかも知れないな」

「じゃあ、大地くんの言った通り」

「まだ断言はできんが、どちらにせよこのまま遺体を焼かせる訳にはいかん。急いで鑑定処分許可状を発行してもらってこい。それから鑑識を自宅へ呼べ」

犬養はクルマのキーを明日香の手に握らせる。

「犬養さんはどうするんですか」

葬儀の式次第はともかく、火葬するはずの遺体をいったん奪われる上に解剖されるのだ。喪主の小枝子以下参列者からは猛烈な反発が予想される。

「精々、現場が混乱しないよう保存に努める。とにかく急がせろ」

そうして明日香を本部へ送り出した後、犬養は何食わぬ顔で葬儀を観察していた。不審な人物はいないか、誰かが不自然な動きを見せていないか——だが焼香の煙が漂う中、葬儀はつつがなく進行していく。

葬式は参列者の数で故人の人脈が、そして参列者の態度で生前の信望が窺《うかが》い知れる。馬籠健一という人物は交際範囲が狭かったが、小枝子の言うように他人から慕われていたのだろう。おざなりに手を合わせる参列者はただの一人も見掛けなかった。

動きがあったのは午後十時を過ぎた頃だった。いきなり斎場の外が賑《にぎ》わしくなったかと思うと、通夜の席に数人の捜査員が闖入《ちんにゅう》してきた。その中には明日香の姿もある。

矢庭に小枝子をはじめとした参列者たちが騒ぎ出したが、斎場側には既に事情を説明している。数人が激昂《げっこう》したように立ち上がったが、これも犬養が抑えた。

「手続き上の問題です。ご遺体は一時お預かりしますが、葬儀はこのまま続けていただいて結構です」

だが捜査員たちが健一の亡骸《なきがら》を運び出す段になると、予想通り小枝子が猛烈に食ってかかった。

「あ、あなたたちは何の権利があって主人の遺体を」

棺《ひつぎ》に取り縋《すが》って離すまいとするのを、犬養が制止させる。

「権利というよりは義務ですね。たとえ病死といえども、疑わしい部分が一カ所でもあれば警察は捜査しなければなりません」

　犬養は努めて平静に言ってのける。相手が感情的になっているのなら、どう思われようがこちらは事務的に対処するのが一番だ。

「馬籠さん。どうして往診にきた医者が二人だったことを言ってくれなかったんですか」

　意表を突かれ、小枝子の表情が凍りついた。やはり大地の告発が真実だったとみえる。

「ご心配には及びません。埋葬の予定は少し遅れるかも知れませんが、ご遺体は責任を持ってご返却します」

　だが小枝子の顔色は、心配の種が他にあることを如実に物語っていた。


　犬養が一課に戻ると、麻生《あそう》班長がてぐすね引いて帰りを待っていた。

「病死扱いの案件を無理やり掘り起こしてきたというのは本当か」

「無理やりというのは語弊がありますね。ちゃんと鑑定処分許可状を入手した上で遺体を搬送しましたよ」

「女房をはじめとした遺族から抗議の電話が掛かってきた。いったい、どういう算段で事件性を嗅ぎつけた」

　まさか女の言い分よりも子供の言葉を真に受けたとは言えない。

「証言の齟齬《そご》ですよ。別の医者が来ていたのに、それを忘れていたなんて有り得ませんからね」

「しかし二人目の医師が作成した死亡診断書には死因は心不全と記載されていたんだろ」

「最初も本物の医者だとしたら誤魔化す方法があったかも知れません。少年の証言では被害者に薬剤を投与しているようですから」

「本当に事件性があるなら、女房が一枚嚙《か》んでいることになるな」

「ええ。馬籠は零細工場を経営していたそうですから、カネに纏《まつ》わる話もいくつか浮上するでしょうね」

「保険金殺人、か」

「保険金殺人も否定できません。司法解剖の結果を待って、保険会社にも探りを入れるつもりです」

「しかし、何も出なかったらどうする」

麻生は睨《ね》めつけるように犬養の反応を窺う。

「通夜の席から遺体をかっぱらった。法医学教室に無理を言って司法解剖した。その結果が大山鳴動してネズミ七匹になった場合、誰が責任を取る」

何もなければそれに越したことはない、というのは責任を取ったことのない人間の台詞《せりふ》だ。殊に組織の場合は、予算と面子《メンツ》が行動規範を束縛する。

「二人の医者が来訪したのも、単に最初の医者は役に立たなかったから新しい医者を呼んだとも考えられる。もしそうだったら、どうする」

それは当然、犬養も考えた。だが、長年現場廻《まわ》りで靴底を擦り減らした本能が行動に駆り立てたのだ。

「こんな首でよければ、いつでも差し出しますよ。まあ、その時には不本意ながら道連れがくっついてくるでしょうけどね」

途端に麻生は嫌そうな顔をした。

「今までお前が見込み違いだったことは一度もないが、多少は他人に降り掛かる迷惑も考慮しろ」

視界の隅で小さくなっている明日香を見つける。独断で捜査を決めたのは犬養だが、巻き込んだ張本人は明日香だ。小さくなっているのは、それを自覚しているからだろう。だから尚更《なおさら》、麻生の叱責《しっせき》に首《こうべ》を垂れる訳にはいかない。

「大丈夫ですよ。ちゃんと機能している組織なら、一人が暴走しても軌道修正しようとする力が働きますから」

「……皮肉のつもりか」

「とんでもない。第一、いち個人の暴走で面子を失うような組織なんて、所詮《しょせん》それだけのモンですよ」

麻生は睨《にら》み殺すような目でこちらを見る。

「今はお前の連勝記録が更新されることを祈るばかりだ」

どうにも居たたまれないので、外の空気を吸いたくなった。明日香の後ろに回り、行くぞ、とだけ声を掛けた。

「行くって、どこへですか」

「法医学教室だ。報告書が上がってくるまで、ここでじっと待っているつもりか」

居たたまれないのは同様らしく、明日香は返事もせずについてくる。

二人の向かった先は馬籠の遺体を搬送した東大本郷《ほんごう》キャンパスにある法医学教室だった。深夜にも拘《かか》わらず、医2号館本館からは明かりが洩《も》れている。レンガ造りの古色蒼然《そうぜん》とした佇《たたず》まいは、それだけで威圧されるような厳めしさを感じる。

棟に入っても威圧感はそのままだ。医学に携わる者にとって建物や設備が古いのは考えものだろうが、少なくとも部外者には権威づけとして有効になる。

ヒトの生死を扱い解剖室まで備えている場所なので、ここにも厳然と死の臭いが存在する。だが犯罪現場に漂うような暴力的なものではなく、管理された静謐《せいひつ》な臭いだ。

「犬養さん。まさか解剖室に行くつもりですか」

抑揚を殺した声から明日香の緊張が伝わる。

「解剖の現場に来たのは初めてか」

「いつもは解剖結果報告書を読むだけだから……」

「一度くらいは解剖の有様を見ておいた方がいい。報告書に記載された内容が映像になって浮かぶようになる」

明日香はご免だという風に首を振る。

しばらく廊下を歩き、やっと目的の研究室に辿《たど》り着いた。ノックすると部屋の中から、どうぞと穏やかな声が返ってきた。

「やあ、犬養さん。遅くまでご苦労様」

出迎えてくれたのはこの研究室の主、蔵間《くらま》准教授だった。理知的な目が印象的な四十二歳。捜査一課が度々検案を要請している関係で、すっかり顔馴染《かおなじ》みになっている。

「頼まれていた案件、ついさっき終わりましたよ。ちょうど今、報告書を書いていたところです。ええと、そっちの人は……」

「去年から組んでいる高千穂です」

「ああ、よろしくお願いします。さてと、こんな時間に出向いてきたということは、一刻も早く結果を聞きに来たということかな」

「そうしていただければ有難いですね」

「先に作成されていたという死亡診断書はもう見ましたか」

「取り寄せている最中です」

「死因は心不全ということですが、犬養さんも知っての通り心不全というのは病名ではなく状態を指し示すものです。今回の場合、直接の死因となったのは虚血性心疾患と呼ばれるものです。つまり冠動脈の血流不足により、心筋が虚血に至って壊死《えし》してしまうのです」

「つまり心臓疾患であることに間違いないのですか」

「ええ。体表面に外傷はなく、臓器が破裂した形跡もありませんでした。梗塞《こうそく》部も明確で間質の浮腫《ふしゅ》、心筋の凝固壊死が顕著に見られます。死因が心臓疾患であることは疑いありません」

馬鹿な、と口をついて出そうになった。それでは小枝子の証言が正しかったことになる。

「ただし腑《ふ》に落ちないこともあります。検体の血液を調べたところ、カリウム濃度が異常に高いのですよ」

「カリウム濃度?」

「カリウムというのは人体に必要なミネラルの一つですが、血中濃度が上がり過ぎると心筋に悪影響を及ぼします。検体のカリウム濃度は実に10・０ｍＥｑ／ｌ。通常の約三倍の数値でした。最初は高カリウム血症を疑いましたが、消化管の出血も細胞崩壊も見られない。念のために血漿《けっしょう》採血も試みましたが、高カリウム血症の特徴は見出《みいだ》せませんでした」

おそらく喋っている本人は専門用語と思っていないのだろう。噛んで含めるような説明は要求できないまでも、概略は何とか理解できる。

「つまり、異常に高いカリウム濃度は病気由来のものではない、という意味ですか」

「あくまでも可能性の問題ですよ。しかし人為的に血中濃度を高くされたというのであれば、納得のいく数値です。いや、というより、この症状に酷似した前例があるのですよ」

蔵間はのそりと身体を乗り出してきた。

「犬養さんは東海大学の安楽死事件というのを憶えていますか」

憶えている。平成三年、東海大学医学部付属病院で発生した事件だ。

「患者は多発性骨髄腫を患い昏睡《こんすい》状態が長く続いていました。家族は患者の苦しむ姿を見るに忍びなく、患者を楽にして欲しいと助手に懇願します。そこで鎮痛剤や抗精神病薬を通常よりも多く投与しましたが、症状は好転しません。再度家族から懇願された助手はベラパミル塩酸塩製剤を通常量の二倍投与し、それでも脈拍に変化がなかったので、塩化カリウム製剤20ｍｌを注射し、遂に患者は急性高カリウム血症による心停止で死亡しました」

「蔵間先生。それじゃあ」

「事件発覚後に患者死亡時のデータが公開されましたが、この検体はそのケースと瓜二《うりふた》つなのですよ」

2

馬籠健一は塩化カリウム製剤の注射によって殺害された可能性あり——。

犬養が蔵間の所見を報告すると、麻生はそうかと低く答えた。

「よかったな、犬養。首の皮が繋《つな》がったじゃないか」

「どうも」

「すぐに帳場を立てる。鑑識の結果も出る頃だから、一回目の捜査会議では相当煮詰まった話ができるだろうな」

まだ事件性も明らかになっていない状況で自宅へ鑑識を遣《や》ったのは独断専行の誹《そし》りを免れないが、結果オーライの側面もある。いずれにしても怪我の功名といったところか。

「資産調査も必要だ。保険内容の確認も進めなきゃならん」

「馬籠の治療費を捻出するために預金を取り崩していると、小枝子は証言していました。おそらくそれほどの資産は残っていないでしょう」

「だからこそ、余計に保険の契約内容が気になる」

「俺には実行犯の方が気になりますね」

犬養は本音を洩らす。

保険金欲しさ、あるいは邪魔になったとかの理由で夫の殺害を企てる妻など珍しくも何ともない。それよりは白衣を着て、粛々と塩化カリウム製剤を患者に投与した謎の人物に職業的なか」

興味が湧く。

「馬籠宅を訪れた医者は二人。そのうち臨終を看取った医者は、死亡診断書から素性が明らかになっています。ところが肝心の一人目の医者については何も分かっていません」

「もし小枝子から塩化カリウム製剤を注射してくれと依頼されても、真っ当な医者であれば引き受けるはずもないからな。そうか、お前はその医者が本物の医者じゃないと疑っているのか」

指摘されて犬養は黙り込む。

麻生の発想は刑事として自然な発想だ。小枝子から依頼を受けた何者かが医師を装って馬籠を殺害したという仮説は、充分に頷ける話だった。

しかし犬養はもう一つ、別の仮説も考えている。あまりに突飛で、あまりに即物的な見方なので口にするのも憚《はばか》られる。

「本物の医師か、それとも医師を装っているだけなのか。いずれにしても、塩化カリウム製剤なんてものを入手できる立場の人間であるのは間違いない。捜査の網を拡げれば必ず引っ掛かってくるはずだ」

麻生はさも当然のように言った。

間もなく一回目の捜査会議が開かれた。捜査一課単独の事件であるため、参加する捜査員はそれほど多くない。雛壇《ひなだん》に座るのも麻生以外は村瀬《むらせ》管理官と津村《つむら》一課長だけだった。

まず村瀬が口火を切る。

「本事案は、十月二日、予《かね》て療養中だった馬籠健一に対して、何者かが心不全を装って毒物を投与し死に至らしめたとの疑惑がある。闘病を続ける哀れな被害者を容赦なく殺害したのであれば、ひどく凶悪で非道な犯罪だ。一刻も早い犯人逮捕が望まれる」

澱《よど》みない言葉に、会議室の空気が張り詰める。麻生がその後を引き継いでマイクを握る。

「当日、馬籠の自宅には二人の医師が往診に来ている。馬籠の臨終を看取った医師について」

これには明日香が応《こた》えた。

「区役所に提出されていた死亡診断書から特定できました。練馬区内で開業している巻代《まきだい》という医師でした。以前から何度も被害者宅に往診していて、主治医のような立場だったようです」

「事情聴取したのか」

「はい。二日の正午過ぎ、被害者の妻から夫の様子がおかしいのですぐに来て欲しいと連絡をもらったそうです。それで駆けつけたところ、被害者は既に死亡しており、心不全の症状を示していたので、そう診断し臨終を確認したのだ、と証言しました」

「寸前に別の医師が薬剤を注射していることには気づかなかったのか」

「死亡確認に傾注し、腕を見ることはしなかったそうです」

明日香の報告だけを聞いていると、巻代という医師の迂闊《うかつ》さが強調されてしまうが、これは同情すべき余地がある。往診を続けて患者の衰弱具合を知悉《ちしつ》している場合、目立った外傷がなければまず病死の可能性を思いつく。瞳孔《どうこう》散大や鼓動停止で確認作業を済ませても、責められるものではない。

「鑑識結果を報告してください」

これには鑑識課の捜査員が立つ。

「鑑識作業は被害者の寝室を中心に行いました。被害者とその家族及び巻代医師の毛髪と指紋が採取されました。しかしながら問題とされている一人目の医師と付き添いの看護師については、玄関から平面の下足痕《げそこん》が採取されたのみです」

大地の証言を信じるなら、犯行は極めて迅速だった。前触れもなしに訪れ、注射のみですぐに姿を消してしまう。使用した凶器は持ち去っているから遺留品もない。白衣を着た死神という大地の比喩《ひゆ》も意外に的を射ている。

「最初に来た医師について、目撃者の有無」

周辺の訊き込みをした捜査員が答える。

「隣の紅林《くればやし》宅の主婦がそれを目撃していました。時刻は十一時頃。玄関前に停まった白のワゴンから白衣を着た男女ひと組が降りるのを目撃しています」

初めての目撃談に、捜査員たちの間から微《かす》かなざわめきが起こる。

「主婦は以前より巻代医師が往診に来ているのを見掛けていたのですが、彼は黒塗りのセダンであったことから興味を惹《ひ》いたとのことです。男女二人はものの二十分も経たないうちに退去し、その一時間後、つまり十二時半頃にまた巻代医師がやってきたという訳です」

「最初の医師について顔は見ていたのか」

「見ることは見たのですが、ほんの一瞬で、あまり印象に残る顔ではなかったそうです。似顔絵を提案したのですが、やんわりと断られました」

ざわめきは潮が引くように静まり返る。雛壇の麻生も失望を隠さない。

「まあいい。人相については被害者の妻子から詳細が聴取できるだろう。問題は今回の犯行に妻の小枝子がどこまで関与していたかだ。仮にその医師と共犯関係にあるのなら、情報を秘匿《ひとく》するだろうからな」

麻生は言外に、大地からの聴取を命じている。壇上で公言しないのは八歳児の証言を全面的に信用できない憾《うら》みがあるからだ。

「次に馬籠家の資産状況について」

麻生班の一人、高梨《たかなし》が立ち上がる。

「馬籠健一および小枝子の取引銀行と保険会社を調べました。まず預貯金ですが、これは健一が現時点で一万五千二百五十四円、小枝子が七万五千五百六十四円。以前経営していた工場は他人名義になっており、自宅を担保にノンバンクから五百万円近くの借金を拵《こしら》えています」

馬籠が借金をしているのは小枝子の証言からも予想されていたことだ。預貯金を取り崩すだけでは足らなくなり、借金から治療費を捻出していたのは想像に難くない。

「尚、小枝子の通帳には気になる金額の移動があります。事件の二日前に二十万円が引き出されているのですが、従前の生活費とも治療費とも金額が合致していません」

「保険内容はどうだった」

「馬籠健一は二十年前から貯蓄型の生命保険に加入していました。月々の掛け金は六千二百円、本人死亡時の受け取り金は千五百万円。保険料が高騰するよりずっと以前の契約なので、この金額はごく平均的なものと言っていいでしょう」

千五百万円というのは微妙な金額だった。借金の返済に充てても一千万円は残る。しかし母子二人が何の後ろ盾もなく生きていくには、いささか心許《こころもと》ない金額だ。もしも保険金目当てで殺人を企てたのなら、もっと高額配当の商品に乗り換えようとするのではないか。人一人、しかも自分と一番近しい者を殺害するリスクを考慮すると、あまりにも配当が少ないような気がする。

ただし別の考え方もある。それを壇上の麻生が代弁してくれた。

「死亡保険金の多寡ではなく、生活費を圧迫する支出を排除する、という動機も考えられる。月々に支払う治療費がゼロになれば、相当家計は楽になるだろうからな」

いくら長年付き添っていても、利潤を生まなくなれば不良債権と同じだ。麻生の物言いは現実的だが冷徹に過ぎた。

「現状、立件できる要素としては法医学教室から提出された解剖報告書のみだ。重要参考人の供述が欲しいところだが……」

言い掛けて、麻生は犬養に視線を投げて寄越す。手前《てめえ》が見つけた獲物は手前で咥《くわ》えてこいという目つきだ。

どうせ会議の終了後に大地への聴取を命じられるのは分かり切っている。いや、命じられなくとも犬養自身がその気でいる。改めて挙手する必要もないので、だんまりを決め込むことにした。

「共犯者がいるかどうかはともかく、実行犯と推測できるのは最初にやってきた医師だ。クルマで駆けつけたところを考えれば首都圏在住の医師と見ていい。至急、首都圏内の医師をピックアップしてリストを作成、犯人の特定に使用する」

これも的確な判断だろう。首都圏内に対象を絞ったのも手間暇を考えれば賢明だ。しかし不安材料もある。隣の主婦の証言では印象に残らない人相だったと言う。それで果たして首実検が有効かどうか。

こういう仕事をしていると人間の記憶力の不確かさを思い知らされる。そしてまた、印象に残る顔とそうではない顔があることも思い知らされる。実際に特徴のない人相は十人が十人とも違う証言をする。眉毛の濃淡や唇の厚さという細部は言うまでもなく、髪の毛の長さ、果ては顔の形といった大まかな要素さえばらばらの証言が集まる。モンタージュを作成しても実物との乖離《かいり》が著しい事例は、主にこの理由によるものだ。

犬養が俳優養成所に通っていた頃に痛感したのは、特徴のない人物を演じることの難しさだった。特徴の多い人物ほど演じやすい。特徴を誇大にすればするほど観客に認識させやすくなるからだ。だが、特徴のない対象ではその方法は使えない。だから演技が未熟な者、あるいは脚光を浴びたがる俳優に限ってエキセントリックな役を選ぼうとする。

「とにかく目撃証言を増やす必要がある。近隣への訊き込みを拡充させる。ここ数カ月、小枝子が誰と連絡を取り合っていたのか、交信記録も調べる。馬籠小枝子の資産調査も継続する」

これで捜査本部の方針は小枝子と謎の医者の二手に向けられた。主犯と従犯を同時に追跡する手法だが、この場合はもちろん小枝子の追及に重心が掛かっている。

「各人にかたちある成果を期待する。それでは解散」

麻生の散会の言葉で、捜査員たちが席を立つ。すると案の定、麻生がこちらに近づいてきた。

「その顔つきだと、何を命令されるか察しはついているようだな」

「女の相手も子供の相手も苦手なんですがね」

「心配するな、ちゃんと高千穂を補佐につけてやる」

補佐どころか足手纏いになる、という言葉が喉《のど》まで出かかった。

「女房から黒い医者の連絡先を訊き出すことができれば、事件は一気に解決できるからな」

黒い医者は言い得て妙だと思った。〈白衣を着た死神〉よりは新聞のリードに採用されやすそうだ。

「それと憶測になるからあの場では言及しなかったが、小枝子が事件の二日前に引き出した二十万円の金額がどうにも気になる」

「殺人の報酬と考えてるんですか」

「生活費とも治療費とも金額が合わないのなら、その可能性は大だろう。ただ、それにしては少額過ぎるな。今どきたったの二十万円で殺人を請け負うヤツがいるとも思えない」

「同感ですね。依頼者に顔を見られている時点でリスクは高くなっている。二十万円では割の合わない仕事です」

「前金ということも考えられる」

つまり支給される死亡保険金の中から残額を支払うという方式だ。

「小枝子の資産調査継続を命じたのはそのためでしたか」

「死亡保険金の受取人には小枝子が指定されている。早晩保険会社から千五百万円が小枝子の口座に送金されるはずだ。そのカネの行方に注目していれば、何かしらの収穫はあるだろうさ」

邪魔者を排除したかったのか、それともカネ目的だったのか。

いずれにしても愉快な結末になるはずもなく、犬養は不機嫌になる。親族殺しやカネ目的の動機に倦《う》んだ訳ではない。真実を知らされる大地の心情を想像したからだ。

犬養にも病気療養中の娘がいる。離婚して別居した頃は疎遠だったが最近、ようやく父娘《おやこ》間のわだかまりが解けつつあるので、余計に子供の心情に関心がいくようになった。父親を殺すように仕向けたのが母親だと知ったら、あの幼い目はどう歪《ゆが》むのだろう。


取調室の小枝子はひどく苛立《いらだ》っているようだった。夫の遺体を自分の許可なしに解剖に付されたことで、警察に対して徹底した不信感を抱いているのだと本人は言う。

「しかし馬籠さん。ご主人の遺体にはメスが入りましたが、傷口はきちんと修復されていたでしょう」

犬養の言葉は慰めにも何にもならなかった。

「そんなもの、他人の家に放火してから中に金目のものはなかったって言い訳するようなものじゃないですか」

小枝子は葬儀の時と同様に食ってかかる。

「せ、折角葬儀センターの方が清拭《せいしき》して綺麗《きれい》になったのに、その身体を切り刻むなんて。あなたたち警察には遺族感情というものが理解できないんですか。年がら年中凶悪犯を追っているせいで、人の死は全部邪《よこしま》なものだと信じ込んでいるんですか」

「そんなことはありません。我々は捜査する前段階で事件性があるものとないものとで区別していますから」

「主人は長患いの上に亡くなりました。それだけでもわたしや大地には辛《つら》い思い出なんです。それをどうして最後の最後になって尚更酷《ひど》い目に遭わせるんですか」

「その大地くんがあなたとは違う証言をしているからですよ。主治医の巻代医師が到着したのは十二時半頃。しかしその一時間ほど前に別の医師がご自宅を訪問している、と」

「それは大地の記憶違いです。父親が亡くなったショックで記憶が前後しているんです。第一、八歳の子供の言うことを警察は本気にするんですか」

「ほう、ではご近所も同じようにショックを受けて、記憶が前後しているのでしょうか。近隣の方も大地くんと同様の証言をしているんですよ」

「ご近所は所詮他人さまです。他人の家の出入りなんて正確に憶えてなんかいるもんですか。現にわたしはご近所で何が起きてもあまり関心が持てません。いえ、持っていない人が大半だと思いますよ」

夫ががんの闘病をしているので、預貯金を取り崩し続けなければならない。一方ひとり息子はまだ幼く、進学や養育費用を考えれば不安で仕方がない——小枝子の置かれた立場からすれば、近所の噂話や揉《も》め事など無関心にならざるを得ないのだろう。

「確かに人は他人に無関心なところがあります。しかし防犯カメラは対象物を区別しない。誰であろうと何が起きようと、一部始終を偏見なく記録する」

「防犯カメラ?」

「お宅には設置されていませんが、通りの並びにあるコンビニからお宅の方向を捉《とら》えている防犯カメラがあるんですよ。そのカメラが当日の十月二日午前十一時二十分、お宅の前に白のワゴン車が停まった光景を記録していました。ほら、これですよ」

話しながら、犬養は連続写真のコピーを小枝子の眼前に広げる。

「お宅とカメラとの距離は五十メートル以上あるのですが、最近のデジタル解析の能力はすごいでしょう。ワゴン車から白衣姿の男女が出て来る場面も克明に捉えている。二人がカメラの反対側を向いているので、人相が映っていないのは非常に残念ですがね」

実を言えば残念なことがもう一つある。設置されたカメラは斜め上から道路上を狙うアングルであったため、行き交うクルマの車種は確認できても、ナンバープレートまでは捉えきれなかったのだ。

「二十分後に彼らは家を出て、更に十二時半、今度は巻代医師が到着します。つまり防犯カメラの映像はご近所や大地くんの証言が正しいことを物語っているんです。そして司法解剖の結果ですが、ご主人の血液からは通常では有り得ない濃度のカリウムが検出されています」

犬養は反論の余地も与えないまま畳み掛けていく。対する小枝子は視線を机の上に固定して微動だにしない。

「高濃度の塩化カリウムは心筋にショックを与え、やがて心停止に至ります。これだと表面的には心不全の症状にしか見えない。あなたがあれほどまで解剖を拒んだ理由は、その事実が露見するのを怖れたからじゃありませんか。そう、あなたはご主人が最初の医師から何をされたか、全て知っていたんだ」

「違います」

ようやくこぼれた言葉がそれだった。しかし呂律《ろれつ》が回らず、力もない。

「事件当日の二日前、あなたは取引銀行から二十万円を引き出している。その二十万円はどうしましたか。二十万円というのはご主人の殺害を依頼した際の前金ではなかったのですか」

「違います、あれは」

「大地くんは最初にやってきた医師と女性看護師のことを克明に憶えていました。子供だから記憶が曖昧《あいまい》というのは間違いです。実際には父親を亡くした特別な日です。得てしてそういう時の記憶は他の日よりも鮮明になるものです。馬籠さん、顔を上げなさい」

静かに上がった顔は恐怖と不安で彩られていた。

「理由はどうあれ、長年連れ添ってきたご主人を亡き者にした。あなたはその事実をずっと大地くんから隠し果《おお》せると思っているようだが、それも間違いだ。大地くんは聡明《そうめい》な子です。あなたがいくら隠蔽《いんぺい》しようとしても、早晩真相を見抜く。その時の大地くんの気持ちをあなたは想像したことがあるのか」

大地の名前が出た途端、小枝子は細かく震え始めた。堅牢《けんろう》だった堤が破れ、中から感情が決壊するのが見えた。

犬養は禁じ手を使う。子供をダシにした説得。稚拙で古典的だが、母親には一番効果的だった。

「隠しておいた悲劇は災いの元になる。知ってしまった関係者の心など簡単にへし折るほどに。あなたは、将来大地くんの人生が捻じ曲がっても平気なのか」

単なる尋問手法としてではなく同じ子供を持つ親として、祈りにも似た問い掛けだった。たとえ世界の全てに背を向けても、己の子供にだけは正面から向き合う。それこそが親に課せられた最低限の義務だと信じているからだ。

感情が噴出したらしい小枝子は、一瞬笑ったかのように表情を崩すと、獣のような声を上げた。

「ぐわああああ、ぐわ、ぐわああああっ」

それが泣き声だと知るのに数秒を要した。いつまでも泣かれては取り調べが進まない。話を再開させようと身を乗り出したら、横にいた明日香から制止された。

まだしばらく放っておけ、と明日香の目が訴えていた。なるほどこれが女心を知れということか。

明日香のとりなしでしばらく見守っていると、徐々に小枝子の泣き声は小さくなり、やがて止んだ。

この短い時間で可能な限りの涙を搾ったのだろう。小枝子の目は真っ赤に腫《は》れ上がっていたが、同時に憑《つ》き物が落ちたように緊張が解けていた。

落ちた、と確信した。こういう目をした容疑者は、もう自分を縛るものがない。心情を吐露すればするほど楽になることを知る。

「あの日、巻代医師の前にもう一人の医師がやってきたんですね」

声をいくぶん落として訊《たず》ねると、小枝子は人が変わったようにはいと応じた。

「そのお医者さまにお願いして、主人を楽にしてもらったんです」

「塩化カリウム製剤を注射したんですね」

「何というクスリだったのかは存じません。説明では、眠ったまま、苦痛を感じずに死ねるということでした」

「あなたはそれを間近で見ていたのですか」

「いいえ。看護師さんがカバンから注射器を取り出すと、大地を部屋から出してくれと言われたんです。わたしもその瞬間を見るのは忍びなかったので、大地と一緒に部屋を出たんです」

「その医師の名前を教えてください」

「ドクター・デス」

「何ですって」

思わず訊き返した。

「ドクター・デス……その呼び方しか、わたしは知らないんです」

「その医師は日本人だったんですよね。奥さん、その男の顔をはっきり見たんですよね」

「多少言葉は交わしましたし、日本人というのも分かりました。でも、相手の素性を詮索できるような状況じゃなかったんです。でも、きっと本名ではないのでしょうね」

何やらおかしな雲行きになってきた。

慌てるな。まず殺害の詳細から詰めていけ。

「いったんあなたと大地くんは部屋から追い出された……その後はどうなりました」

「またお医者さまから呼ばれ、部屋に入ると主人がとても安らかな顔をしていました。あの、本当に主人のあんな安らかな寝顔は久しぶりだったんです。それでわたし、一気に肩の力が抜けてしまって……それからはずっと主人の寝顔に見入っていて碌にお医者さまの顔も目に入りませんでした。しばらくしたら呼吸が浅くなって停まる。そうしたら主治医を呼んで臨終を確認してもらいなさい。それだけ言い残し、わたしから現金二十万円を受け取るとお医者さまは出ていかれました」

「その後、ドクター・デスから連絡はありましたか」

「いいえ。主人を死なせてくれた以降、何の音沙汰《おとさた》もありません。それが最初に交わした約束でしたから」

「しかし、残りの支払いがあったでしょう」

「いいえ。わたしが支払った礼金は二十万円だけです。二十万円が相手に支払う代金の全てでした」

小枝子の声には力がない。まるでどこからか空気が洩れているようだ。

「数分もしてからでしょうか。主人の呼吸がだんだんと浅くなり、そしてふっと息を引き取りました。ああ、これが安楽死というものなんだと思いました。わたしは言われた通り、主治医の巻代先生を呼んで臨終を確認してもらったんです」

「ドクター・デスと名乗った医師はどんな人相でしたか」

「それが……多少言葉を交わしたはずなのに、あまり憶えていないんです。禿げていて、背が低かった印象はあるんですけど」

禿頭で背が低い。これは大地の証言とも重なる。他にこれといった特徴がないのも同様だ。

「彼の電話番号や連絡先は？」

「それも……知らないんです」

「冗談じゃない。名前も、電話番号も、連絡先も知らない。あなたはそんな相手に二十万円ぽっちの報酬でご主人の殺害を依頼したというんですか」

「サイトがあるんです」

「サイト？」

「入院費と治療費で貯金を取り崩しても、主人の容態は一向によくなりませんでした。借金も増えて将来が不安で不安で仕方ない時、もっと低金利の融資をしてくれるところがないかネット検索をしていたんです。すると〈安楽死　請け負います〉という惹句《じゃっく》のサイトを見つけて……それが〈ドクター・デスの往診室〉のサイトでした」

そんなものが真っ当な医療機関であるはずもなく、当然のことながら闇サイトの一つなのだろう。

「怪しいとは思わなかったんですか」

「わたしもいい加減追い詰められていたんです。でも内容を閲覧すると、決して高額な報酬を求めている訳でもなく、二十万円をその場で支払えば取引は終了、今まで何例もの実績があるから患者を苦しませることは一切ないって」

「じゃあ、連絡はそのサイトを通じて行ったんですか」

「はい。連絡フォームというのがあって、そこに安楽死させたい人の病歴とこちらのメールアドレスを書き込むんです。返信はすぐにきました。本人の同意があるのか、安楽死の処置をして絶対に後悔しないか、とかの条件を認諾した時点で契約が成立するとありました」

本人の同意。そうだ、それが一番重要なのだ。

「ご主人の同意があったんですか」

「もちろんです」

小枝子はきっと犬養を睨む。

「サイトの要項を主人に見せました。病気についてはわたしよりも本人の方が切実に感じていたのか、進んで安楽死を選択したいと言いました。だから、わたしも承諾したんです」

「違法であるのは知っていたんですよね」

「ずいぶん前から安楽死については調べていましたから。もし日本の法律で安楽死が認められていれば、主人もわたしもこんな決断はしなかったと思います」

言葉を吐き出す度に、小枝子の表情は安らかになっていく。それは犬養の意図したこととは別の理由に帰するものだ。

「違法と言われれば、法律で認められていないから確かに違法なのでしょうね。でも、それが何だというんです。主人とわたしはずっとずっと苦しい闘いを強いられていました。おカネと体力と、気力を消耗し続ける毎日でした。一日も気を緩めることができず、二人とも限界が近づいていました。刑事さんたちがあのお医者さまをどう思うか知りません。法律がわたしをどう裁くのかも知りません。だけど、あの人を安らかに死なせることができて、わたしは本当に嬉《うれ》しかったんです。きっとあの人も同じ気持ちだったと思います。苦しまないということがどれだけ幸せなのか、刑事さんには理解できないでしょうね。やっと、わたしたちは苦しみから解放されたんです。ドクター・デスには感謝してもしきれません」

供述調書を作成し終えるや否や、犬養はすぐに問題のサイトを閲覧した。小枝子の供述通り

〈ドクター・デスの往診室〉で検索すると、果たして該当のサイトに辿り着いた。予想と異なり、デザインは暖色を背景にしたモダンなものだった。色違いやフォントで特定の文字を強調するでもなく、淡々と文章を連ねている。

『このサイトは積極的安楽死を推奨したジャック・ケヴォーキアンの遺志を継承する管理人のページです。従って積極的安楽死に否定的な意見を持つゲストは速やかに退出していただいて構いません。

ジャック・ケヴォーキアンは〈ドクター・デス〉の異名で知られる病理学者です。直訳すれば死の医師なのでしょうが、管理人は死に対して肯定的な立場なので、同氏の遺志を継承する意味で〈ドクター・デス〉の名前もまた継承する所存です。

貴方《あなた》は愛する人の終末治療に悩んでいませんか？　医師から絶望的な診断を下され、経済的にも精神的にも追い詰められ、辛い日々を送っていませんか？　そして一度は尊厳死を考えたことはありませんか？

尊厳死（ここでは患者本人の意思に基づく要求で、自殺を幇助《ほうじょ》する積極的安楽死と扱います）については既に条件つきで合法としている国が存在します。スイス・オランダ・ベルギー・ルクセンブルク・そしてアメリカの一部の州。この潮流は現在も続いており、合法とする国は増え続けていくと考えられます。何故なら、自分の生涯に自分の意思で幕引きをするのが当然の権利だからです。先に挙げた国が合法としたのは、まさしく本人の〈死ぬ権利〉を尊重したからに他なりません。治療費目的の病院や膠着《こうちゃく》した法律のために、本来保障されているはずの権利を行使できないのは、偏《ひとえ》に国の医療体制と現状認識が世界の潮流に追いついていないからです。

　ドクター・デスは営利目的ではなく、この〈死ぬ権利〉を主張し、積極的安楽死を推進するために行動しています。

　ドクター・デスは、貴方の大切な人に安らかで苦痛のない死を約束します。費用はかかりますが、安楽死に誘《いざな》うための実費、具体的には薬剤と装置に関わる実費しかいただきません。そして当然のことながら個人情報を完璧《かんぺき》に保護するものです。今までに何例もの安楽死を手掛けているので心配は無用です。

　法よりも、世間体よりも、その人が大切な方はご連絡ください』

「ふざけやがって」

　背中越しに画面を覗《のぞ》き込んでいた麻生が悪態を吐く。

「いかにも親身な誘い方をしているが、やっていることは自殺幇助の勧めじゃないか」

　明日香も同調する。

「巧みな誘い文句ですよね。肉親が法律や世間体より大切なんて当たり前なのに、そこを突いてくる。これだと安楽死を願うのが正当な権利みたいに思えてくる……でも、本当に日本で安楽死は違法なんですか」

「違法というより、正確には安楽死を認める条文がないんだ」

　犬養は両手を頭の後ろに組み、天井を見上げる。

「でも、過去に安楽死を巡る裁判がありましたよね」

「東海大学安楽死事件。平成七年の横浜地裁判決だ」

先日、蔵間准教授から示唆を受けた事件だった。

「たとえ患者の苦痛を取り除くことが目的でも、認める条文がない以上殺人でしかない。好意的に受け止めたとしても嘱託殺人だ」

しかし条文になくとも、違法性が否認されれば有罪を回避することができる。当時、横浜地裁が示した違法性阻却要件は次の四つだ。

一　患者が耐えがたい激しい肉体的苦痛に苦しんでいる。
二　患者の病気は回復の見込みがなく、死期の直前である。
三　患者の肉体的苦痛を除去・緩和するために可能なあらゆる方法で取り組み、その他の代替手段がない。
四　患者が自発的意思表示により、寿命の短縮、今すぐの死を要求している。

馬籠健一の例を当てはめると二と三の要件が引っ掛かる。いずれにしてもドクター・デスの有罪判決は明らかだ。

「その裁判、判決はどうなったんですか」

「当の患者が昏睡状態で意思表示できなかったからな。被告人は懲役二年執行猶予二年の有罪となった」

少し考えてみれば分かるが、横浜地裁の示した四要件を充《み》たすのはひどく限定された状況でしかない。不治の病に侵され、〈その他の代替手段がなく〉、〈死期の直前であり〉、〈患者が自発的意思表示で〉、〈今すぐの死を要求している〉場面など、そうそうあるはずがないではないか。

「でも、どうして欧米では安楽死が認められているんですか」

「一つには、キリスト教文化圏では個人の自己決定権、このサイトで言うところの死ぬ権利を尊重しているからだ。教義で自殺を禁じる一方、無意味な治療で本人を苦しませるのは形を変えた虐待や拷問に過ぎないという考え方だな」

「それじゃあ、ドクター・デスの主張している全部が全部間違っている訳じゃないんですね」

問われた犬養は即答を避けた。いくら理屈が正しいように見えても法律で認められていない以上は犯罪であり、被告人は罰せられなければならない——単純明快な原理原則なのに、何故か口にするのを憚られる。

「俺にはもっと気になることがある」

サイトを眺め続けていた麻生がぼそりと呟《つぶや》いた。やはり気づいたか。

「サイトの訪問者数は現時点で二千人を超えている。本文中の、今までに何例も安楽死を手掛けているという箇所も気になる。馬籠健一の件は子供の証言があったから発覚したようなものの、ここに書かれているのが事実だとしたら、警察や世間の見逃してきた積極的安楽死とやらが多数あったことになる」

麻生は不穏な視線を犬養と明日香に向ける。

「今度の一件は氷山の一角に過ぎん」

3

馬籠健一殺しは氷山の一角に過ぎない——麻生の言葉が事実だとすれば、ドクター・デスは稀代《きたい》の連続殺人犯ということになる。

「過去の依頼が全て実行されているかどうかはともかく、こんな危ない人間を放っておけるか。この黒い医者が次の安楽死に着手する前に必ず捕まえるぞ」

麻生はドクター・デスへの嫌悪を露《あら》わにする。

「本人や親族が望んだ死だろうが何だろうが、実行しているこいつはただの殺人享楽者だ」

これに対して、まだ安楽死の違法性に懐疑的らしい明日香が口を差し挟む。

「でも班長、仮に余罪があったとして、その全ては嘱託殺人じゃないですか」

「それも関係がない。気に食わんのは手口だ」

「手口、ですか」

「連絡は最小限に済ませ、現場に着いたら迅速に毒物を注射する。現金をいただいた後は風のように消え去る。ふん、カネで雇われた殺し屋のやり口と寸分違わん。こいつのしていることは医療行為でも何でもない。カネで人殺しを請け負う最悪の所業だ。それに二十万円という金額も気に食わん」

「それも駄目なんですか」

「総額二十万円の根拠が何かは知らんが、たったそれしきのカネで殺しを請け負う了見が気に食わん」

麻生の意見は一聴すると的外れのようだが、長年言動を見てきた犬養には理解できるところがある。

安楽死の代金が二十万円というのは、確かに安過ぎる。捨て値といってもいい。それでも契約が履行されているのは、安楽死の実行にカネが絡んでいないからだ。

殺人の代金はただの見せかけに過ぎない。

ドクター・デスは殺人を愉《たの》しんでいる。殺人享楽者というのは、そういう意味だ。

「課長に進言してサイバーの連中も捜査本部に巻き込むか」

既に警視庁内に帳場が立っている。だが小枝子の供述により、ドクター・デスの関与が馬籠健一だけに止《とど》まらないとなれば、余罪の掘り起こしが優先事項になるのは必至だ。余罪の数如何《いかん》では捜査本部の陣容がいくらでも拡大していく。

サイバー犯罪対策課を参加させて、サイト管理者の居場所を突き止める。捜査としては真っ当過ぎるほど真っ当だが、果たしてそれで管理者に行き着くのか犬養には甚だ疑問だ。簡単な追跡調査で尻尾《しっぽ》が摑《つか》めるくらいなら、今まで易々と安楽死を成功させてこられたはずもない。

「巻き込む前に打診してきますよ。幸い、向こうに知り合いがいない訳じゃなし」

部屋を出ていこうとするが、特に麻生の制止はない。さては自分が先んじて動くのも想定していたのかと、内心で悪態を吐いてやった。

サイバー犯罪対策課は生活安全部に所属している。そのフロアに入るのは犬養も初めてだったが、とにかく一課の刑事部屋とはまるで装いが違う。当然のことながら各人のデスクの上にはパソコンの周辺機器が所狭しと並べられ、画面に見入っている捜査員たちは揃いも揃って刑事というよりは技術者の顔をしている。野卑な怒号や叱責の声はなく、代わりに電子部品の高周波とキーを叩《たた》く音だけが静かに響いている。明日香も初めてだったらしく、部屋中を好奇心丸出しの顔で見回している。

「捜一の犬養がこんなところに来るなんて珍しいじゃないか」

出迎えてくれたのは、以前の事件で顔見知りになった三雲《みくも》班長だった。

「お前さんは人間には興味があっても、シリコンには関心がないと思っていた」

「仮想空間というくらいですからね。個人間で飛び交っている話のほとんどは虚言みたいなものでしょう。それじゃあ、あまりに分が悪過ぎます」

「そりゃあ年寄りじみた極論だな。確かに匿名性が担保されている世界だから、無責任な立場で無責任なことを書き連ねるヤツらが多いが、匿名だからこそ胸の裡《うち》をストレートに吐き出すこともできる。昨今はわざわざネットで犯行声明をする馬鹿までいるじゃないか。まあ捕まえてみれば、これが拍子抜けするくらい情けないヤツばかりなんだけどな」

三雲が苦笑いするのも無理はない。犬養もネット絡みで何人かの被疑者から供述を取った経験があるが、彼らに共通しているのは明晰《めいせき》な頭脳と社会不適合さだった。ネット上では傲然《ごうぜん》と振る舞い舌鋒《ぜっぽう》も理路整然としているのに、現実社会においては幼児並みの行動と舌足らずの言い訳しかできない。換言すれば、三雲たちは仮想空間の中で架空の人格と闘っているようなものだ。

「いずれにしても仕事が途切れなくて何よりです」

「ああ、お蔭《かげ》さまでな。ストーカーやら金融犯罪やらが舞台を現実からサイバー空間へ移動させたものだから、これだけ人間がいても、まだ人手不足だ」

おかしなものだと思う。サイバー犯罪に悪人が流れたというのなら、捜査一課や二課の仕事が暇になってもいいはずなのに、こちらも盆暮れの例外なく忙しいのはどういう訳だ。

「用件は、例の〈ドクター・デスの往診室〉か」

「ウチの班長が、捜査本部にサイバー犯罪対策課を巻き込んでやると画策してますよ」

「巻き込まれるのは構わんが、大した材料は提供できそうにない。津村課長から事件のことは聞いていたから一応サイトは調べたんだが、結論から言えばこのドクター・デスとかいうヤツはひどく狡猾《こうかつ》だ。文面から醸し出される真摯《しんし》さや狂信さに惑わされるが、その癖慎重で尻尾をなかなか掴ませようとしない」

三雲は自分のデスクまで二人を誘い、机上のパソコンで件のサイトを開いてみせる。

「〈往診室〉が開設されたのはかれこれ二年前だ。だから現時点で閲覧者数二千四十五人というのはあまり多くない。まあ、サイト自体が閲覧者数を稼ごうというタイトルじゃないから、当然といえば当然なんだが」

ネットにあまり興味のない犬養には、二年間で二千四十五人という訪問者があまり多くない部類なのかどうか判断がつかない。もっとも、こんな危険なサイトにどっと人が押し寄せるのは、それはそれで御免蒙《こうむ》りたい。

「文面を読めば分かるが、サイトの管理人はふざけ半分で安楽死を募っているのではないと宣言している。それが違法行為であることは百も承知の上だろう。だからアドレスから発信元を追跡されないように、海外のサーバを複数経由している。通常、接続ログを丹念に辿っていけばいつかは到達できるんだが、このドクター・デスってヤツは途中でログを改竄《かいざん》していやがる。昨日今日ならいざ知らず、二年前からそうしているのならこいつは相当ネットに詳しい」

「でも、一方では閲覧者の何人かと連絡を取り合っているんですよね」

「連絡フォームにアクセスすると、管理人から返信が届くようになっている。押収した馬籠小枝子のパソコンから通信履歴を洗い出してドクター・デスのメールアドレスを取り出したが、このメールアドレスも同じ理由でＩＰアドレスを特定できないようになっている」

「安楽死を望んだ顧客のデータは引っ張れるんですか」

「いや、それはサイト側のブラックボックスだからな」

犬養は内心で舌打ちする。過去の顧客データを抽出できれば、ドクター・デスの目撃情報を更に詳細なものにできる。そればかりか、次に安楽死を請け負う対象も推測できる。

「ただしコメント欄へ書き込みした閲覧者のアドレスは判明したんで、直近のものからリストアップしておいた」

そう言って三雲は一覧表を印字して寄越した。

「我ながらいちいちプリントアウトなんて面倒だと思うが、何せこういう部署だからな。データのやり取り一つ、鬱陶《うっとう》しいマニュアルがある」

「いいですよ。俺も大概アナログ人間なんで、こっちの方が性に合います」

「時代遅れなことを言っていると今に淘汰《とうた》されるぞ」

三雲の言葉は冗談だろうが、わずかに真実も含んでいる。自分のように対峙する容疑者の虚偽を暴いて真相に迫るような捜査手法を採る者は少なくなった。プロファイリングと科学捜査で得られた証拠物件こそが肝要と明言する管理官も存在する。

しかし今回のように物的証拠をほとんど残さない犯人に、彼らはどう立ち向かうつもりなのだろうか。

三雲の作成したリストは、コメント欄に書き込んだ人間を新しい順に並べていた。目を通すとコメントの内容は様々だった。

冷やかしに来て悪態を吐いていく者。安楽死には懐疑的な立場を取り管理人を批判する者。肯定しながらも法律に背くことは人倫にもとると諭す者。概して長文のものは真面目な内容が多い。考えてみればそれも当然で、悪口になればなるほど言葉は短くなっていくものだ。

「それにしても、どうしてコメントの投稿者を調べようなんて思ったんですか。ドクター・デスに安楽死を依頼していないのなら、ただの野次馬じゃないですか」

明日香は訳が分からないという風に突っかかる。いちいち説明するのも面倒臭いが、同行する相棒に捜査目的を告げない訳にもいかない。

「野次馬にもそれぞれレベルがある。冷やかしただけで黙殺されたヤツ。批判を長々と書き連ねてやはり無視されたヤツ。ドクター・デスの誘いに乗り、連絡フォームに依頼内容を書き込んだヤツ。そして連絡フォームに書き込んだものの、最終的に合意に至らなかったヤツ」

「……安楽死は実行されなかったけど、ドクター・デスと言葉を交わし、ひょっとしたら面談したかも知れない……」

「そうだ。いくら望まれた死だったとしても、人一人を葬るんだ。連絡した全員が全員、殺人に加担したとは思えない。何分の一かは途中で思い止まった可能性がある」

　いったん理解すると明日香の行動も迅速だった。二人はコメントの中から、ドクター・デスが提唱する積極的安楽死に理解を示す者たちを拾い上げる作業に移った。また、この拾い上げには付帯作業も加えられる。本人の肉親がサイトの訪問以降に死亡していた場合には、優先順位を上げることにしたのだ。

　犬養と明日香の垂らした針に増渕耕平《ますぶちこうへい》が掛かったのは、コメント投稿者に当たり出してから二日目のことだった。

　警察ですがドクター・デスという人物について捜査しています――電話でそう犬養が切り出すと、増渕の方から打ち明けてきたのだ。

『すみませんでした。いっときはあの先生に娘の安楽死を依頼しようとしたんです』

「あなたはドクター・デスと会って話をしたんですか」

『会いはしませんでしたが、何度かメールでやり取りしました』

　戸籍を調べると、増渕の長女桐乃《きりの》はサイト訪問時の半年後に死亡していた。

　詳しい話を訊きたい旨を告げると、増渕は警察署以外ならどこでもいいと言う。犬養たちは一番話しやすいと思える増渕の自宅へ赴くことにした。

　増渕の自宅は市原市《いちはら》にあった。会ってみると、増渕は五十代の気の弱そうな小男だった。住まいは相当に築年数の経過した建売住宅で、今は増渕が一人で住んでいるのだと言う。

「女房は娘と同じ病気で、ずいぶん前に亡くなりましたよ」

　犬養はすぐに遺伝性の疾病を疑ってみた。

「全身性エリテマトーデスという病気をご存じですか」

「いえ、寡聞にして……」

「体内の免疫が自身の細胞や組織を破壊する病気です。全身に赤い斑点《はんてん》のような発疹《ほっしん》が出るのが特徴で、重くなると多臓器不全を引き起こします。家族内で発症することが多いので遺伝を疑われているようですね」

　我が子の病気なのでひと通りは調べたのだろう。増渕の説明は要領を得ていた。

「若い娘さんに多い病気で、根本的な原因もまだ分かっていないようです」

　根本的な原因が分からないということは、根本的な治療方法もまた解明されていないという意味になる。

「早期発見と早期治療で治る患者さんも増えたという話なんですが……桐乃は発見が遅れてしまって」

「奥さんと同じ病気だったら、早くに気づけたんじゃないですか」

　言った途端、横から明日香に脇腹を突かれた。娘を亡くした父親の気持ちを察しろという意味だろうが、同じく病身の娘を持つ身の犬養としては、訊かない訳にはいかない。

「それを言われるとまことに面目ないと思いますよ。でも弁解じみて聞こえるかも知れませんが、当時桐乃は一人暮らしでわたしの目が届いていませんでした」

「でも本人には自覚症状があったのでしょう」

「社会人になったばかりの頃です。仕事で覚えなくてはいけないことが多く、時間に余裕もなかった。発疹はただの虫刺され、疲労も仕事に不慣れなせいだと本人は思っていました。きっと母親と同じ病気だということを、どこかで否定したかったのだと思います」

増渕の言葉には無念さが滲んでいた。

「そのうちただの疲労じゃないらしいと病院に行きました。病名が分かって即入院ですよ。症状は日増しに悪化しました。腎臓や胸膜に炎症が起きて、一日中痛みを訴えるようになりました。時々、意識を失《な》くすことが増え、明るい性格だったのに鬱気味にもなりました」

自ら振った話題とはいえ、聞いているうちにだんだん辛くなってきた。増渕と桐乃の関係はそのまま犬養と沙耶香《さやか》の関係に重なる。

そうだ、沙耶香がいつ桐乃と同じ運命を辿らないとも限らない。目の前で肩を落としている増渕は、未来の自分かも知れないのだ。

「鬱も手伝ったのでしょう、その頃から桐乃は死にたい、安らかに死にたいと繰り返すようになりました。当然でしょう。全身性エリテマトーデスは国から特定疾患に指定されている難病です。桐乃のようにある程度まで病状が進行してしまえば完治も寛解も難しい。桐乃の毎日は激痛と絶望との闘いでした」

増渕の声がやや昂《たかぶ》ってきた。今まで堪《こら》えていた感情が噴出し始めたのかも知れない。

「まだ二十歳そこそこ。娘らしい夢も希望もあったのでしょうけれど、その全てを断ち切られ、この先は苦痛しかない。そんな風になれば娘が死にたがるのを責める訳にもいきません。それに、入院治療費についても決して小さな問題じゃなかったんです」

犬養は反射的に頷いてしまう。沙耶香の親権は手放してしまったが、半ば意地で入院治療費は犬養が負担している。泣き言を言うつもりはさらさらないが、月々の金額が決して小さな問題ではないという言葉には頷かざるを得ない。

「特定疾患なので特定医療費を受給できますけど、それだって補助に過ぎません。わたしの場合は自己負担額が上限三万円いっぱいでした。週に何度もある検査は別費用ですしね。そんな時でした。わたしが〈ドクター・デスの往診室〉というサイトを知ったのは」

「安楽死について検索されたのですね」

「はい。〈安楽死〉というキーワードで検索すると、すぐにヒットしました。二十万円という報酬の安さもさることながら、一番目を引いたのは人間には自分で死ぬ権利が与えられていること、そしてドクター・デスの言葉を信じれば、依頼者には安らかで苦痛のない死が約束されるという二点でした。安らかで苦痛のない死。それがどれだけ魅力的な言葉なのか、終末期医療に見放された患者と家族以外には到底お分かりいただけないでしょう」

終末期医療については犬養も自分で調べて一般知識程度は聞き知っていた。要は余命いくばくもないと診断された患者に対し、延命治療を停止することだ。つまりは緩慢な死を待つ訳であり、ドクター・デスの提唱する積極的安楽死に対して、こちらは消極的安楽死と言ってもいいだろう。

事の起こりは平成十八年に富山の病院で発生した事件だ。五年もの間闘病していた末期患者七人に対して、担当医師が家族の同意を得た上で人工呼吸器を外して死に至らしめた。ところが病院側は患者本人の意思確認が不明瞭《ふめいりよう》で、しかも他の医師に確認するなどの手続きを取っていなかったとして警察に届けた。

事件の報道をきっかけにして終末期医療への社会的な関心が高まり、延命治療の停止に関する基準やガイドラインを求める声が大きくなった。

そして厚生労働省は平成十九年に〈終末期医療の決定プロセスに関するガイドライン〉を公表するに至ったのだ。

「しかし見放されたというのは、どういう意味ですか」

「終末期医療のガイドラインというのは手続きに限定した内容で、どんな病気のどんな症状が終末期に該当するかが規定されていません。その判断はあくまでも医療チームによるものと明文化されているんです。終末期というのは一般に余命数週間から六カ月以内という意味らしいのですが、現実の医療現場でお医者さんがそんなことを定義してくれるでしょうか」

実際には無理な話だろうと犬養は推測する。医療現場に何度か立ち会った経験からすると、臨床医師は患者の救命と延命が至上命令であり、己が持てる医療技術の全てを延命治療に注いでいる。それこそが医療の大義という意見がある一方、終末期を定義するとなればガイドライン自体に規定がない以上、延命治療を停止する行為は法的責任を問われる。医師が終末期医療を回避したがるのは人情というものだ。

これは穿《うが》った見方だが終末期の延命治療はどうしても高額医療になる。患者本人には特定医療費などの保険制度で負担は軽くなるが、病院側にすれば最新の延命治療をすればするほど医療収入が上がることになる。病院経営者が徒《いたずら》に延命治療を止めようとしない図式も容易に推察できる。

「医療現場では終末期医療が期待できない。だからわたしたちはドクター・デスの誘いに惹かれたのです。これも弁解がましく聞こえるかも知れませんが、わたしよりも桐乃の方がより熱心でした」

「それであなたは彼と連絡を取った……メールでは、どんなやり取りだったんですか」

「まずわたしのプロフィールと桐乃の病状の詳細を聞かれました。それからわたしと桐乃が積極的安楽死を本気で考えているかどうか。そして契約したら秘密を守れるかどうか」

「そのやり取りはまだ保存されていますか」

「いいえ。消しました。そんな通信内容を後生大事に取っておくような真似はしません。ドクター・デスからも、通信記録は削除するようにと指示を受けましたから」

その程度は用心していたということか。しかしこれは大した問題ではない。削除されたメールなら、後からいくらでも復元できる。三雲に依頼すればあっという間だろう。

「依頼者の意思を確認したら、いよいよ実行段階に移る訳ですね」

「いいえ、それは分かりません。わたしたちは契約まで至ってなかったものですから」

「しかし、桐乃さんはそれから半年後に亡くなっているじゃありませんか」

「……あれはドクター・デスによる安楽死ではありませんでした」

犬養は思わず明日香と顔を見合わせた。

「安楽死の前には桐乃を退院させて、自宅で実行する予定でした。ところがその直前になって桐乃の容態が急変したんです。急遽《きゅうきょ》、緊急手術となったのですが……駄目でした。主治医の努力も空しく、桐乃は手術台の上で息を引き取りました」

「それは本当に手術の最中だったんですか。もしや容態の急変する前にドクター・デスが病室で安楽死の処置をしていたのではありませんか」

「監視カメラが設置された病室で、そんな危ない橋は渡らないでしょう。第一、安楽死を実行したのなら、相談者であるわたしに報告するはずです」

「しかし絶対に彼が関与していない証拠もない」

「関与した証拠もありません。その病院で死亡診断書を作成してもらいました。直接の死因は心筋炎でした」

「彼の技術なら死因も誤魔化せるのではありませんか」

「そうかも知れませんが確認のしようがありません。既に桐乃は荼毘《だび》に付されましたから」

犬養は心中で悪態を吐く。

「その後、ドクター・デスと連絡を取りましたか」

「ええ。桐乃が急死してしまったことを伝えると、丁寧な悔やみの言葉をいただきました。そして連絡はこれっきりにしてくださいと指示されました」

「悔やみの言葉……何だか偽善ですね」

今まで黙っていた明日香が堪え切れなくなった様子で口を差し挟む。

「ドクター・デスだって桐乃さんを殺そうとしていた訳ですよね。それなのにいざ亡くなるとお悔やみの言葉だなんて……」

「いいえ、彼の悔やみの言葉は皮肉でも社交辞令でもありません。わたし自身、あと一日でも早く決断していたらと悔やんでも悔やみきれないくらいでしたから」

「どうしてなんですか」

「容態が急変した時の桐乃は、とても見ちゃいられなかった！　痛がって、苦しんで、わたしに向かってお願いだから殺して欲しいとまで懇願したんですよ。だけど、わたしには、そして主治医の先生もどうすることもできなかった。最後の最後まで苦痛と絶望に塗《まみ》れた死でした。あんな目に遭わせるくらいなら、もっともっと早く安楽死させてやればよかった。な、何故もっと早く……」

増渕は両手で顔を覆った。

指の隙間から嗚咽《おえつ》が洩れ始める。

その姿を見ていると、犬養はもう何も言えなくなった。娘を失った父親の気持ちなど、分かり過ぎるくらい分かっている。そして、もし助からない命であるなら、最後にはせめて安息を与えたいという気持ちも。

増渕宅を辞去してからも気持ちは割り切れなかった。

安楽死に名を借りた享楽殺人──麻生からそう告げられた時は、なるほどその通りだと納得した。だが、娘を安楽死させてやれなかったと後悔する増渕を見て、考えが変わりつつある。

本当にドクター・デスは単なる殺人享楽者なのだろうか。もしかしたら馬籠小枝子や増渕の言う通り、彼こそは終末期医療の隠れた担い手ではないのか。

「でも、残念でしたね」

犬養の気持ちをよそに、明日香は口惜しそうに言う。

「父親の証言を全て否定する訳じゃありませんけど、もし桐乃さんの遺体が馬籠健一さんの時のように火葬される前だったら、違う展開になっていたかも知れないのに」

「最大の問題はそこだ」

「えっ」

「ドクター・デスの余罪を追及するという捜査本部の方針は間違っちゃいない。だが馬籠健一以前の事件では、最大の物的証拠である遺体が既に灰になっている。たとえドクター・デスが出頭して自白したとしても、その犯罪を立証するのは不可能に近いんだ」

「じゃあ、どうすればいいんですか」

犬養は答えなかったが、一つだけ目論見《もくろみ》があった。

過去の事件を探れないのであれば、将来起こるであろう事件を待ち構えるしかない。

それは悪魔の囁《ささや》きにも似て、魅力的だがこの上なく危険な目論見だった。


刑事部屋に戻ってくると、麻生が不機嫌そうな顔で二人の到着を待っていた。

「二人ともしけた面をしてるな」

明日香を見ると、それは班長も同じでしょうと言いそうな顔をしていたので脇腹を小突いてやった。先刻受けた分のささやかな返礼だ。

どうせこれを告げないことには解放されるはずもない。犬養が増渕から聴取した内容を説明すると、麻生は予想通り眉間《みけん》の皺《しわ》をより深くした。

「千葉くんだりまで出掛けて収穫はほとんどなしか」

「収穫がなかった訳じゃありません。増渕さんのパソコンをお借りしてきました。これで削除されたドクター・デスとの通信内容を復元できます」

明日香は抗弁するが、麻生は眉一つ動かさない。

「復元したところで、奴《やっこ》さんのアドレスは複数の海外サーバを経由しているから発信元に辿り着けないんだろ。さっきサイバー犯罪対策課の三雲から懇切丁寧なレクチャーを受けたばかりだ」

明日香の援護をするつもりはないが、こちらも確認したいことがある。

「別働隊は各医療機関にドクター・デスの照会をしたんでしたね。結果はどうだったんですか」

「俺をとことん不機嫌にさせたいらしいな」

麻生は今にも殴りかかってきそうな形相をした。

「今のところ空振りだよ。北は北海道から南は沖縄まで、名の通った国立病院はもちろん、民間の医療施設から医師名簿を取り寄せた。公的な医師名簿には顔写真添付のものがほとんどないから、施設備えつけの名簿を直接取り寄せるしかなかった。その顔写真を馬籠小枝子と長男に確認させているが、ドクター・デスらしき医師にはまだヒットしていない」

「終わってもいないのに、望み薄そうな言い方ですね」

「ふん。お前だったらとうの昔に察しはついているだろう。現役の医師が素顔を晒《さら》して安楽死の患者に会いに来るはずもない。ドクター・デスはおそらく無免許医か、さもなきゃ全くのど素人だ。おそらくは付き添いの看護師もな」

「果たしてそうですかね」

「反証できるか」

「注射の痕《あと》です。組対の知り合いから聞きかじった話なんですけどね、医療関係者と素人じゃあ、注射一本打つにもえらい違いがあるそうです。消毒の有無もそうですが、静脈に対してどの角度で刺入するとか決まっているようです。だから慣れた医療関係者の注射痕はすぐに塞《ふさ》がるが、素人はなかなか手際よくいかない。結構、後々まで痕が残る。ところで馬籠健一の場合ですが、最初にドクター・デスが塩化カリウムを注射した後に巻代医師が急を聞いて駆けつけています。もし素人の手になる注射痕があれば疑問に思うと考えられませんか」

「……巻代医師から再度その点を聴取してみよう。だが医者の真似事をしたがる素人だという、俺の心証は変わらん。場数を踏めば注射だって上手くなるだろう」

「班長の心証では、犯人はどんな男なんですか」

「殺人享楽者というのはそのままだが、加えて狂信者でもある」

吐き捨てるような物言いで思い出した。麻生という男は犯罪者の次に、妙な宗教に凝り固まった人間を毛嫌いしているのだ。

「サイトの謳《うた》い文句を読めば、はっきり分かる。この黒い医者は本物のドクター・デス、つまりジャック・ケヴォーキアンを狂信している。彼の主張に心酔し、彼を崇拝し、そして彼自身になろうとしている。手前をドクター・デスと名乗るのもその顕《あらわ》れだし、殺害方法を真似ているのもそうだ」

麻生は机上のパソコンに男の顔を表示させた。白髪の外国人。細面で疑り深そうな目をした老人――それがジャック・ケヴォーキアンその人だった。

「ジャック・ケヴォーキアンは安楽死の実行に際してタナトロンとマーシトロン、二つの自殺装置を考案していた。このうち薬物を使用するのはタナトロンの方だ。何でも三十ドル程度のガラクタを掻き集めて作ったそうだ。まず患者自身が装置を使って生理食塩水の点滴を始める。

次に患者がスイッチを押すと一分後にチオペンタールが生理食塩水にとって代わる。このチオペンタールで患者は昏睡状態に陥る。その後自動的に塩化カリウムの点滴が始まり、患者は眠ったまま死に至るという寸法だ」

　息子の大地の証言では、それまで喋っていた馬籠は最初の医師から注射されるなり、急に静かになったという。昏睡状態に陥ってから毒物を注入されたというのなら、証言に信憑《しんぴょう》性が出てくる。

「二代目のドクター・デスは初代のやり方を踏襲したと考えているんですね」

「狂信者ってのは、崇拝の対象を模倣するもんだ。初代の時は、患者が死亡した現場を映したビデオがテレビ公開されて論議を呼んだらしい。この二代目がそのうちニコニコ動画で安楽死の実況中継をしたとしても、俺は少しも驚かないぞ」

　冗談めいた話だったが、犬養は笑えなかった。匿名による不法な映像が毎日のようにアップロードされている現代では、決して有り得ない話ではない。

「それにしても、こんな胡散臭《うさんくさ》いヤツに何だって親兄弟の命を委ねるんだか。俺には、てんで理解できん」

　珍しく麻生の言葉に抵抗を覚えた。ここは事実誤認を回避するためにも、ひと言添えておいた方がいいだろう。

「気持ちの問題より、制度の問題じゃないかと思いますよ」

　犬養は増渕が悲憤を込めて話した終末期医療の実態を伝えた。じっと聞いていた麻生の表情は次第に困惑気味になる。

「医療現場では医師の多くが法的責任を怖れて、積極的に終末期医療に取り組もうとしない。それに日本人独自の倫理観からすれば、どうしても患者の延命を第一に考えてしまいます。個人の死ぬ権利、終末期医療について一般的なコンセンサスが得られていないのも理由の一つでしょう」

「言い方を換えれば、我がドクター・デスはそこにつけ込んだのかも知れんな。終末期医療の体制が手薄になっているから、不治の患者を抱えた家族たちは奴さんを頼りにせざるを得なくなる。晴れて黒い医者は、手前の享楽殺人を満足させながら家族たちから感謝される。そうして、ますます自分の選民意識を増長させる」

喋っているうちに再び黒い医者への侮蔑《ぶべつ》が増したのか、麻生は顔を歪ませる。

警察官としては、きっとそれが真っ当な反応なのだろう。背景や理由はどうあれ、人の命を奪う行為は紛《まご》うことなき犯罪だ。

だが父親としての犬養は優柔不断になる。仮定の話は好きではないが、もし沙耶香が余命いくばくもない病状に至った時、身近にドクター・デスがいたとしたら、犬養には彼の誘惑を断ち切れる自信がない。

ふと気づくと、麻生がじっとこちらを見ていた。

「いつものお前らしくないな」

付き合いが長いのも考えものだ。どうやら相手もこちらの弱さを見透かしているらしい。

「身につまされでもしたか」

「そんなことは……」

「俺はずいぶん昔から、マスコミでコメントを垂れ流す社会心理学者という人種が大嫌いでな」

いきなり何を言い出すのかと思った。

「ストーカーが増えたのは教育のせいだとか、イジメが増えたのは社会のせいだとか、何でもかんでも外部環境のせいにしやがる。挙句の果てには犯人も格差社会の犠牲者だなんて吐《ぬ》かしやがる。ふざけるなってんだ。人を傷つけるのも殺すのも、みんなそいつの責任に決まっている。劣悪な家庭環境にいる人間が全員犯罪者になる訳じゃない。恵まれない人間が全員捻《ひね》くれる訳でもない。それと一緒で、終末期医療が進んでいないから積極的に安楽死を勧めるなんてのも、結局は屁理屈《へりくつ》に過ぎないのさ。ドクター・デスは末期患者の味方でもなければ終末期医療の先導者でもない。二十万円ぽっちの報酬で人を毒殺して回る、ただの連続殺人鬼だ」

いつもながら惚《ほ》れ惚れするほど単純明快な理屈だ。この単純な理屈が、この男の指導力の源泉であるのは容易に想像がつく。上意下達の組織には、上手く馴染む志向でもあるのだろう。

それでも犬養は全面的に同意することができない。ドクター・デスの真意はともかく、安楽死に加担した家族たちの弱さを責める気には到底なれない。

「ドクター・デスの追跡は言うに及ばず、一緒にいた看護師の正体も気になるところだ。こっちの印象は黒い医者より更に希薄だが、目撃情報を集めれば輪郭もはっきりしてくる。お前たちは引き続き、ドクター・デスが過去に扱った事件を掘り起こせ。この際、死体がなくても構わん。証人の数を増やすことを考えろ」

この指示もまた、単純だが有効であることに間違いはなかった。

二　救われた死

1

病死だと思われていたものが実は第三者による安楽死だった——。

馬籠健一の事件は新聞・テレビでトップ扱いの報道となった。安楽死という誰にでも訪れる可能性、そしてそれが委託された殺人であったことが市井の耳目を惹《ひ》いた形だった。

憎悪や金銭目的ではなく、末期患者の苦痛を緩和するための殺人。それ自体は過去にもあった事件だが、今回は安楽死を任務として遂行する黒い医者の存在が特異だった。安楽死を依頼した馬籠小枝子についての世評は概《おおむ》ね同情的な声が多かった。本人と家族を苦しめる精神的苦痛と経済的困窮は要介護患者を抱える者にとって他人事《ひとごと》ではない。小枝子が追い詰められたのも、終末期医療が海外に比較して遅れているのが原因だと弁護する者、またホスピスの充実に予算を投じろと叫ぶ者もいた。

片やドクター・デスに対する世評は真っ二つに割れた。マスコミの論調は犯罪者扱いだったが、匿名性を担保されたネットでは終末期医療の必要悪として擁護する声が少なくなかった。事件報道の当日から〈ドクター・デスの往診室〉にはアクセスが集中し、あっという間にサイトはダウンした。常時サイトの動向に目を光らせていたサイバー犯罪対策課には迷惑この上なかったが、扇情的な話題に飢えていた野次馬たちの関心は高まるばかりで、そんな状況が一週間以上も続くことになる。三雲がネットに集《たか》る有象無象に呪詛《じゅそ》の言葉を浴びせたのも無理はない。

警視庁に匿名電話があったのは、ちょうどその騒ぎの最中だった。

その日十月十五日午後一時十九分、通信指令センターに勤める北園《きたぞの》深雪《みゆき》は一本の不審な電話を取る。

『あの……ニュースでやってる安楽死の事件、警視庁に本部があるよね』

妙にくぐもった声で年齢はおろか男女の区別さえつかなかった。

「はい、そうですけどあなたは?」

『そのドクター・デスに安楽死させられたヤツがいる』

「何ですって」

『川崎《かわさき》に住んでる安城邦武《あんじょうくにたけ》という男だ。調べてみろ』

「あなたの氏名と連絡先を」

通報はそこで切れた。

昔と違い、現在の電話はデジタル信号なので通話時間に関係なく逆探知ができる。それに報道以来、ドクター・デスに関する匿名電話は日に百本は下らない。とりあえず報告はするべきなので、深雪は通話の内容を捜査一課へ知らせることにした。

それが二つ目の事件になった。

＊

「安城邦武は二日前の十三日、入院先の西端《にしはた》病院で死亡している」

麻生は憮然《ぶぜん》とした表情で言った。

「憶《おぼ》えているだろう。今年八月、川崎にある西端化成の工場で爆発事故が起きた。重軽傷者十四人を出す惨事だったが、安城は重傷で入院していたうちの一人だ。事故後の調査では彼のミスが工場の出火原因と推測されている」

明日香は最初から疑り深そうに話を聞いている。

「その安城という人は、病院で安楽死したんですか」

「病院に問い合わせたところ、死因は高カリウム血症ということだった。ドクター・デスが塩化カリウムでの安楽死を図ったというのなら、頷《うなず》ける死因だ」

「でもそこそこの規模の病院なんですよね。その病室の中に忍び込んでまで安楽死を実行させるなんて……」

そこそこの規模の病院だから問題なんだ、と犬養は内心でこぼす。

西端化成は繊維や化学薬品から住宅建材までを幅広く扱う純粋持株会社だ。傘下に二百以上のグループ企業を持ち、西端病院はそのうちの一つで、外来診療はあるもののグループ社員が優先的に入院治療の恩恵に与《あずか》れる。要はグループ全体の福利厚生施設という性格のもので、どこまでセキュリティが保証されているかは現場に行かなければ分からない。

「ここしばらく続いているイタズラや憶測の電話よりは、はるかに信憑《しんぴょう》性がある。だから病院と遺族側に火葬の延期を申し入れた。今日が通夜の予定だったんで、ぎりぎり間に合った」

「通報電話の主は分かったんですか」

「駄目だ。公衆電話から掛けてきた。川崎市内の公衆電話で鑑識が出張っているが、元々不特定多数が使用する場所だ。ケータイの普及で利用者数が少なくなっているとしても、山のような不明指紋が出るだろうよ」

麻生が鑑識からの情報を当てにしていないのは明らかだ。

「西端病院へ行ってきます」

犬養がそう声を上げると、麻生は当然だという目でこちらを一瞥《いちべつ》した。

西端病院の受付で来意を告げると、犬養と明日香はすぐ応接室に通された。五分と経たずにやってきたのは、宇都宮《うつのみや》という勤務医だった。捜査本部からの連絡を受けて慌てて対処しているが、捜査をされるのは心外だと顔に書いてある。

「わたしが安城さんの主治医でした。まさかあれが殺人だとは、俄《にわか》には信じられませんね」

「いえ。殺人だと決めつけている訳じゃありません。そういう内容の通報があったものですから。まず安城さんが亡くなられた時の状況を教えてください」

「状況も何も……安城さんは例の爆発事故でずっと重態のままでしたからね。入院してから意識を回復したことは一度もありませんでした。ここへ運び込まれた時にはひどい有様でした。薬品を浴びた上に数十カ所の裂傷と火傷《やけど》。顔面は膨れ上がって、奥さんでも見間違えるほどでした。緊急手術で植皮しましたが、とにかく致命的な外傷が多過ぎたんです。病院としては最高水準のチームを編成して治療にあたったのですが……」

「最高水準の治療であればその費用も相当額になったと思いますが、ご家族に払えるだけの余力があったんですか」

「いえ……入院治療に関する一切の費用は西端化成本社から出ているんです」

親会社の西端化成としては、自社工場での事故で被害を拡大させて評判を落としたくない。治療・延命に最善を尽くそうとするのはむしろ当然だろう。

ただしその眼目は死亡者数を抑えることであって、患者の社会復帰ではない。

「治療して治る見込みはあったのですか」

「それは何とも……」

「安城さんの入っていた病室に案内していただけませんか」

申し入れると、宇都宮は渋々といった体で承諾した。

「折角刑事さんに来ていただいたのですが、わたしにはどうしても安城さんが他殺だったとは思えません」

病室に向かう途中も宇都宮は不満げだった。

「死因は高カリウム血症でしたよね」

「だから疑う余地なんてなかったんですよ。多発外傷に陥ると細胞内のカリウムが流出します。その上、安城さんは消火活動中に大量の粉末消火薬剤を吸引してしまった。それもまた高カリウム血症の原因です」

「解剖は？」

「ご遺族が承諾しない限り、しません」

しかし宇都宮の思惑を外れて安城の腹を開くことになりそうだ。しかも病理解剖ではなく、司法解剖の方で。

「安城さんが他殺ではないという根拠はそれだけですか」

「入院以来、工場の関係者が何人も見舞いに来られましたが、皆さんが目にいっぱい涙を溜《た》めて……工区長さんなんか日参していますからね。事故の犠牲者は他にも入院していましたが、あれだけ見舞い客に泣かれた患者は初めてです。よっぽど皆さんに慕われていたのでしょう」

宇都宮の背後で、犬養はゆるゆると首を振る。慕われていたからといって殺されないとは限らない。まして今回は、慕われていたからこそ安楽死させられたという可能性もある。

何気なく廊下の四方を見回してみるが、監視カメラは見当たらない。一階フロアや非常階段付近には設置されていたので、おそらく必要最低限のカメラしか備えていないのだろう。

宇都宮の足が止まったのは八一三号室だった。安城がいなくなってまだ二日、新しい入室者はいないようだ。

中はがらんとしていた。ベッドが空の病室というものは、こんなにも空虚さが支配するものなのか。ここでも四方に視線を走らせるがカメラの姿はない。

「患者さんの容態は二十四時間、詰所でモニターされています。血圧や心拍数に異常があれば警告音が鳴る仕組みです」

「監視カメラがないのはそのためですか」

「数値だけチェックしていれば、四六時中患者さんの姿を映している必要はありませんからね。そのモニターが警告音を発したのが十三日の午後一時二十五分でした。わたしと担当看護師二名で病室に駆けつけましたが、安城さんはひどく苦しがっていて……急いで緊急手術の準備をしましたが、その時、すでに心肺は停止していたんです。蘇生《そせい》措置を試みたのですがもう手遅れでした」

犬養は舌打ちしそうになる。カメラの監視がない病室。ドクター・デスが病室に侵入して安城に塩化カリウムを注射し、すぐに退室する。やがて安城は発作を起こして絶命するが、元より高カリウム血症を発症しているので疑惑は持たれない。

「先生。もし安城さんに塩化カリウム製剤を注射した場合、やはり同様の発作を起こすと考えられますか」

「……断言はできかねますが、その場合は見分けがつかないでしょうね」

宇都宮はそう言って目を伏せた。

「安城さんは点滴を受けていたんですよね。何者かが点滴剤の中に塩化カリウム製剤を混入した可能性はありませんか」

「それも断言しかねます」

「使用済みの医療器具はどこに保管してありますか」

「保管なんかしませんよ。院内感染を防ぐために注射針一本、点滴バッグ一つ全て使い捨てです。それも一日に使用した分は、次の日には医療ゴミとして業者さんが回収してしまいますから、もう病院内にはありません」

死亡から二日。安城の命を縮めたかも知れない点滴バッグが現存している可能性は極めて小さかったが、至急麻生には連絡しておくべきだろう。


二人が次に向かったのは川崎区にある斎場だった。今回はえらく斎場に縁がある。着たきりのジャケットには、そろそろ線香の匂いが沁《し》みついているかも知れない。

親族控室に行くと安城の妻冴美《さえみ》、そして詰め襟の息子とブレザー姿の娘が中央に固まっていた。いかにも消沈している三人を見ると、改めて自分が場違いなところにいることを痛感する。

「長男の英之《ひでゆき》と長女の久瑠実《くるみ》です」

事前に知らせておいたので、犬養と明日香が刑事であることを知っているせいだろう。英之と久瑠実の二人を見る目はひどく尖《とが》っていた。とてもこの場で話を聞けるような雰囲気ではない。

二人の子供は明日香に任せ、犬養は冴美を伴って別室に移動する。

「あの、先ほどいただいた連絡だと、主人が殺された疑いがあるとか」

「それでご遺体を一時お預かりしました。カネで安楽死を請け負う人間がいましてね。ご主人はそいつの手にかかったのだと、匿名の電話があったんです」

「そんな馬鹿な。何かの間違いかイタズラ電話に決まってます」

「ドクター・デスと名乗る男です。テレビのニュースでも流れていたでしょう」

「そのニュースは知ってますけど、ウチの主人が安楽死させられただなんて……第一、わたしはそんなことを頼んだ覚えがありません」

「失礼ですが、ご主人は入院中、苦しがっておられましたか」

冴美は睨《にら》むように犬養を見る。

「病院に運び込まれて以来、あの人が安らかでいられたことはなかったと思います。全身焼け爛《ただ》れて、傷も負って……植皮しても麻酔が切れれば焼け付くような痛みだというし」

「確実に完治する見込みはなかったようですね」

「宇都宮先生は、あんな有様で生きている方が奇跡だと仰《おつしや》っていました」

「一度でも安楽死を考えたことはないんですか」

「嫌なこと訊《き》くんですね。苦しむばかりで治る見込みがないんです。せめて楽にしてあげたいと思うじゃないですか。でも……あの子たちが、父親が元気に退院するのを祈っていたんです。だから考えていても、それを宇都宮先生にお願いすることはありませんでした」

「考えている最中、ドクター・デスのサイトを覗《のぞ》いたことはありませんでしたか。調べれば、すぐに分かることです」

犬養は、冴美が必ずサイトを覗いたに違いないと踏んでいた。身近で安楽死について助言してくれる者がいなければ、ネットで調べようとするだろう。そして〈安楽死〉で検索すれば、すぐ〈ドクター・デスの往診室〉に辿《たど》り着くはずだ。

「……覗きました。でも、なかなか相談する気になれなくて……迷っているうちに容態が急変してしまったんです」

「質問を変えます。どなたかご主人を憎んだり恨んだりする人物はいませんでしたか」

「主人は面倒見のいい性格で、よく部下の人を家に呼んでは一緒に呑《の》んでいました。その部下の人たちから聞いた話では、主人は職場でも頼りにされ、誰からも愛されていたそうです。親類の間でも一緒です。決して偉ぶらず、誰に対しても親切なので、主人のことを悪く言う者は一人もいません」

まるで絵に描いたような人格者ではないか。

「ご主人の危篤をどこでお知りになりました」

「あの時は、ちょうど病院で宇都宮先生と話している最中でした。一時半頃、先生に呼び出しが掛かって、訳も分からないまま待合室で待機させられて……」

「事故後の調査では、工場の出火原因はご主人のミスと推測されているようですね。そうなると、いくら立派なご主人でも関係者からの風当たりが強くなるでしょう」

我ながら嫌味な質問だと思ったが、これを外す訳にはいかない。

「いいえ。わたしが鈍感なせいかも知れませんが、事故の後は尚更《なおさら》主人に同情してくださる方が増えたように思います。安城は仕事に殉じたと言ってくれる同僚や部下の人ばかりでした。上司の方々からも過分な言葉を頂戴《ちょうだい》しています」

犬養は少し白けた気分になったが、慕われているからこそ安楽死させられた可能性は依然として捨て切れない。

「では逆に、ご主人を安らかに眠らせてあげたいと願っている人に、どなたか心当たりはありませんか」

するとと冴美は険しい表情のまま、考え込む素振りを見せる。

「ウチの子供と同じです。皆さん、主人が元気な姿で復帰するのをずっと待っていてくれました。安楽死のことを一瞬でも考えたのは、きっとわたしだけだったと思います。だから……」

「だから、何です？」

「主人があれ以上苦しまずに済んでよかったとも思います」

声の調子が一段、落ちた。

「子供や会社の皆さんには申し訳ないのですが、わたしは主人のあんな姿、もう見ていられませんでした。事故に遭う前は本当に元気で馬鹿みたいに明るかった人が、あんな風に火傷だらけになって、麻酔が効いている時以外はいつもうんうん唸《うな》って……わたしたちはただ見ているだけだけど、あの人はずっとずっと苦しんでいる。そう思うと夜中でも叫び出したくなりました」

犬養は口を閉じる。質問を重ねなくても、冴美は心の裡《うち》にあるものを全て吐露しようとしているように見えたからだ。

「あの安楽死のお医者さんに相談するかどうか迷った……さっきはそう言いましたけど、相談して処置をお願いするのは時間の問題でした。もう限界だったんです。でも、今から考えるとあの人には酷《ひど》いことをしてしまいました。ああなる前に、もっと早く安楽死させてやればよかった。あの日に死ぬと分かっていたなら、病院に運び込まれた時に決めてやればよかった。そうすればふた月も苦しまずに済んだのに……あれはわたしのせいです。わたしが臆病《おくびょう》だったせいで主人に無駄な苦しみを与えてしまいました。わたしは、結局自分の意思で主人の命を摘み取ることが怖かっただけなんです」

まるで堤が決壊したように、冴美の言葉は後から後から噴き出てくる。

「他人《ひと》様はわたしのことを鬼と蔑《さげす》むかも知れませんけど、主人が亡くなった今、ほっとしているんです」

やがて冴美はひくひく引き攣《つ》けたかと思うと、細く長い嗚咽《おえつ》を洩《も》らし始めた。

これ以上は何を訊《き》いても無駄だろう。そう判断した犬養は、冴美を残して部屋を出た。

親族控室に戻ると、ちょうど明日香と出くわした。

「そっちはどうだった」

「泣かれちゃいました」

「こっちもだ」

「よっぽど家族に愛されたお父さんだったんですね」

何気ないひと言だろうが、愛された父親ではなかった犬養には痛烈な皮肉に聞こえる。

「子供たちはずっと安城さんの生還を信じていたので、安楽死など考えもしなかったそうです」

それが普通の反応なのだろうと思う。日本人独自の倫理観と言ってしまえば理屈に落ちるが、少なくともあの年頃の子供たちに安楽死を考えさせるのは酷というものだ。

「まだドクター・デスに依頼した人物が特定できない以上、子供たちを捜査対象から外す訳にはいかない。家にあるパソコンを一時預からせてもらおう」

気の進まない風を露骨に示しながら、明日香は浅く頷く。元より少年犯罪を防ぎたいと生活安全課を志望してきた女だ。子供を容疑者扱いすることに抵抗があるに違いない。

「奥さんの方はどうでしたか」

「最後まで安楽死という選択肢に悩んでいたと証言した。しかも安城が危篤に陥った時、彼女はちょうど病院にいた。アリバイは成立しない」

「アリバイって、まさか奥さんが直接塩化カリウムを注射したと考えてるんですか」

「安楽死の対象が入院しているならドクター・デスが出向くにはリスクが高過ぎる。点滴バッグの中身を塩化カリウム製剤とすり替えるのが素人にもできる作業なら、薬剤だけを女房に渡して指示することもできない相談じゃない」

明日香は一瞬、そこまで人を疑うのかという顔をする。その通り。そこまで疑うから今も刑事を名乗っていられる。

「次に行くぞ。安城が勤務先でどういう立ち位置にいたのか。どれだけ慕われ、そしてどれだけ疎まれていたのか。それでドクター・デスに安楽死を依頼した人間を炙《あぶ》り出す」

爆発事故を起こした西端化成の化学工場は、グループ企業の西端ケミカルが操業している。西端病院と同様、こちらの工場も川崎市内にあるので都合がいい。爆発事故で焼失していたのだが、現在も辛うじて操業を続けているらしい。

爆発事故で所轄の捜査が入っているためか、一階の受付で身分を名乗った途端、受付嬢の顔が強張《こわば》った。ただし利点もある。事情聴取に慣れてしまったのか、工場の関係者からすぐ話が聞けるようになっていた。応接室で待っていると、やってきたのは五十前後の小男だった。

「小菅仁一《こすげじんいち》といいます。事故のあった第二プラントで工区長をしておりました」

「安城さんとはどういう関係になるのでしょうか」

「彼は作業主任なので、わたしが直接の上司になります。第二プラントだけで四つの工区に分かれています。そしてそれぞれの工区に一人ずつ作業主任が置かれています……あの、これは川崎署の刑事さんに説明したことで……」

犬養が安城邦武の死について警視庁からやってきたことを告げると、小菅は訝《いぶか》しげに首を傾げてみせた。

「安城くんが他殺、ですか。それはちょっと考えつきませんな」

「工場内で安城さんを恨んでいる人はいないと?」

「恨むだなんて、そんな。四人の作業長の中でも彼ほど人望の厚い人間はいないんですよ。部下への指示も懇切丁寧だし、ベテランなのに一切偉ぶったところがない。それからこれは、マスコミでは報道されなかったことですが、爆発事故が起きた時、彼は逃げ遅れた部下を救い出すために最後まで現場に残ったんです。彼が重傷だったのはそれが原因でした」

「なるほど。英雄という訳ですか。しかし報道によれば、爆発事故のそもそもの原因は安城さんのミスだったそうじゃないですか。言い換えれば彼のミスのお蔭《かげ》で何人もの負傷者が出て、会社は大損害をこうむったことになる。それでも関係者の皆さんは安城さんを慕っているんですか」

「あの事故原因については、安城くんの人為的ミスだけとは言い切れない部分があります」

それから小菅は、第二プラントでの事故の詳細を語り始めた。ところどころに専門用語や化学知識が挿入されるが、川崎署への事情聴取で話し慣れていたせいか、犬養にも充分理解できた。隣で聞いていた明日香も要所要所で頷いていたので、全くの意味不明ということもなかったのだろう。

要約すれば、こういうことだ。

第二プラントはポリ塩化ビニールの製造工場だった。そして塩化ビニールは以下の工程で造られる。

まずエチレンに酸素・塩化水素を反応させて水と1，2－ジクロロエタンを得る。これに触媒を介することで二価の銅が還元され、一価の銅と1，2－ジクロロエタンが生じる。

次に、酸素によって不安定な一価の銅は酸化され、二価の銅が生成される（ここまでをオキシ塩素化反応という）。これに熱分解して塩化水素を分離させ、塩化ビニールを得る（クラッキング反応）。

だが、この化学反応以外にも副反応や未反応物が生じることがある。そして扱う薬剤の量がトンを超えれば、当然その反応熱も桁外《けたはず》れなものになる。

第二プラントではオキシ塩素化反応を二系統で行っていた。ところがこのうち一系統のエチレン緊急放出弁が誤作動により、全開放の状態になってしまう。そして安全装置が作動し、こちらの系統は停止してしまう。この段階で、本来二系統で循環していた反応は一系統のみとなった。

反応系一つが停止したために、今度はクラッキング反応系が二つとも停止してしまう。この時、冷却装置も停止し、還流槽内が化学反応で温度と圧力を上昇させていく。そして遂に臨界点を突破して、タンクが破裂、何らかの着火源で爆発を引き起こしたという訳だ。

「本来はオキシ塩素化反応系が停止するとアラームが表示されるんです。ところが、このアラーム表示を見逃していたために還流槽内の異変に気づかなかった」

「アラーム表示の確認は誰の役目だったんですか」

「作業長……安城くんの役目でした」

なるほど。安城のミスというのはアラームの確認洩れだったか。

「ただ繰り返すようですが、直接の原因はエチレン緊急放出弁の誤作動によるもので、これは調査委員会がそう結論づけています。人為的ミスの前に機械的なミスがあった」

小菅の説明を聞いた後では納得できる話だが、ニュースを表面的に捉《とら》える者は複雑な化学反応を理解する前に、責任の所在を追及しようとする。その方が頭を使わずに済むし、何より事故の責任を問うという己の姿に陶酔したいからだ。調査委員会がどれだけ弁護の言葉を費やしたところで、確たる証拠がなければ一般市民は安城の過失を責めるだろう。

「工場関係者はみんなそのことを知っています。だから誰一人として安城くんを恨んだりはせんのです」

「小菅さんも毎日、見舞いに行かれたそうですね」

「わたしだけじゃなく、同じ第二プラントで働いていた者はほとんど行っておりますよ。安城くんの亡くなった日も昼前に見舞いました。しかし、まさかあれが最後になるとは……」

「では逆に、安城さんが重篤で苦しんでいる様を目の当たりにして、せめて安らかに死なせてやりたいと考える人はいますか」

小菅は意表を突かれたようだった。

「今、ドクター・デスなる者が世間を騒がせているのをご存じですか。彼は愛する人の安楽死を願う者に接近し、報酬と引き換えに安らかな死を残していく」

「ニュースで見ましたが……それじゃあ刑事さんは、そのドクター・デスとかいうヤツが安城くんを殺したというんですか」

「ドクター・デスは依頼がなければ動きません。誰かがそういう依頼をしたのではないかと、我々は踏んでいます」

「た、確かに彼の苦痛を和らげてやりたいと願う者は大勢いるでしょうが、それが殺人となると……いや、思い当たりません」

「それでは安城さんの同僚か部下の方にもお話を伺いたいのですが」

小菅と入れ替わりにやってきたのは、立花志郎《たちばなしろう》という二十代の若者だった。

「安城作業長が殺されたなんて、そんな馬鹿な話はありませんよ」

立花の目は最初から猜疑心《さいぎしん》に凝り固まっていた。

「あんないい人が殺される訳、ないじゃないですか」

「いい人だから、いっそ楽にしてやりたいと思う人間もいるんじゃないですか」

同じことを口にするのは、これで何度目だろうと思う。誰からも憎まれず、愛されるがゆえに殺される——改めて通常の事件とはまるで様相が異なることを思い知らされる。

「そりゃあ苦しんで欲しくはないっスよ。でも、だからといって殺すなんて。工場の連中は全員、安城作業長が元気な姿で職場復帰するのを待ってたんですから」

「工場爆発の原因を作った人間であっても？　先ほど工区長から、人為ミスだけとは言い切れないと説明を受けました。しかしあの事故で西端ケミカルおよび西端化成は相当評判を落としたはずだし、あれだけの規模の事故であれば実質的な損害も少なくない」

これもまた底意地の悪い質問だが仕方がない。

「しかし事故原因が安城さんのミスと判明すると、マスコミと世評は彼一人に責任を追及する。それは西端化成とそこに働く者にとって、とても都合のいい話です。装置の誤作動という、本来は工場全体が負うべき責任を全て安城さんにおっ被《かぶ》せることができる。工場の関係者が安城さんを恩義に感じているのは、そういう事情があるからじゃないんですか」

すると立花は唇を突き出し、今にも殴りかからんばかりに顔を近づけてきた。慌てて明日香が間に入ろうとするが、犬養は微動だにしない。

「あんたたちみたいに、日頃から人でなしばかりを見ているとそんな風になるのかな。安城作業長がバッシングを受けて、現場の俺たちがどれだけ悔しい思いをしているか想像もつかないだろう」

立花はいきなり右腕の袖《そで》を捲《まく》った。示威行為かと思ったが、その右腕にはケロイド状の火傷《やけど》痕《あと》があった。

「どうせこれも工区長から聞いたんだろ。あの事故のさなか、逃げ遅れたのろまが俺だよ。落ちたダクトに足が挟まって動けなかったんだ。あ、安城作業長はな、いったん脱出できていたのに、俺を助けるためにわざわざ戻ってきたんだよ。クソ重いダクトを持ち上げて俺を自由にしてくれた。その時、作業長の後ろでタンクが破裂した。作業長は俺の盾になった恰好《かっこう》で中の薬品をモロに被っちまった。お蔭で俺は助かったけど作業長は、作業長は……畜生！」

この取り乱しようは演技でできるものではない。どうやら安城が職場の人間から尊敬され、愛されていたのは本当のようだ。

「俺の命を救ったために、あの人は犠牲になった。それを知らせた時、第二プラントの連中だけじゃない。従業員全員が大泣きに泣いたんだ。そんな人の命を、どんな理由があっても奪おうなんてヤツ、ここにはいないよ。分かったらとっとと帰れ、このクソ野郎」

半ば追い出されるようにして工場から辞去した犬養と明日香は、そのまま麻生の待つ捜査本部へ戻った。麻生のことだから、何か土産を咥《くわ》えていかないと不機嫌になるのは分かっていたが、生憎《あいにく》と成果と呼べるようなものはない。

特に有力な情報なしと知ると、案の定麻生は機嫌を損ねた様子だった。まあいい。この上司が不機嫌でないのは、事件が解決した時とボーナス支給の日くらいのものだ。

「ところで、本部の方は進展がありましたか」

「安城邦武の司法解剖が終わった。遺体は斎場に直行したそうだ。ただしまだ解剖報告書は届いていない」

「それじゃあ何とか通夜には間に合ったんですね」

明日香が安堵《あんど》した声で言う。そう言えば、今日の事情聴取は誰に対しても神経を逆撫《さかな》でするような質問ばかりだった。普段から犬養のやり方に危惧《きぐ》と嫌悪を覚えているらしい明日香にとっては、いっときも心休まることがなかっただろう。

「それからもう一つ。お前から連絡のあった点滴バッグだが、廃棄業者が処分する一歩手前で入手することができた」

「分析、どうでした」

「思った通りだ。バッグの中に残っていたのは高濃度の塩化カリウム製剤だった。匿名通報は正しかった。安城邦武の安楽死はドクター・デスの仕業だ」

一つの事実が明らかになったのに、麻生の声は尖ったままだ。気持ちは手に取るように分かる。これでドクター・デスが連続殺人を行っていることが証明されたからだ。

「通報のあった公衆電話からは何か出ましたか」

「こっちは鑑識でも難儀しているそうだな。知っての通り最近はケータイで用を済ませちまうヤツがほとんどだからな。寒くなってくると、新米のホームレスが宿泊所代わりにしやがる。そのせいか不明指紋は馬に食わせるほど残留しているそうだ」

「それにしても、いったい誰が通報してきたんでしょう。やっぱり犯人の共犯者なんでしょうか」

不意に明日香が切り出した。

「いや、共犯者だったら犯行声明を出すのはまずいだろう。わざわざ寝た子を起こすようなものだ」

「でも班長。共犯者じゃなかったら、どうして通報者がドクター・デスの仕業であるのを知ってたんですか」

明日香の疑念はもっともであり、麻生も上手《うま》い解釈が見つからないようだった。

推量だけならここで自分が口にしても構うまい。

「可能性が一つある。ドクター・デスに付き添っていた看護師が、急に怖気《おじけ》づいた場合だ」

麻生と明日香が同時にこちらを見る。

「今までドクター・デスの犯罪は闇に隠れていました。ところが馬籠健一の件が発覚して、その名は大きく広まってしまった。確信犯であるドクター・デスはともかく、助手を務めていただけの看護師にはそれほどの度胸はない。マスコミの扱いが派手になればなるほど怖気づいたとしても不思議はない。匿名で通報したのは、自分は捕まりたくないが、ドクター・デスは逮捕して欲しいという手前勝手な密告だったとしたら合点がいく」

うぅん、と麻生が低く唸る。

「それが本当なら、終わってしまった事件よりは、これから予定している殺人計画をチクって欲しいところだな」

腹案を出すべきか迷っていたが、今がちょうどいいタイミングだろう。

「実は妙案があります」

「何だ」

「例のサイトが復旧次第、こちらから安楽死を依頼してみてはどうですかね。マスコミが騒いでいる最中でもドクター・デスは仕事を遂行した。きっと次もそうするでしょう」

2

次の日の午前中、司法解剖の報告書が到着した。安城の死因自体は高カリウム血症だったが、その血液中からは高濃度の塩化カリウム製剤が検出され、毒殺の疑いがいよいよ濃厚になってきた。

刑事部屋でそれを知らされた明日香は不味《まず》いものを舌の上に載せたような顔をする。

「つまり、ドクター・デスは安楽死の方法を塩化カリウム製剤の注射と決めているんですね」

「それが初代ドクター・デスのやり方だから踏襲しているんだろう。それに何例か成功しているから、その方法に固執しているという見方もできる」

犬養は報告書に視線を落として答える。

「何例かって……馬籠健一のことを言ってるんですか」

「いや、もっと前だ。馬籠健一の安楽死は見事な手際だった。あれが初仕事とは思えないし、第一、当の本人が今までに何例もの安楽死を手掛けているとサイトで公言しているじゃないか」

「増渕桐乃さんのケースは未遂でした。ドクター・デスの書いたことを鵜呑《うの》みにするんですか」

「一笑に付すよりは本気に考えた方が安全だぞ。サイトの宣言は、ただのハッタリや自己顕示欲じゃない。実績と信念に基づいた誘い文句だ」

「昨日の提案、あれも本気なんですか。犬養さん」

明日香が訊《たず》ねているのは、こちらからサイトを通じておとり捜査を仕掛ける件だった。

「本気も本気。それどころか、現状では一番効果的じゃないかとさえ思っている」

そうは言ったものの、犬養自身に一片の躊躇《ちゅうちょ》もない訳でもない。だが一番有効であることに間違いはなく、刑事としては試してみたい気持ちが疼《うず》いている。それを抑えているのは私人としての自分だ。

「そんなに上手く引っ掛かりますか」

「簡単には無理だろうな。マスコミにまで名が知られたんだ。相手も慎重になっている」

マスコミによってドクター・デスの名が広まったことには二つの効果が予想される。一つはサイトがあっという間にダウンしたように、野次馬や冷やかしを呼び込んでしまうこと。そしてもう一つは身内の安楽死を考えながら今まで二の足を踏んでいた人間を呼び寄せてしまう可能性だ。

「サイトが復旧したら、〈ドクター・デスの往診室〉には冷やかし客を含めて山のような依頼が殺到する。ドクター・デスとしてはその中から真っ当な顧客を選ばなきゃならないから、いきおい慎重にならざるを得ない」

「こんな騒がれ方をしても、まだ犯行を続けるっていうんですか」

「多少のインターバルを置くとしても、必ず再開させる。シリアルキラーというのは自分からは犯行を止めることができない人種だ。止める方法は二つしかない」

明日香が興味深そうな顔をしたので、丁寧に教えてやることにした。

「俺たちが逮捕するか、ヤツが何らかの事故で死ぬかだ」

明日香はすぐに眉《まゆ》を顰《ひそ》めてみせた。

「不服そうな顔をしているが、そういう強制終了しか手段はない。相手は精神的に病んでいることが多いからな」

「じゃあ、どうやって巧妙な罠《わな》を仕掛けますか。犬養さんならドクター・デスが食いつきそうな話をでっち上げる自信があるんですよね」

「そんなものはない」

「えっ」

「馬籠健一と安城邦武のケースだけじゃ、相手の嗜好《しこう》も分からん。一度やって失敗したら二度目はない。向こうが慎重なら、こちらは更に慎重にならなきゃいけない」

「じゃあ、いったいどうするんですか」

「さっき言っただろ。ドクター・デスは馬籠健一の前にも安楽死を手掛けている。だから過去の顧客をもう一度洗い直すんだ」

前回、増渕桐乃の場合はドクター・デスが着手する前に本人が死亡してしまったので目撃情報は得られなかった。

「まだ三雲班長にもらったリストのコメント投稿者を全員潰《つぶ》していない。既に遺体は荼毘《だび》に付されて埋葬は済んでいるだろうが、今は目撃情報だけでも収集するべきだ」

「でも、尋問しても答えてくれるでしょうか。当人たちにしてみれば、完全犯罪で逮捕を免れている話です。それに故人の希望通り安楽死を叶《かな》えて平穏を取り戻しているなら、瘡蓋《かさぶた》を剝《は》がされるようなものです。増渕桐乃さんの場合は未遂に終わったから、父親が打ち明けてくれたんです」

「犯行を隠しているヤツから話を引き出すのは、いつもやっていることだろう。それと何の違いがある」

明日香は頷いてみせたが、納得した様子ではなかった。

「どうかしたのか」

「よく、分からなくなって……安楽死というのは、本当に犯罪なのかと思って」

奥歯に物が挟まったような言い方で、何か吹き込まれたのは明らかだった。犬養は明日香を睨み据える。

「言え。何があった」

「犬養さん、ニュース見ませんでしたか。カリフォルニアで安楽死が州法で成立した話」

ああ、と犬養は合点する。ドクター・デスの報道と時を同じくして報じられたニュースで、早速二つを関連づけた番組もある。

十月五日、カリフォルニア州のジェリー・ブラウン州知事は回復の見込みのない患者の「死ぬ権利」を認める法案に署名し、成立させた。これで、州内で終末期医療に悩む患者とその主治医は安楽死を選択しても罪に問われないことになる。知事は「自分が長期に亘《わた》る病苦の中で何を考えるかは分からないが、少なくとも安楽死という選択肢が増えることは安心に繋《つな》がるし、他人のその権利を否定することはできない」としている。

当然のことながら医療関連団体やキリスト教団体、そして障害者団体からは反対の声が上がっているというが、州法で成立してしまえば遅かれ早かれ安楽死を選択する患者は必ず出てくるだろう。

「カリフォルニアに住んでいた人が、安楽死が認められているからって隣のオレゴン州に転居して、そこで自ら命を絶ったことがあったらしいですね。つまり、その人はわざわざ死ぬために移住までしたんですよね」

明日香の口調にはいつになく切なさがある。

「自分で死ぬことを選択するって、そんなに悪いことですか。それが正当な権利だからこそ、認める州や国が増えてきたんじゃないんですか」

「じゃあ、ドクター・デスの犯罪を肯定しようってのか」

「いいえ、違います。そうじゃありません。そうじゃありませんけど……」

犬養はこれ見よがしに溜息《ためいき》を吐く。

「ウルグアイやアメリカの一部の州じゃ、マリファナは合法になっている。だから犯罪じゃないというのと同じ理屈だ。時と場所に拘《かか》わらず、それが違法行為であるのなら、俺たちには犯人を逮捕する義務がある。今更そんなくだらんことを言わせるな」

「それが故人の権利を剝奪《はくだつ》することになってもですか」

「くどい」

一喝すると、明日香が口を噤《つぐ》んだので助かった。もしあなたの娘が安楽死を望んだらどうしますか――などと言い出したら張り倒してやろうかと思ったからだ。

正直、明日香を窘《たしな》めるほど犬養も気持ちの整理はついていない。刑事としての職業倫理にはいささかの揺るぎもないが、沙耶香の顔が脳裏を掠《かす》める度に父親の意識が頭を擡《もた》げてくる。もし病状が今よりも悪化し沙耶香が自ら死を望んだとしたら、自分は安楽死を選択肢の中に入れる勇気があるのか——。

犬養は首を横に振る。

そんなことは想像したくもない。想像したくもないから、明日香の疑問を一蹴《いっしゅう》するしかない。安楽死は犯罪だ。だから加担した者を逮捕する。そう自分に言い聞かせることで不安を糊塗《こと》するより他にない。

「でも……」

「でも、何だ」

「ドクター・デスの安楽死を受け入れてしまった人は、それが犯罪だという認識があったんでしょうか。そして、今はどう思っているんでしょうか」

こういう返答に困る質問をするから、犬養は明日香が苦手だった。

犬養が増渕耕平の次に目をつけたのは、都内大田《おおた》区に住む岸田《きしだ》聡子《さとこ》という主婦だった。

岸田聡子に着目した理由はもちろん〈ドクター・デスの往診室〉にコメントを投稿した者であり、死んだ息子の死亡診断書に死因が心不全とあったからだ。高カリウム血症による死は解剖や血液検査をしない限り、表面上は心不全に見られやすい。

死亡したのは岸田正人《まさと》、昨年の八月に亡くなっており当時まだ二十四歳という若さだった。

大田区池上《いけがみ》九丁目。この辺りは新旧の集合住宅が並んでいるが、目指すマンションはその中でも築年数のひときわ古い建物だった。

八階建ての四階部分。エレベーターに乗って驚いたが、上昇時にめきめきととんでもない音がする。明日香などは箱が動き出した途端にびくりと肩を震わせた。

「こんな音のするエレベーター、初めて」

それは老朽化の音に他ならなかった。派手な軋《きし》み音はおそらくレールから発せられたものだろう。エレベーターにも交換時期があり、普通ならレールが悲鳴を上げる前に修理されているはずだ。それが現状のまま放置されているのは、管理組合に費用がないからに相違ない。

犬養はこのマンションからスラム化の臭いを嗅《か》ぎ取った。荒廃の気配はエレベーターの老朽化に止《とど》まらない。廊下の隅に転がった三輪車は鉄屑《てつくず》と化し、表札は褪色《たいしょく》どころか文字までが消えかけている。新しい入居者がおらず、棟内の管理も行き届いていない。

四〇五号、〈きしだ〉と表札の掛かった部屋を訪れる。チャイムに応《こた》えて出てきたのは見た目が六十ほどの女だった。

この女が岸田聡子だった。事前の調査ではまだ四十七歳のはずだが、ひどく老けて見える。犬養たちが警察手帳を呈示すると、聡子は不審げな顔を見せたが、すぐ部屋の中に入れてくれた。気を許した訳ではなく、隣近所に聞かれたくないという態度がありありと出ていた。

この部屋の中にも荒廃が押し迫っていた。聡子は正人が成人を迎えた頃、夫と離別している。正人は一人息子なので現在は聡子が一人で暮らしているのだが、部屋の調度はどれもこれも安っぽく、そして例外なく古かった。環境と住人には相関関係でもあるのか、部屋の荒廃と聡子の落魄《らくはく》さが呼応しているようにも思える。

「昨年亡くなった正人さんの件で伺いました」

そう切り出した途端、聡子はあからさまに警戒心を強くしたようだった。

「正人はとうに亡くなりました。それが、どうして警察の人が？」

長話をしてはぐらかすつもりはない。

「正人さんの死因について詳しい話を聞かせてください」

「どうして今頃になって……」

「正人さんは難病だったんですよね」

「ええ、拡張型心筋症という病気で……」

言われるまでもなく、正人の死因については死亡診断書にも記載されていた。拡張型心筋症は心室の壁が薄く伸び、血液を送り出せなくなって鬱血性《うっけつせい》心不全を引き起こす病だ。突然死を招くこともあり厚労省の特定疾患の一つに指定されている。

「最期は自宅で療養を？」

「お恥ずかしい話、病院での治療にはずいぶんとおカネがかかりまして……」

「不治の病だったとか」

「不治の病というほどではないんでしょうけど、五年生存率が七十六パーセントと聞いています。正人はしょっちゅう鬱血に苦しんでいました」

聡子は視線を落とす。

「本当に見ていられなくて……おカネさえあればと思う一方で、立派な病院に入れても完治するとは限らないと知らされていたので、余計にあの子が不憫《ふびん》でした」

「元のご主人から援助はなかったんですか」

聡子は不意に顔を歪《ゆが》めた。

「ありませんね。元々、他に女を作って出ていった自分勝手な男で、正人のことも二十歳を過ぎたら一人前だとか言って関わろうとしませんでしたから」

聡子の物言いがちくりと胸に刺さる。他の女にうつつを抜かして家族と離別したのなら、犬養も立場は同じだ。気のせいか隣で黙っている明日香も、意地の悪い視線を自分に浴びせている。

「闘病生活は長かったんですか」

「二年ほど……それでも最期が眠るように安らかだったので、いくらか救われました」

最期は眠るように、という言葉に胡散臭《うさんくさ》さがあった。

「ドクター・デスという人物をご存じですか」

不意打ちのような質問に、聡子はしばらく黙り込む。じっと犬養の目を覗《のぞ》き、質問の真意を探ろうとしている。

「そんな人、知りません」

「岸田さん。無駄な質疑応答で時間を潰す気はないんです。〈ドクター・デスの往診室〉に、あなたがコメントを投稿したのは、もう分かっている。IPアドレスを辿ってあなたに行き着きましたからね。アカウント名は〈クレバーチャイルド〉。聡《さと》い子、とでもいう意味なのでしょうか」

更に犬養が直視すると、聡子は視線を逸《そ》らした。

「あなたはドクター・デスにどんなコメントを送りましたか」

「忘れました。きっと管理人さんに対して批判的なコメントを投稿したんだと思います」

「ところが、そのコメントを投稿してからしばらくして、あなたの息子さんは自宅で亡くなった。医師が駆けつけた時には既に遅く、正人さんの遺体は突然死の徴候を示していた」

「はい。拡張型心筋症の患者さんには時々起こることらしいです。でも、死に顔はとても安らかだったので、最期は苦しまずに逝《い》けたと思います。それが唯一、救いといえば救いです」

「こっちを向いてください、岸田さん」

ここからが攻めどころだ。視線を逸らせてなるものか。横で明日香が非難めいた視線を浴びせるのも構わず、犬養は強引に聡子の顔をこちらへ向けさせる。

「死に顔はとても安らかだった。なるほど、それは何よりでした。しかし、その安らぎはドクター・デスによってもたらされたものではありませんか。拡張型心筋症についてはわたしも調べました。確かにその症例であれば突然死もあり得るでしょう。しかし、ドクター・デスの手に掛かれば、やはり同じ状態で死を迎えさせることが可能です。彼の方法であれば、患者を眠らせたまま殺すことができる。解剖しない限り、突然死にしか見えない」

聡子は次第に恐怖の色を浮かべ始める。

「病状は一向に好転せず、正人さんは苦しむばかりだった。しかもあなたは正人さんの入院治療を継続することができず、やむなく自宅療養に切り替えたが、それは正人さんの苦痛を一層強めるだけの結果になった。経済的にも精神的にも追い詰められたあなたは、ある日ネット上でドクター・デスの存在を知る。そして彼にコメントを送った。その内容は、『自分にも不治の病と闘っている息子がいるが、もう限界なので安楽死させてやりたいと思っている』。そして何度かのやり取りで先方と契約に至ると、この部屋にドクター・デスを招き寄せた。あなたは正人さんを彼に委《ゆだ》ね、彼が少しずつ死に近づいていくのをじっと見ていた」

視線を定めたままぐいと顔を近づけると、聡子は堪《こら》えきれない様子でまた目を逸らした。

「し、知りません」

喘《あえ》ぐように言うのが精一杯のように映る。

「ドクター・デスも安楽死も知りません」

「さっきはドクター・デスを知っていると、あなたは言った。ネットを覗いたのなら、それが安楽死を扱うサイトであることも知っているはずだ。答えが違うじゃありませんか」

「それは……」

「不治の病に苦しむ息子に永遠の安らぎを与えた。それは母親としては当然の行為だったかも知れません。だが、この国では犯罪です。自殺幇助《ほうじょ》は六カ月以上七年以下の懲役又は禁錮《きんこ》刑です」

犯罪と告げれば聡子の自制心にも罅《ひび》が入るのではないかと、犬養は予想していた。

だが聡子はまだ持ち堪《こた》えているように見える。

「何か証拠はあるんですか」

こちらに向き直った聡子は挑発気味にそう言い放った。

「わたしが、そのドクター・デスとかいうお医者さんに正人の安楽死を依頼したという証拠がありますか」

「証拠がなければ逃げ果《おお》せると思っているのですか。それなら、あなたはこの国の法律ばかりか警察までナメている。現に、去年の出来事をこうしてわたしが嗅ぎつけた。嗅ぎつけたら最後、獲物の尻尾《しっぽ》に咬《か》みつくまで警察は決して諦《あきら》めない」

犬養は声を低くして言う。恫喝《どうかつ》の一歩手前の言葉であり、自らの犯行を隠した者には相当の圧力になるはずだった。

案の定、挑発気味だった聡子は見る間に萎縮《いしゅく》した。再び怯《おび》えの色を浮かべ、追い詰められた小動物のように逃げ場を探し始めた。

「しかし岸田さん。勘違いしないでほしいのですが、我々はあなたを逮捕しにきたのではありません」

「……え」

「我々の目的はドクター・デスの検挙です。彼は正人さんのみならず、今までに数人の命を不法に奪っている。放っておけばまだまだ犯行を重ねる。その中には患者本人の意思を無視したケースも出てくるかも知れません。しかしそれは、純然たる殺人になるのですよ。そして、結果的にはあなたが殺人に加担したことにもなる。そうなれば主犯も従犯も関係ない。あなたも晴れて殺人者の仲間入りだ」

聡子は明らかに動揺していた。自分の身内だけならともかく、他人の死にまで関わるなどとは夢にも思っていなかったのだろう。

女の嘘は見抜けないが、動揺しているかどうかくらいは分かる。刑事式の恫喝もここらが限度だ。

「岸田さん。改めて言いますが、わたしは敢《あ》えて正人さんの事件をほじくり返そうとは思わない」

犬養はふっと表情を和らげてみせた。極限まで追い詰められた者に対する効果を充分に計算した上での軟化だった。

「それぞれの家庭にそれぞれの苦痛がある。痛みや悩みは、部外者には到底分からない。それをひと括《くく》りに犯罪と決めつけるのは、ひょっとしたら乱暴な振る舞いなのかも知れません」

犬養の軟化に誘われた聡子は、その真意を探るかのように猜疑心を露《あら》わにする。

あとひと息だ。

あと少し押してやれば、聡子は傾く。

「わたしが訊きたいのはドクター・デスが正人さんに何をしたかではなく、ドクター・デスの目撃情報です。先ほどあなたが言った通り、過去の犯罪を裁くことは容易じゃない。しかしつい最近の事件、そして未来に起こり得るであろう犯罪については手が打てる」

畳み込む。相手に考える余裕は与えない。

「お分かりですか。ドクター・デスについて証言し、彼を止め、彼の犯罪を止められるのはあなたなんですよ」

しばらく考え込む様子を見せてから、聡子は注意深そうに口を開いた。

「本当にそれだけですか」

声は切実だった。

「人相と特徴だけ教えたら、わたしたちのことにはこれ以上関与しないんですね」

安易な約束はできない。しかし遺体が火葬されてしまった今、岸田正人の殺害を立証するのは極めて困難だ。仮にドクター・デスを逮捕したとしても、罪に問えるのは実行犯のドクター・デスだけで、自殺幇助をした聡子まで立件するのはおそらく無理だろう。

「ドクター・デスの自白だけで全ての関係者を罪に問うことは難しいと思います。自殺幇助をしたのが身内であり、患者の症状が重篤であったのなら情状酌量の余地も充分にあります。それに検察というのは敗色濃厚な起訴はしたがりません」

今度は思いやりの感じられる目で聡子を見る。以前は俳優になるために演技を学んでいた。このくらいの芝居は朝飯前だ。

果たして聡子はがくりと項垂《うなだ》れてみせた。張り詰めていた糸が切れた瞬間だった。

「あのお医者さまが家に来たのは、メールでの連絡が終わってからでした。それまでは顔はもちろんのこと、声も聞いたことがなかったんです」

「来たのは一人でしたか、それとも二人でしたか」

「お医者さまと女性の看護師さんの二人でした」

「医師の人相を教えてください」

それが、と聡子は言葉を濁す。

「妙な話なんですけれど、印象があまりないんです。わたしと同じ背格好だったから背が低かったのは確かで、頭の天辺《てっぺん》も禿《は》げてました。でも顔の形とか目鼻立ちがはっきりしていなくて……」

「相手は顔を見られないようにしていたんですか」

「そんな風でもないんですけど、とにかくどこでも見かけるような顔で……はっきりとした特徴がないんです。どことなく覇気がなくて貧相な印象しかなくて」

「同行していた看護師についてはどうですか」

「そっちは最初からあまり関心がなくて……碌《ろく》に顔も見ませんでした」

これは聡子の心理として頷けなくもない。執行者である医師に意識が集中して、他のものが目に入らなくなっているのだ。しかし、その結果が希薄な印象に終わったのは残念としか言いようがない。

念のために似顔絵の作成を提案してみたが、聡子は自信なさそうに首を振るばかりだった。


翌日の土曜日、犬養たちが向かったのは千葉県市川《いちかわ》市の行徳《ぎょうとく》だ。

東京メトロ行徳駅の周辺は真新しいビルが建ち並んでいるが、旧江戸川《えどがわ》に近づくにつれて次第に違う顔を見せ始める。神社仏閣が多く目立つようになり、民家がまばらになってくる。

「何だか、どんどん捜査範囲が広くなっていく感じですね」

不意に洩らしたであろう明日香のひと言が、意外に重く伸《の》し掛かる。三雲のくれたコメント投稿者のリストは首都圏に限らず、静岡や名古屋《なごや》にも及んでいる。捜査を続ける過程でその方面にも足を伸ばさざるを得なくなるのは自明の理で、二人での追跡調査には早くも限界が見えだした。

だがドクター・デスは単独で顧客たちの間を飛び回っていた。向こうが一人で描いた軌跡を大勢で追うというのは、癪《しゃく》な気分でもある。無理が生じるまでは二人態勢で相手の足跡を辿っていくつもりだった。

目指す家はすぐに見つかった。砥波達志《となみたつし》。市内の自動車製造工場に勤める五十五歳の男だが、今日は休日であるため在宅しているはずだった。

砥波の名前はリストの八番目にあった。三雲はコメント投稿の新しい順番でリストを作成していたので、八番目というのは結構以前の記録ということになる。

砥波の母親多津《たづ》が死んだのは一昨年《おととし》のことだ。予《かね》て心疾患を患っていた多津は自宅療養を続けていたのだが、砥波が朝起きてみると既に冷たくなっていたという。

急を聞いて駆けつけてきた医師は突然死の診断を下し、所轄署も事件性なしとして処置した。長患いの高齢者が後遺症を残さずに死亡するのは珍しいことではない。昔ならポックリ病などという言い方をされ、大往生のように扱われたものだ。

だが、リストに砥波の名前があることで多津の死因もずいぶん怪しくなる。ドクター・デスとどんな言葉が交わされたかは不明だが、コメント投稿日が多津の死亡する一カ月前となれば胡散臭さも倍増だった。

チャイムを鳴らして身分を名乗ると、ややあってから男が顔を覗かせた。ジャージ姿で無精髭《ひげ》を生やしたこの男が砥波だった。

「何だよ、警察がこんな朝っぱらから」

「亡くなった砥波多津さんの件で伺いました」

「……今頃になって」

そう呟《つぶや》くと、砥波はドアを閉めようとした。すかさず犬養はその隙間に足を踏み入れる。

「待ってくださいか。捜査にご協力いただけませんかね」

「オフクロは大往生したんだ。協力できるようなことは何もねえよ」

言葉の端々に焦りが聞き取れる。ドアを開けた瞬間から犬養を直視しようとしない態度も気になった。

「話をするくらい構わないと思うのですが」

「話すようなことは何もないよ」

「しかし家の外で押し問答を繰り返していてもご近所に迷惑でしょう」

迷惑をかけているのは犬養の方なのだが、こういう住宅地では効果が絶大だ。砺波は周囲に視線を彷徨《さまよ》わせた挙句、ひどく腹を立てた様子で犬養と明日香を家の中に引き入れた。

玄関先で既に饐《す》えた臭いがした。ものの腐る臭いではない。人間の性根が腐ったような臭いだった。

「近所迷惑より俺の方が迷惑だ。とっとと帰れ」

口調とは裏腹に目が泳いでいる。どうやら家の中に上げるつもりはないようだが、これだけ動揺を見せる相手なら玄関先で片がつくだろう——そう思った。

「必要なことさえ聞けば、すぐにでも退散しますよ。多津さんが亡くなられたのは一昨年の十一月でしたね」

「ああ、それがどうした」

「この家には一人でお住まいですか」

「女房はオフクロが認知症を患った頃に出ていった。だからオフクロが死んでからは俺一人だ」

「長患いだったとか」

「心臓が悪くてよ。その上、ボケが入ったからひどいもんだった。食事と下の世話、それを文句たらたら言われながらするんだ。確かに実の子供でもうんざりすることがある。他人の嫁が嫌になるのも仕方ない」

「あなたが看取《みと》ったそうですね」

「寒い朝、朝飯だから起こしにいったらもう冷たくなっていた。前の晩までそんな気配はなかったのにな。急いで医者を呼んだが何をすることもできやしない。警察もやってきたが、医者とふた言み言交わしてからすぐ帰っていった」

砺波は吐き捨てるように言う。

「医者も警察もアレだな。本当に困ったときには何の役にも立ちゃしない。日頃えばりくさっている癖によ、年寄り一人助けることもできやしない。さあ、これが話の全てだ。聞き終わったのなら帰れ」

「それだけで済んだのなら、帰るんですがね。砺波さん、あなたお母さんが亡くなる一カ月ほど前、そのことで誰かと接触しませんでしたか」

途端に砺波は黙り込む。

ふん、黙っていれば逃れられると思っていたら大間違いだ。

「ドクター・デスと名乗る人物について捜査しているのですが、この人物の開設しているサイトを調べたところ、あなたがアクセスした事実が判明しています。ネット上でどんな氏名を使おうが、追跡すれば身元が分かるのはご承知ですよね」

「……知らん」

「ＩＰアドレスと言いましてね」

「知らんと言ったら知らんっ」

砥波は怒り出したが、隠し事があるようにしか映らない。

「あなたが訪問したのは安楽死を扱うサイトでした。あなたはそのサイトを閲覧するだけに止まらず、管理人に向けてコメントを投稿した。そしてその一カ月後、お母さんが亡くなる。長患いであったにも拘わらず、最期はまるで安楽死と見紛《みまご》うかたちで」

「うるさいっ」

「これでも声を潜めているつもりなんですがね。とにかく一連の流れを見る限り、偶然と片付けるには問題が残ります。あなたはいったいドクター・デスとどんな話をしたんですか」

犬養はそう言って砥波を見下ろす。砥波は背が低いので、長身の犬養が上から覗き込むと覆い被さるような形になる。本人に与える圧迫感も計算のうちだ。

だがここで砥波は予想外の反応を示した。目を逸らすどころか、犬養を睨み返したのだ。

「どんな話もしない。第一、そんなヤツは知らんとさっきから何度も言っているだろ」

「あなたのパソコンを調べればメールの履歴なんて、すぐに分かるんですよ」

「その時のパソコンがあればな」

砥波がにやりと笑った瞬間、犬養はその意味を悟った。

「まさかパソコンを……」

「ああ、昔ウィンドウズの型落ちを買ったんだが、どうにもこうにも使いでが悪くなったんで、去年買い換えた」

くそ、と胸の裡で舌打ちをする。母親が亡くなった後、証拠隠滅のために前の機種を処分したに違いなかった。たとえコメントを投稿した記録があっても、砺波の方にパソコン本体がなければどうしようもない。

だが、ここで形勢不利を相手に悟られる訳にはいかない。

「以前のパソコンはどうしましたか」

「個人的な趣味を探られるのはぞっとしないからな。ハードディスクを取り出して粉々にしておいた。不用品回収に回したが、仮に見つけ出したとしても復元は無理だろうな」

「現物がなければ、何も探られないと思っているんですか。自宅で安楽死を図ったのであれば、必ずその黒い医者が訪れたはずです。ご近所の中には目撃した人もいるんじゃないですか」

「目撃、ねえ」

砺波はせせら笑うように見上げる。

「見掛けない人間が家の中に入ったら、みんな安楽死と結びつけるのかよ。堪《たま》ったもんじゃねえな」

そこまで見越しているのか。

「俺はそのドクター・デスとかいう男のサイトを覗いたかも知れん。ひょっとしたらコメントも投稿したかもな。だけどきっと大したことじゃなかったから忘れちまった。誰かが家を訪ねてきたかも知れんが、病人のいる家だから医者がやって来ても何の不思議もない。母親の死因は突然死だと医者も証明してくれた。地元の警察も問題なしと判断した。さあ、いったいこの話のどこが怪しい？　怪しいというのなら証拠を出してもらおうか」

「砺波さん。誤解しているようだから説明させてもらいますが、我々は何もあなたを逮捕しようとしているんじゃない。あくまでドクター・デスを捕まえたいだけです」

「そうかい。そりゃあご苦労なこった」

「捜査に協力いただければよし、もし協力を拒むのなら犯人隠匿の容疑も掛けられる」

「隠匿ね。元からいないものを隠すなんて真似ができるもんか」

砺波が嘘を吐いているのは分かる。だが如何《いかん》せん、その虚偽を証明する材料がこちら側にない。砺波が強気なのもそれを知っているからだ。

「どうあっても協力いただけませんか」

「くどいな、帰れよ。確か三回退去を命じて出て行かなかったら、不法侵入か何かで訴えることができるんだったよな」

どこでそんな俗説を仕入れたのかは知らないが、砺波の態度は硬化するばかりで、確かに長居していても甲斐《かい》はないと思える。

「気が変わったのなら連絡してください」

名刺を渡すが、砺波は目の前で破り捨ててしまった。

「気なんか変わるもんか、馬鹿。警察みたいな役立たず、誰が頼るかい」

砺波は睨《ね》めつけるようにして犬養を見る。その目は、今まで顧みられることのなかった者が恨み言を言い募る時の目そのものだった。

「あんたたちは俺たちが困っている時、何も助けちゃくれない。初めの頃、オフクロが徘徊《はいかい》でいなくなっても碌に探してくれなかった。国もそうだ。長年税金やら保険料を払っているのに、いざ身内が寝たきりになっても碌な介護も用意してくれない。どこの施設も満杯で、気の利いた老人ホームは費用がバカ高いときやがる。自分ちで年寄りを介護していたら、介護している側もへたってくる。介護に時間を取られるからフルで働けなくなる。給料は下がる。余計にへたる。その繰り返しだ。あんたたちの追っているのがどんなヤツかは知らんが、少なくとも介護の問題を解決させたことであんたたちよりはずっと有能だよ」

3

犬養と明日香はその後もコメント投稿者の捜査を続けたが、結果は捗々《はかばか》しくなかった。

二人はリストの上から順番に潰していった。静岡や名古屋にも足を運び、遺族を捕まえ、その家のドアを無理にでも開けさせた。

だが目ぼしい情報は得られなかった。遺族たちの反応は岸田聡子のように渋々ながらドクター・デスの関与を認める者と、砺波のように真っ向から否定する者に大きく分かれた。もちろん砺波と同じ反応を示した者が大半で、安楽死を認めた者はごくわずかに限られる。しかも、そのわずかな者たちでさえ、ドクター・デスの人相についてまともな証言ができたのは皆無だった。

目は大きかった。いやキツネ目だった。

眉は太かった。いや柳眉《りゅうび》だった。

優しげだった。いや酷薄そうだった。

小太りだった。いや贅肉《ぜいにく》はついてなかった。

相反する目撃情報が交錯する。結局一致したのは、頭頂部の禿げた小男という特徴だけだった。

「いったい、ドクター・デスというのはのっぺらぼうか何かか」

二人を前にして、麻生が毒づいた。

「そこそこ目撃情報があるっていうのに、似顔絵一つ作れやしない」

麻生の機嫌が悪いのにも理由がある。最初にドクター・デスの目撃情報をもたらした馬籠大地と母親小枝子を本部に呼び似顔絵の作成に取り掛かったまではよかったのだが、二人の意見が大きく異なり、出来上がった二枚の似顔絵は似ても似つかぬものになったのだ。

「印象の薄い人って、現実にいますからね」

明日香が機嫌を取るように言葉を添える。

「大地くんの話を聞くと、相当頭に目がいっていたみたいで……なまじっか、そういう目立った部分があると、他の特徴が埋没してしまうんですよ」

「ほう、それにしたって共通しているのは禿げと小男という二点だけだ。人間の記憶力というのは、こんなに当てにならんものか」

皮肉な物言いで、麻生の考えていることは容易に見当がついた。

「班長は、目撃者の証言内容が作為的だと考えているんですね」

「ああ、そうだ」

麻生はにこりともせずに言う。

「ドクター・デスの目撃者は馬籠大地を除いて全員がヤツに安楽死を依頼した人間だ。ヤツが逮捕されれば、いよいよ自分も自殺幇助で捕まる訳だから、証言が揺らぐのも当然。いや、むしろドクター・デスには捕まってほしくないから、虚偽の証言をする」

それは犬養も考えていたことだ。しかし、だからと言って大地の証言のみを拠《よ》り所としてモンタージュを作ることは大きな危険を伴う。もし大地の証言自体に齟齬《そご》があれば、今後捜査本部も一般市民も誤情報に踊らされかねない。

「全く嫌な事件で、嫌な犯人で、嫌な関係者たちだ。そうは思わないか、高千穂」

「全部、嫌なんですか」

「ドクター・デスはもちろんそうだが、安楽死の手助けをしているという理由で、ヤツを擁護しているような雰囲気があるのが気に食わん。個人の死ぬ権利を尊重するだと？　お為ごかしを吐《ぬ》かしやがって。結局は自分の殺人衝動を満足させているだけじゃないのか」

「でも、だからと言って別に犯人を擁護している訳じゃ……」

「積極的に協力の意思を示さない。証言をしたがらない。そんなもん、擁護以外の何物でもあるまい」

麻生は自分の左手に右の拳《こぶし》を叩《たた》きつける。

「病に苦しむ病人に安息を与えたいという気持ちも分からんじゃない。だが、ドクター・デスのしていることは単なる自殺幇助に過ぎん。被害者がいないから非難の声が上がらないだけだ。

なのに、まるで義賊みたいな扱いをしやがる」

「それは法律で認められないというだけで……」

言いかけて明日香は口ごもる。このまま話し続ければ、犬養との問答の繰り返しになるとでも考えたのだろう。

「ドクター・デスが医者としての良心に基づいて、安楽死の希望者を募っているとでも言うつもりか。医者だったら殺すより先に、治す方に注力するのが正当だろう。この黒い医者は患者に対して治療の真似事すらしちゃいない。家族とメールのやり取りをしただけで、いきなり塩化カリウム製剤を忍ばせて患者の許《もと》を訪問しているんだぞ。どこの世界に殺す気満々の医者がいるもんか」

麻生はひとしきり悪態を吐いてから犬養に向き直る。

「岸田聡子はドクター・デスへの謝礼をどんな風に支払った。送金したとかだったら相手の連絡先を追えるんだが……」

「馬籠健一の時と同じく、その場で現金を渡しているようですね。駄目です。その線では追えませんよ。そう考えると、二十万円という報酬は絶妙な金額です。はした金でもなく、銀行送金するような大金でもない。手渡しにうってつけで、依頼者も不審がらず、金銭授受の際に何の証拠も残らない」

麻生はクソッタレめ、と呪詛の言葉を洩らしてから、犬養に意味ありげな視線を送る。

「この間、お前が提案していたアレ、やってみるか」

やはり、そうきたか。

麻生が言うのは、サイトを通じてこちらからドクター・デスに接触するという試みだ。目撃証言の拙《つたな》さが露わになった時、麻生の口からその話が出てくるのは当然予想していた。

「ドクター・デスを騙《だま》す自信はあるのか」

「騙し果せるかどうかはともかくとして、ヤツの今までの動きを見る限り何らかの反応は示すでしょうね」

「いつ実行する」

「明日《あした》まで待ってもらえませんか。準備しておくこともあるので」

麻生は一瞬訝しげな顔をしたが、やがて了承の意で頷いてみせた。


本部を出た犬養は一人、帝都《ていと》大附属病院を訪れていた。沙耶香に事の次第を説明するためだ。

本来、捜査情報を外部に洩らすことは厳禁だが、今回ばかりはそうもいかない。先方の出方によっては自分の娘に危害が加わらないとも限らないので、機密に触れない程度に打ち明けておく必要がある。一般市民への配慮という観点から、これくらいは許容範囲だろう。

何度も見舞いに来ているので、病棟内は自分の庭のようなものだ。行き交う看護師や患者たちと目礼を交わしながら病室へと向かう。

いつもは心の解《ほぐ》れるいっときなのに、今日は重く伸し掛かる。犬養の手前勝手な事情で離別し、しばらくは父親が疎ましくてならなかった様子の沙耶香も、最近では少しずつ打ち解けてくれるようになっていた。今、犬養が事情を話せば、また憎まれる結果になるかも知れなかった。

沙耶香は普段と同様、ベッドの上で本を読んでいた。こちらを見た途端に、ほっと沙耶香の表情が緩む。それが今日は辛《つら》い。

「何、読んでるんだ」

「腐女子のたしなみー」

笑いながら見せた表紙は、少女マンガに出てくるような優男が二人、バーのカウンターを挟んでいる。

「ミステリーか何かか」

「この二人の主人公が友情でくっついたり離れたり、喧嘩《けんか》したり抱き合ったりしたりを繰り返す。まあ、それだけ」

「そんなものが面白いのか。その、殺人事件とかアクションシーンとかはないのか」

「人が死んだりする話はちょっと苦手かなー」

何気ない言葉なのだろうが、今の犬養には重たいひと言だった。

「俺は子供の頃から妙に丈夫だったんで、治療したり入院したりという経験がない」

「ふーん。よかったじゃん」

「不躾《ぶしつけ》なことを訊くけど、透析は辛いか」

一瞬で沙耶香は気分を害したようだった。

「……辛くないとか思う？　何回か、透析した後を見てるでしょ」

「愚問だな、悪かった」

慌てて謝る。どうやら、あっさりと地雷を踏んだようだ。

「どうして、そういうこと訊くのよ」

「今、ドクター・デスってヤツを追い掛けている。知っているか」

沙耶香は不機嫌そうな顔のまま頷く。

「安楽死を手伝って、おカネもらっているんでしょ」

「世間では擁護論もあるが、俺は警察官だから捕まえなきゃならない。善意か悪意かはともかく、人を殺しているのは事実だからな。ヤツの行為が正しいかどうかは、裁判所が裁くことだ」

「そう言うと思った」

「しかし一般の人たちはそんなに割り切れるもんじゃない。特に安楽死を依頼した遺族たちの中には、ドクター・デスに感謝している人間も多いだろう。違法ではあっても患者に安らぎを、遺族には平穏を与えている恩人だからな。そして、恩人だから警察に売るような真似はしたがらない」

「協力しようとしないのね」

「お蔭でなかなか捜査が進まない。それで一つ方法を考えた。俺自身が依頼者となって、ドクター・デスに接触する」

さすがに沙耶香も驚いたようだった。

「おとりってこと？」

「ああ。向こうもそういう立場の人間にしか会おうとはしないだろうからな」

勘のいい沙耶香は、早くも犬養の考えを察したらしい。

「つまり安楽死させたい家族がいるって設定なのね」

沙耶香の物言いが皮肉めいた響きに変わったが、犬養に繕うつもりはない。

「その通りだ。今度の相手はかなり周到なヤツだ。適当に作った嘘なんか、すぐに見破られる」

「警察官のプライバシーって、そんなに簡単に調べられるものなの」

「公務員の個人情報は完璧《かんぺき》にガードされている……そう思っているのはおめでたい一般人だけだ。毎日のようにサイバー犯罪を相手にしている人間からすれば、セキュリティなんてザルみたいなものだからな」

「ふーん、それであたしは犯人逮捕のエサにされちゃうんだ」

「お前の名前は出さない。一定期間、警察庁に保存されているデータに手を加えて、別の名前、別の入院先にしようと考えている。お前には決して迷惑をかけない」

「データ改竄《かいざん》なんてできるの」

「犯人逮捕のための緊急手段だ。呑んでもらうさ」

「別の娘を拵《こしら》えるんだったら、どうしてあたしに言う必要があるの。警察の機密事項じゃない」

「仮初《かりそめ》とはいえ、娘をダシに使うんだ。事前に知らされなかったらお前だって気分が悪いだろ」

「それ以前の問題よ。そんなことも分からないの」

とうとう、沙耶香は背中を向けてしまった。

「データ改竄だか何だか知らないけど、捜査に娘を使おうとした時点でひどい親だって気づかない？」

「何度も言うが、お前には指一本触れさせない」

「そういうことじゃないんだったら！」

沙耶香は矢庭に声を張り上げる。

「何で家族を仕事に巻き込もうなんて発想ができるのよ。信じられない」

返す言葉もなかった。そして改めて、自分は父親であることよりも刑事であることを選んだのだと実感した。それなら最後に、これだけは言っておかなければならない。

「辛い透析を受けるうち、死んだ方がマシだと思ったことはないか」

返事はない。

「さっきも言った通り、俺自身は病気で苦しんだ経験がないから、安楽死を望む患者の気持ちを理解はできても納得まではできん。どんなに今が苦しくても、生きていればきっといいことがあるだろうと考えているからだ。患者たちにすれば痛みを知らない人間の勝手な言い草だと思うだろうが、知らないことを知った顔で言うよりは正直だろう。そして、これも卑怯《ひきょう》なようだが、お前が仮に死を望むような状況に置かれたとしても、俺は最後の最後までお前の安楽死を認めはしないだろう。自分勝手なことは百も承知で言わせてもらえば、やっぱり生きてほしいからだ。生きていく努力を放棄してほしくないからだ。世の中で人権を訴える人間の目には、さぞかし狭量で、前時代的で、強権的な考えに映るだろう。しかし、それでもお前に生きていてほしい。辛くても苦しくても、お前が生きているというだけで、俺は救われる」

こちらに向けた背中がわずかに揺れた。

「もちろん、これは俺だけの考えで、世の中には身内の安楽死を願うのが愛情だという考えもある。どっちが正しくてどっちが間違っているという問題じゃない。おそらく人それぞれに愛情の形が違うからなんだろうな。だから父親としてはドクター・デスの行為を完全に否定できないが、刑事としての立場はまた別の話だ。少なくとも、ドクター・デスの存在は世間を困惑させている。社会不安を取り除くのも警察の仕事だ」

「……その人のしていることに、賛同する人が多くても？」

「警察は情理で動いている訳じゃない」

これで娘への説明責任は果たした。これでまた疎まれたとしても、身から出た錆《さび》と自嘲《じちょう》するだけだ。

「とにかく、どんな展開になったとしてもお前は大丈夫だから。安心していてくれ」

犬養はそう言ってドアに向かった。

ドアを開けた時、背後から声がした。

「……昔からよね」

「何？」

「二言目には任せておけとか心配するなとか言うだけで、そのくせ近くにいてくれたことなんてなかった」

返事に窮していると、とどめのひと言を浴びた。

「それだけ豪語するんなら、ちゃんと責任持って最後まで護《まも》ってよ」

「……分かった」

本部へ向かう足は、来た時よりも緊張で強張っていた。


刑事部屋では麻生と明日香が自分を待ち構えていた。

「お待たせしました。こっちの準備は終わりました。早速、例の黒い医者とコンタクトを取りましょう」

「本当にいいのか」

珍しく麻生はこちらを気遣っている。

「妙案なんで一も二もなく賛成しちまったが、相手を引っ掛けるにしても相応の情報開示が必要だろう。お前の方に支障はないのか」

既に麻生には、自分のデータ中で親族の箇所だけ一時的に改竄するよう申し伝えている。

「現役警察官で、現在親権はないものの腎不全に苦しむ娘を抱えている。娘の名はまだ明かせないが、都内の警察病院に入院している……現実と限りなくオーバーラップした設定だな。現役警察官というのは本当に必要なのか」

「そうですよ。あからさまに罠だと言っているようなものじゃないですか」

「だから逆に信憑性がある」

明日香の疑問に答える形で、犬養は説明する。

「自分のことがこれだけマスコミで取り沙汰《ざた》されている最中に、どんな馬鹿が警察官を名乗って接触しようとする？」

「でも、わざわざ警察官の身分を明かす必要はあるんですか。しかも犬養さんの本名まで晒《さら》して」

明日香はしきりに心配しているようだった。

「依頼者との接触を最小限にしていることから、相当慎重な相手であるのは分かっている。そこまで慎重なら、当然依頼者についても徹底的に調べるだろうな。裏を取られて簡単にバレるような詐称は却《かえ》って危険だ」

「まさかドクター・デスが警察のホストコンピュータに侵入するというんですか。いくら何でも買い被り過ぎなんじゃ……」

「得体の知れない相手には、そこまで考慮しておいた方が無難だ」

ただし、どうしても沙耶香の情報だけは保護したかった。刑事であることを優先しても尚、最後の局面で父親が顔を覗かせる。それが刑事としての犬養の限界かも知れなかった。

ドクター・デスに張る罠の内容はこうだ。

まず犬養が実名で〈ドクター・デスの往診室〉を訪問し、連絡フォームに入力する。腎不全に苦しんでいる娘を見ているのが忍びなく、事件報道で知り得たドクター・デスに安楽死を依頼するのだ。この時、犬養の娘は警察病院に入っているという設定だ。警察病院だから入院患者のデータも細工できる。ドクター・デスが警察病院のホストコンピュータに侵入したとしても、罠が露見することはない。

ドクター・デスは更に詳しい情報を要求するだろう。沙耶香の闘病歴を知悉《ちしつ》している犬養なら、いくらでも詳細な話ができる。

そして安楽死の契約を成立させてしまえば、もうこっちのものだ。病院に警官隊を配置させ、ドクター・デスが病室に入ってきたところを逮捕する。おそらく塩化カリウム製剤を隠し持っているはずだから、その事実だけで身柄を拘束できる。後は勾留《こうりゅう》期間内にじっくりと尋問してやればいい。

「病院の方には刑事部長が話を通してくれた。個室を一つ空けて、そこに〈犬養結衣《ゆい》〉という腎不全の女の子が入っていることにしてくれた。いつでもOKだそうだ」

麻生は不機嫌そうな中にも期待を隠そうとしない。部下のプライバシーと犯人逮捕を秤《はかり》にかけた上司も複雑な気分なのだろうと想像する。

犬養は持参した個人用のパソコンを開く。警視庁から貸与されたものではないので、先方に勘づかれる心配もない。若い連中なら携帯端末を使うのだろうが、犬養の年齢ならパソコンを利用した方が真実味が増す。

ネットから〈ドクター・デスの往診室〉を検索して入室する。少し前まではアクセス過剰でダウンしていたサイトも最近は落ち着きを見せ、閲覧が可能になった。

その訪問者数を見て驚いた。何と一万人を軽く超えている。事件が発覚した時は二千人程度だったから、この短期間に五倍以上になった計算だ。

早速、連絡フォームに文章を入力する。

『はじめまして、犬養隼人という者です。報道を見聞きし、また職業柄、先生の存在を知るに至りメールいたしました。

わたしには今年十六になる娘がおりますが数年前から腎不全を患い、今では尿毒症に苦しめられています。ご承知の通り、尿毒症を抑えるために透析を繰り返していますが、我慢強い娘の体力と忍耐にもそろそろ限界が近づいています。最近本人はいっそ死にたいと洩らすようになり、はじめは怒り交じりに励ましていたわたしも、娘の訴えを聞いているうち、安らかに眠らせてはやれないかと思案するようになりました。

申し遅れましたがわたしは現役の警察官です。従ってわたしの考えていることが違法行為に当たることは重々承知の上で、先生にお願い申し上げます。

娘を安らかに葬っていただけませんでしょうか。

警察官たる者が違法行為を切望する疾《やま》しさは当然ありますが、それよりも娘の平穏を願う親心が勝ります』

キーを叩きながら、犬養は奇妙な念に打たれる。入力している文章はもちろん相手に興味を抱かせるための作文だが、連ねていくうちに何やらもう一人の自分が文章を紡いでいるような錯覚に陥る。

『どんなに高尚な仕事でも所詮《しょせん》は仕事であり、家族の絆《きずな》に勝てるものではありません。娘のためなら、わたしは喜んで背反行為に身を投じる覚悟です。

先生。わたしと娘のたっての願いをどうぞ聞き届けてやってください。伏してお願い申し上げます』

文章を打ち終え、画像認証を入力すると作業は完了した。これで依頼は無事、ドクター・デスの許に届けられたはずだ。

それまで犬養の肩越しに依頼文を眺めていた麻生は、ふんと鼻を鳴らして自分の席に戻った。

「上手く書けてるじゃないか。俳優の真似事と一緒に脚本の書き方も習ったのか」

「月並みな文章だと思いますよ」

「いいや、よくできた嘘だ。十のうち九は真実だからな。こういう嘘が一番看破し難《にく》い。腎不全をそのまま使ったのは、やっぱり見知った病気だからか」

「それもありますけど、腎不全でカリウムの排出が不順になると高カリウム血症を発症しやすくなるからです。高カリウム血症となれば、ドクター・デスも病死の偽装が容易になりますからね」

麻生は続いて何かを言いかけたが、思い止まったようだった。有難い。これ以上追及されたら、言わなくてもいいことまで言ってしまいそうになる。明日香はと見ると、複雑な顔をしたまま文面に見入っている。

連絡フォームを打ち込みながら自分で分かったことがある。己はまだ刑事と父親の間を行ったり来たりしているだけなのだ。

「食いついてくると思うか、犬養」

「ドクター・デスが俺の想像するようなヤツだったら、必ず食いついてくるでしょうね」

「お前の想定している犯人像はどんなヤツだ」

「自信家なのに慎重居士、自分の行為を正義と信じて疑わず、他人の悲しみを嗅ぎ取るのに敏感な男。目立たない風貌《ふうぼう》の下に、メフィストフェレスのような悪魔性を秘めた男。そういう人間なら、職業倫理を放棄したがっている警察官に必ず興味を抱くはずです」

「俺も同じ見方だ。何ていうか、こいつは真っ直ぐに歪んでいる。信念を持って犯行を繰り返しているが、その行為を正義だと思い込んでいるフシがある。そしてこういうヤツほど大きな嘘に引っ掛かる」

何故ですか、と横から明日香が割り込んでくる。

「手前《てめえ》の行いを正義だと信じ込んでいるヤツは大抵阿呆《あほう》だからだ」

むっとした明日香に、麻生は反論する間も与えない。

「高千穂。ちょっと席を外せ」

「えっ」

「いいから」

不承不承の体で明日香が部屋から出ていくと、麻生は犬養を招き寄せる。

「どうかしましたか」

「今回の件、娘さんには話したのか」

「ええ」

「反応は」

「背中を向かれましたよ」

「お前のアイデアと執念にはいつも感心するが……本当にいいのか。お前はともかく娘さんまで危険に晒したら」

「班長、お気遣いなら……」

「そんなんじゃない。これは刑事部長から出た話だが、もしこれで一般市民であるお前の娘さんが被害に遭ったら、捜査本部は非難囂々《ごうごう》ってことだ」

そういうことか――気分は一気に冷めたが、その分落ち着いた。

何のことはない。まかり間違って沙耶香へ手が伸びる前に、ドクター・デスを捕まえさえすればいいのだ。

冷やかしも多いだろうに、ドクター・デスが犬養の依頼を探し出すのにそれほど時間はかからなかったらしい。翌日になると、早速相手からの返信が犬養のパソコンに届いた。

「早く開け」

背中に麻生の逸《はや》る声を浴びながらコメント欄を開く。現れた文言は次の通りだ。

『犬養さん、はじめまして。ドクター・デスです。連絡をありがとうございます。

相談内容を承りました。それでは案件を検討させていただきますので、直近の患者の症状、お分かりでしたら定期的に投与される薬剤の製品名と一回当たりの用量をお教えください。こちらで検討した結果は追って連絡します』

「ものの見事に食いついてくれたな」

麻生の声は意外な当たりを引いた釣師のように弾む。真横でディスプレイに見入っている明日香も期待に目を輝かせている。

「すぐに回答できるか」

「以前、主治医の先生から薬剤について聞いたことがありますから」

犬養は沙耶香の容態が一番ひどかった時の症状を、記憶の棚から引っ張り出す。当時主治医だった真境名《まじきな》教授からは、透析ではコントロールできない反応を抑える薬剤と腎不全で不足する成分を補う薬剤を教えてもらった。

それぞれを箇条書きにして再度送信すると、またすぐに返信があった。

『早速の返信、ありがとうございます。症状の子細な観察と使用薬剤の記述を拝読して、犬養さんがどれだけ熱心に娘さんと一緒になって病気と闘っているのかを、ひしひしと感じます。

症状を拝読する限り、確かに四六時中怖ろしいほどの激痛に襲われた挙句、体力と精神力を消耗して当然かと思われます。処方された薬剤は症状に沿ったものではあるものの、対症療法に過ぎません。この場合、腎臓の移植手術が最適なのですが、臓器移植の障壁が高いこの国ではそれすら容易ではありません。

心苦しいのですが、犬養さんと娘さんのご依頼内容は実状に合致しているように思えます。ご依頼を承りました。

こちらの準備が済み次第、決行日をお知らせしますので、決行当日までに実費二十万円を現金でご用意ください。また娘さんのお名前と入院先、そして病室もお教えください』

「ふん、実費ときなすったか」

麻生は蔑むように笑う。

「自殺装置に致死量以上の塩化カリウム製剤、そして交通費込みで〆《しめ》て二十万円也か。確かに人一人安楽死させるには実費程度の費用と言えなくもないな。おい、その返信をプリントしてくれ」

早速出力されたプリントを手に、麻生はほくそ笑む。

「刑事部長がこれを見たら、とりあえずは安心するだろう。獲物は網に向かって一直線。後は網を手繰り寄せて魚籠《びく》に放り込むだけだ。犬養、丁寧に網を張って差し上げろ」

命じられて、犬養は連絡フォームに再度書き込む。

『先生、ありがとうございます。それでは娘の入院先その他を以下に記します。

氏名　　犬養結衣
入院先　東京警察病院（東京都中野《なかの》区中野四丁目二二番一号）
病室　四階四〇五号室

それではご連絡をお待ちしております』

これで網を張り終え、後は先方から決行日の連絡を待つだけとなった。

「最後まで気を抜くのは禁物だが、意外に呆気《あっけ》なかったな」

そう言いながら、麻生の口調は弛緩《しかん》している。

逆に犬養は遠くからの警報を胸で聞いていた。どんな事件でも、犯人逮捕の瞬間が一番危険だとされている。

理由もなくざわざわと胸が騒いだ。


ドクター・デスから決行の日が告げられたのは、翌日になってからだった。

『十月二十三日、午前十一時三十分に警察病院に伺います。

犬養さんは病室の中で待っていてください。尚、その時間には犬養さんと娘さん以外の人間はいなくなるように取り計らってください。

作業に必要な時間は二十分程度です。装置を設置次第、わたしは退去させていただく予定ですから、そのおつもりで』

こうして二十三日当日は、あっという間に到来した。入院患者に扮《ふん》した警官が病院敷地内に十五名、病室のある四階フロアの各室に待機する私服警官が十六名、合わせて三十一名が息を殺してその瞬間を今か今かと待ち続けていた。

一方、犬養は一人四〇五号室でじりじりと時を過ごしていた。約束の時刻まであと五分。それなのに敷地内で待機している明日香からは未《いま》だ何の連絡もない。何かあれば耳に仕込んだイヤフォンに報告が入るはずだが、まだドクター・デスらしき人物は敷地内にも現れていないのか。

不安に駆られて、ドアプレートの〈405〉という数字を確認してみる。まるで子供の振る舞いだが、部屋を間違えている訳ではない。

あと三分。緊張感が高まる。

犯人確保の手順は至極単純だった。四〇五号室前の廊下は、天井に設《しつら》えられた監視カメラに一部始終が捉えられている。何者かが入室したら詰所でモニターを監視している麻生がゴーサインを発令し、四階フロアに潜む捜査員全員がその人物を取り押さえることになっていた。

だが、その人物はまだ敷地内にも姿を見せていない。一階フロアからこの病室まで五分以上はかかるというのに。

あと一分。

ここへ至って、犬養は自分の認《したた》めたドクター・デスへの通信文に何か問題はなかったのかと反芻《はんすう》してみる。嘘臭い表現はなかったのか。報告した薬剤に間違いはなかったのか。書き記した腎不全患者の症状に無駄な誇張はなかったのか。

そして十一時三十分。

依然として動きはない。

不安が身体中を駆け巡る。

馬鹿な、こちらの対応に何かミスがあったのか。

部屋の前に人の気配はなく、明日香からの連絡もない。

一分経過。いったい、どうしたことだ。

三分経過。ドクター・デス自身に不測の事態が生じたのか。

五分経過。畜生、空振りだ。

その時、携帯電話が着信音を告げた。麻生からだった。

「班長。どうやらヤツはこちらの計画を……」

『やられたぞ』

「えっ」

『たった今、帝都大附属病院から連絡が入った。沙耶香ちゃん宛てに贈り物が届いた』

「贈り物？」

『モノは点滴バッグだが、中身は塩化カリウム製剤だった』

一瞬、頭の中が真っ白になった。

「沙耶香は、沙耶香はどうしましたか」

『心配するな。いくら何でも不審者から送られてきた点滴バッグをそのまま使うような間抜けはいない。すぐに中身が調べられて、捜査本部に連絡が入った。沙耶香ちゃんには何の異状もない。心配というか、恐怖は別のところで炸裂《さくれつ》している』

「こちらの計画が全て読まれている上に、俺ばかりか病院の個人情報が筒抜けになっている……」

『そうだ。網に掛かったのはこっちだった。ヤツはネットという広大な網で俺たちを搦《から》め捕りやがった』

緊張の糸が切れるのと同時に、身体中の力が抜けた。犬養はふらついて壁に上半身を預ける。今更ながら、全身から滝のように汗が噴き出る。もし点滴バッグがそのまま沙耶香の許に届けられたらと想像すると、背筋に悪寒が走る。

完敗だった。犬養のみならず捜査本部全体がドクター・デスに虚仮にされてしまった。

それにしてもいったい、どこで計画が露見したのだろう。


失意のうちに本部へ戻ると、パソコンにドクター・デスからのメッセージが残されていた。

『犬養さん、予定の時間に行けなくてすみませんでした。お詫《わ》びとしてささやかなプレゼントを沙耶香さんに贈ったのですが、気に入っていただけましたか。

自分の娘を使ってまでわたしを逮捕しようとしたことについては、感嘆するしかありません。あなたのように破滅型の警察官が生き残っているなら、この国もまだまだ捨てたものではありませんね。

しかし実行力があっても、あなたには危機管理能力が欠けている。個人のパソコンを使用した時点で、過去の記録や個人データがハッキングされる可能性に思い至らなかったのですか。

わたしにはあなたの娘さんの本名や居場所を特定することなど朝飯前でした。あの病院のセキュリティは大変にお粗末だったので、あのまま沙耶香さんの点滴剤を塩化カリウム製剤とすり替えることも非常に簡単だったのですよ。もちろん、望んでいない患者を安楽死させるのはわたしのルールに反することなので実行しませんでしたけれどね。

しかし警告はさせてもらいます。これ以上、わたしを追いかけ回すのはやめていただきたい。わたしの正義はあなたたちの尺度で測れるものでないことは分かっている。自分に理解の及ばないものを排除しようとするのは悪であり、それは歴史が証明しています』

沙耶香宛てに届けられた点滴バッグは、看護師詰所前の長椅子に置かれていた。点滴バッグそのものは病院で採用している医療メーカーのものであり、病室と沙耶香の名前が付してあるので、院内マニュアルを知らない者が手に取ればそのまま病室に運んでしまう状態だったという。

「看護師詰所の周辺に監視カメラはなかった。しかも引き継ぎ時の隙間を狙って置かれたらしい。目撃情報がないのはそのためだ」

麻生は悔しそうに歯を剝《む》き出しにした。

「入院患者の情報もそうだが、院内のマニュアルを知っていなきゃできない仕事だ。いったい、いつの間に調べやがった。くそっ」

麻生が普段にもまして感情を露わにしているのには理由がある。そうすることで犬養の平常心を呼び覚まそうとしているのだ。それが分かる程度には麻生との付き合いは長く、そしてやり方はあまりに見え透いていた。

ドクター・デスのメッセージを受け取ってから一日。さすがに当初の衝撃は薄れたものの、腹が瞬時にして冷えた感覚はまだ身体が憶えている。今までにも狡猾《こうかつ》な犯罪者を相手にしたことは何度もあるが、己の家族に累が及んだのはこれが初めてだった。自分自身ならまだしも、娘の命が危険に晒されるのがこんなにも恐怖だとは想像もしていなかった。

正直、腰が引けている。麻生の気遣いは有難いが、この怯懦《きょうだ》を消し去るほどの効き目はない。日頃の、犯罪に対する闘争心も折られている。沙耶香を狙われたことはそれほどまでに深刻だった。

「いい加減にしろ、犬養」

麻生の声が一段低くなった。

「ビビる気持ちも分からんじゃないが、そういう相手こそ野放しにするべきじゃない。そうじゃないのか」

こんな時に正論を吐いてくれるな――と思うが、もちろん口にはしない。

「野放しにするつもりはありません」

「だが腰が引けている」

「まさか。気のせいでしょう」

麻生は犬養をひと睨みして舌打ちする。

「お前を担当から外せという声も出たが、沙耶香ちゃんに実害が及んだ訳でもないから断っておいた。今から帝都大附属病院へ行ってこい」

「どうして、そんな」

「気まで抜けちまったのか。未遂に終わったとはいえ、被害者に話を訊くのは当然だろうが。高千穂が向こうで職員に事情聴取している最中だから合流しろ」

とっとと失《う》せろとばかりに手を払う。不器用な上司でどうしようもないと内心で愚痴りながら、犬養は病院へ向かう。

病院の看護師詰所前では数人の鑑識課員が床を這《は》いずり回っていた。私服警官も何人か見掛けた。麻生によれば当日正面玄関を出入りした全ての人間の姿を画像解析しているらしいが、ドクター・デスの人相に該当する人物は未だにヒットしていないらしい。仮に変装でもしていたのなら、まさに神出鬼没と言うべきか。

病室の前には制服警官が立っていた。事情を知らされているのか、犬養の顔を見て複雑な表情を浮かべる。

ベッドの沙耶香は顔を向こう側に背けていた。

「大丈夫だったか」

我ながら間抜けだと思ったが、思いつくのはそんな質問しかない。

「何にせよ、病室に偽の点滴が運ばれる前に見つかってよかった」

「何がよかったのよ」

沙耶香の声は久しぶりに尖っていた。

「他の刑事さんから聞いた。あたし、安楽死なんて頼んだ覚え、ないから」

返す言葉が見つからない。

沙耶香が毎回の透析を痛がっているのは以前から聞いている。このまま尿毒症が悪化したら、と怖れたことも一度や二度ではない。沙耶香の葬儀で挨拶《あいさつ》をする、などという悪夢を見たことさえある。

安楽死は病身の家族を持った者にとって、甘美な誘惑だ。頭を振り払って拒絶しても、ふとしたはずみに頭を擡げてくる忌まわしい誘《いざな》い。

「あたし、まだ絶望してないし、病気だって治ると信じている」

「もちろんだとも」

犬養は慌てて言葉を添える。

「絶対に治る。移植のドナーもきっと現れる」

「気安く断定しないでよ、お医者さんでも移植コーディネーターでもないくせに」

「それは……」

「お父さん刑事なんでしょ。だったらそのドクター・デスを捕まえてよ。あたしを安心させてよ」

いきなり頬を叩かれた思いだった。

そうだ、自分は何を迷っていたのだ。医者でもない自分が沙耶香にしてやれることは、それしかないではないか。

「ドクター・デスが逮捕されるまで、あたしは安心して夜も眠れない」

「……だろうな」

「逮捕するまでここに来ないでよね」

「分かった」

ここにも本心を伝えるのに不器用なヤツがいたか。

「おとなしくして待っていろ」

そう言い残して犬養は病室を出る。もう振り返りもしなかった。

廊下を歩いていると向こう側から明日香がやってきた。

「ああ、犬養さん。ちょうど探してたんです」

「どうした」

「鑑識からの報告です。残念ながら点滴バッグからは、帝都大附属病院の関係者以外の指紋は検出されませんでした。それから看護師詰所前も隈《くま》なく捜査しましたが、やっぱり病院関係者のものしか採取できなかったそうで……」

今度ばかりは父親である犬養を慮《おもんぱか》ってか、明日香は申し訳なさそうな弁解口調になる。だが犬養は、ドクター・デスがそんな手掛かりを残してくれるなどとは最初から期待していない。

「じゃあ、行くぞ」

「えっ」

「え、じゃない。ここにいたってあいつの尻尾は摑めないのなら、こちらが追い込んでやればいいだけの話だ」

「どこへ行くんですか」

「使用された点滴バッグの医療メーカーだ。医療専用だったら流通経路も限定されているはずだから、製造番号を追跡すれば必ずヤツに辿り着く。納入先が病院だったら関係者。個人だったら尚のこと有難い」

三　急かされた死

1

十月二十八日午前一時三十五分。

法条正宗《ほうじょうまさむね》は家族が見守る中、静かに息を引き取った。享年九十。卒寿を二日後に控えた矢先の大往生だった。

英輔《えいすけ》は父親の死に顔を感慨深く眺める。至るところに老人斑《はん》が浮き頬はげっそりと肉が削《そ》げ落ちているものの、それでも往年の苛烈《かれつ》さを偲《しの》ばせる面立ちだった。ここ数カ月は紫色で苦悶《くもん》している顔しか見ていなかったので、どことなく家族たちも安堵《あんど》している様子だ。病床の身であったとは言え、最期は眠るように死んでいった。波乱万丈に生きた九十年を思えば、それもまたこの男に相応《ふさわ》しい死にざまだったのかも知れない。

だが英輔はベッドの周りを囲む一族の顔を見回して憂鬱《ゆううつ》になる。今はこうして正宗の逝去に頭《こうべ》を垂れている者どもだが、翌朝には欲の皮の突っ張った顔を持ち上げて英輔に迫ってくることだろう。いや、既に何人かは胸の奥で爪を研いでいるに決まっている。

総資産四百億、傘下に二十三もの企業を従える法条グループ総帥の死は単にいち個人の死ではない。何しろ寝たきりの状態になって尚《なお》、グループの頂点に君臨し、細々とした指示を出していた正宗だ。その死が財界および政界に与える衝撃は決して小さくない。正式に発表される人事如何《いかん》では、株式市場にも影響が出るだろう。

遺産相続をはじめ代表権の行方もマスコミに取り沙汰《ざた》されるのは自明の理だ。全く、遺言状を残しておいてくれてよかった。もし正宗が自身の健康を過信して遺言状を作成していなかったら、明日《あした》以降は骨肉の争いが繰り広げられていたことだろう。その意味では、ようやく訪れた死神に感謝しなければならない。

実際、正宗が何の前触れもなく倒れ、検査の結果大腸がんが肝臓や肺にまで転移しているのが判明すると、親族の多くは誰が正宗の地位を継承するかに並々ならぬ関心を抱いていた。大腸がんのステージ4ともなれば現場復帰も困難であり、正宗の危機を己の権力伸長に利用しようとする輩《やから》が暗躍する事態を招いた。

その最たる人物が、今、正宗の亡骸《なきがら》に泣いて取り縋《すが》っている山岸加寿子《やまぎしかずこ》だ。英輔の母親亡き後、首尾よく法条家に入り込んだまではいいものの、英輔の存在に阻まれて我が子の擁立に手間取っていた。

加寿子の一粒種である惣一《そういち》は妾腹《しょうふく》だが、経営手腕に長《た》けていた。正宗が山岸母子を法条家に迎え入れたのも、偏《ひとえ》にその才能を買ってのことだったが、だからといって嫡男の英輔を蔑《ないがし》ろにした訳ではない。むしろ英輔を補佐する役割を与え、英輔と二人でグループの舵《かじ》取《と》りをさせるつもりだったらしい。

それが加寿子には気に食わなかった。あわよくば正宗が不在の間に、総帥の座を惣一へ委譲させようと画策していたのだ。

その涙が乾いた時、あんたはいったいどんな顔を見せるんだろうな――英輔は内心で興味を掻《か》き立てられる。牙《きば》を剝《む》いて英輔に食ってかかるのか、それとも従順の意思を示して尻尾《しっぽ》を振るのか。

そんなことを考えていると、主治医の帆村《はんむら》が押っ取り刀で寝室に飛び込んできた。

「容態が急変したと聞いて駆けつけました」

一同への挨拶《あいさつ》代わりにそう言うと、すぐに正宗の身体を診はじめた。

脈拍、心音、そして瞳孔《どうこう》。

居並ぶ家族にとって、それは遅れてやってきたセレモニーにしか過ぎなかった。帆村医師は眉間《みけん》に深い縦皺《たてじわ》を刻み、やがて一同に向かって頭を垂れた。

「ご臨終です。申し訳ありません。もう少し早く到着できればよかったのですが……」

だが、誰も帆村医師を責めようとする者はいない。何しろ正宗の容態が急変したのが午前一時頃であり、帆村にそれを告げたのが十分後だ。深夜という事情もあり、到着が遅れたのは不可抗力というべきだろう。

「では先生。死亡診断書の作成、よろしくお願いします」

英輔が口を開くと、帆村医師を含めた全員が夢から覚めたような目でこちらを見た。

「その死亡診断書を役所に提出すると同時に葬儀の準備、各界関係者へ葬儀へのご参列の案内をお願いします。喪主はもちろん長男であるわたしが務めさせていただきます。皆さん、ご異存はありませんね」

「待ってくださいな」

いち早く声を上げたのは、やはり加寿子だった。

「そりゃあ英輔さんは長男ですから喪主というのは分かりますけど、独り決めされるのは如何《いかが》なものでしょうか。正宗はグループの総帥なのですから、一応はわたしたちとも話し合っていただかないと……この後には遺産についての協議もあることですし」

「加寿子さん。特に協議は必要ないと思いますよ。オヤジは既に遺書を残していますから」

案の定、加寿子と惣一は大きく目を剝いた。

「初耳だわ」

「そうでしょうね。わたしも初めて話すのですから」

「い、いったいそんなものがどこに」

「ウチの顧問をしてもらっている古舘《ふるたち》さんが遺書を預かっています。オヤジはこういうことに用意周到でしてね。加寿子さんと惣一くんがこの家に来られる前に作成していたらしいです。かく言うわたしも、古舘さんに教えてもらったんですけどね」

「……内容はどんな風なんですか」

「さあ、それはわたしにも何とも。しかし作成の時期が時期なだけに、旧来の家族構成に則《のっと》ったものではないのでしょうか。急進的に見えて、オヤジは家父長制の権化みたいな男でしたから」

自覚しなかったが、どうやら自分は薄く笑ったらしい。

その証拠に加寿子は夜叉《やしゃ》の面でこちらを睨《にら》み据えていた。

＊

「二件目の密告だ」

麻生は心なしか緊張しているようだった。密告となれば犯罪の発覚に直結することもあるので多少は意気込みが入るはずなのだが、この緊張は異例と言える。

「今日未明に法条正宗氏が急逝した。名前くらいは二人とも知っているだろう」

犬養と明日香はほぼ同時に頷《うなず》く。法条グループの総帥で、誰がつけたか〈昭和の妖怪《ようかい》〉などという異名で呼ばれている。戦後の焼け跡から建設機械の会社を立ち上げ、朝鮮特需をきっかけにコングロマリットを構築した立志伝中の人物だが、昭和の政界を裏で操っていたというまことしやかな噂まである。平成の世になってもその存在感はいささかも揺るがず、内閣が替わる度にその名が取り沙汰されてきた。

「通信指令センターに通報があったのは午前十時十四分。内容は男の声で、正宗氏は安楽死させられたんだという密告だ。普段だったらガセと疑うんだが、ドクター・デスが帝都大附属病院にあんなプレゼントをした直後だったし、電話の発信元が当の法条家だったから、捜一に回ってきた」

「正宗氏は自宅で治療していたんですか」

明日香が素朴な質問を投げる。財閥の総帥なら、国内最高の設備を誇る病院に入院して当然と考えているのだろう。

「検査入院で一度は大学病院で診てもらったものの、入院すると早死にするとか言い出して自宅療養にしたんだそうだ。まあ我がまま放題の爺《じい》さんだったらしいし、がんもステージ4まで達していたら自宅療養でも大差ないと主治医も踏んだんだろうな」

確かに最近は、どうせ死ぬなら自宅で死にたいという年寄りが増えているという。してみれば無理に自宅療養へ切り替えたのも我がままではなく、時代の趨勢《すうせい》なのかも知れない。

ただし、自宅が安楽死の場所にされたのであればこの限りではない。病院のような管理体制が敷かれていない自宅は、ドクター・デスの庭のようなものだ。

「通報ではドクター・デスの名前は出なかったが、内容が内容だ。すぐ法条邸に向かってくれ」

言われるまでもない。

ドクター・デスが送ってきた点滴バッグの流通経路は未《いま》だ捜査段階にある。医療メーカーによれば同種の製品は海外にも輸出されており、卸業者の一部はネット販売もしているらしい。従ってマスプロ品ではないにせよ、エンドユーザーの絞り込みにはまだ相当の時間を要する。この密告が空振りではなく、新展開に繫《つな》がるのを祈るばかりだ。

「急げよ。もう法条家の主治医が死亡診断書を提出したって話だ」

犬養は碌《ろく》に返事もせずに刑事部屋を出る。明日香もその後を追う。

法条邸は成城《せいじょう》の高級住宅街の中にあって尚、格段の威容を誇っていた。敷地がべらぼうに広く、ここでなら政財界の要人を迎えるような大規模な葬儀が行えるだろうと思わせる。

屋敷の中は人の出入りで慌ただしかった。無理もない。何しろコングロマリットの総帥が逝去したのだ。一般庶民の葬式とは比較にならないほどのヒトとモノとカネが動く。関係者が慌てふためくのも当然だろう。

玄関で来意を告げると、すぐ応接室に通された。応対したのは長男の英輔という人物だった。痩《や》せぎすの五十代半ば、髪はまだ黒々としており、早くも次期総帥の雰囲気を漂わせている。

「警視庁の捜査一課、ですか」

改めて犬養たちの身分を聞いた英輔は訝《いぶか》しげに二人を窺《うかが》い見る。

「自宅療養中の病死なら、所轄の成城署で充分じゃないんですか」

「病死と断定するのは尚早でしょう。追って検視官が到着します。検視が終わってから判断させていただきます」

「しかし、主治医の帆村先生に死亡診断書を作成してもらっているのですよ。何故今頃になって」

「匿名で通報があったのですよ。正宗さんは不法に安楽死させられたのだと」

「警視庁はそんな与太話で動くんですか」

「カードは開いてみるまで分かりません」

少し遅れて御厨《みくりや》検視官が到着した。

「遺体はどこにある」

御厨もドクター・デスの関連を聞いているのか、普段より乱暴な物言いになっている。それとも最初から歓迎されていない空気を肌で感じ取ったのか。

いかに富豪の一族でも不意を突かれたのでは隠然たる権力も行使できず、英輔たちは御厨の侵入まで許してしまった。もっともこれも麻生の差し金で、上層部から介入される前に先手を打ったという方が正しい。

正宗の遺体はまだ個室に安置されていた。点滴バッグを吊《つ》り下げるスタンドが虚《うつ》ろに立つ横で、シーツを被《かぶ》せられたまま横たわっている。

御厨にとって死体に階級の差はないらしい。軽く合掌すると、何の躊躇《ちゅうちょ》もなくシーツを捲《めく》り、遺体から着衣を剝《は》ぎ取っていく。慣れた手つきで遺体が丸裸になるのに二分とかからなかった。犬養と明日香の他、立会人として英輔も傍らに佇《たたず》んでいたが、彼は父親の亡骸から目を背けようとしない。

御厨の女のようにしなやかな指が遺体の表面を滑っていく。

「患者は定期的に点滴を受けていたのか」

御厨の突然の質問に、英輔が不機嫌そうに答える。

「ええ。帆村先生が朝昼晩の往診の際に注射されていました。固形物を咀嚼《そしゃく》するのもおっくうになっていたので、栄養補給は点滴する以外になかったんです」

「最後の点滴はいつだった」

「二十七日の……確か午後六時過ぎでしたね」

「容態が急変したのは？」

「深夜一時頃です。家政婦が定期的に見回ってくれているのですが、急に呼吸が浅くなったと騒ぎ出したんです」

御厨は頷きもせず、遺体の肩に手を掛ける。

「背中を見る。手を貸せ」

犬養が横に並び、御厨の合図で遺体を起こす。

「死斑の移動は確認できず」

遺体を元に戻すと、次に御厨は血液の採取を始めた。

「検視官。ここで血液検査するつもりですか」

すると御厨はカバンの中から見慣れない測定器を取り出した。

「電解質Ｎａ・Ｋ専用測定器だ。いい加減、ドクター・デスに振り回されてきたからな。カリウム濃度を測定するために取り寄せた」

御厨は採取した血液をセンサカードに塗布し、次にそのカードごと測定器に挿入する。一分もすると、液晶部分にナトリウムとカリウムの濃度が表示された。

数値を確認した御厨はわずかに口角を上げる。

「ビンゴだ。血中カリウム濃度が異常に高い。検視官として司法解剖を要請する」

「司法解剖だって」

途端に英輔が色をなした。

「家族として断固反対します。闘病の挙句に死んだオヤジの身体に、もう一度メスを入れるだなんて」

ここは犬養がとりなす場面だろう。

「いくらご家族が反対されても、検視官が事件性を認めれば司法解剖に付されます。潔く諦《あきら》めてください。高千穂、東大の蔵間准教授に連絡」

上からの介入がある前に、必要なことは全部済ませてしまう——空気を読んだらしく、明日香も早速スマートフォンで蔵間を呼び出す。

ここからは時間との勝負だ。用意周到に御厨は遺体搬送車で乗り付けている。親族郎党たちが騒ぎ出さないうちに遺体を蔵間の許《もと》へ届ける。

「警察の横暴だ」

憤懣《ふんまん》やるかたない様子の英輔を宥《なだ》めながら、犬養は鑑識課の到着を聞いた。これでいい。葬儀が始まってしまうまでに、なし崩しに介入してしまえば時間が稼げる。

「英輔さんは法条正宗さんのご長男でしたね。是非お伺いしたいことがあります。わたしと別室に移動していただけませんか」

半ば強引に英輔を連れて応接室に戻る。興奮気味の英輔も一対一で話しているうちに、落ち着きを取り戻したようだった。

「いきなり司法解剖と言い出されたら面食らわれるのも当然でしょうが、亡くなった正宗氏は政財界の著名人です。妙な疑惑をそのまま放置すれば、必ずマスコミの好餌《こうじ》になります。ここは一つ警察にご協力ください」

「し、しかし」

「警察に通報してきた人物が誰なのか、興味ありませんか。穿《うが》った見方をすれば、その人物は法条家に反感を抱いている可能性もある。いいですか、その通報はこの屋敷の固定電話から発信されたんですよ」

さすがに英輔は黙り込んだ。

「英輔さんが法条家の事業を継承されるんですか」

「ええ。遺言ではそうなっているはずです。近々正式に公表されますけどね」

「密告者はいずれ事業展開の足枷《あしかせ》になる惧《おそ》れがある……そうはお思いになりませんか」

英輔は腕組みをしてソファに腰を沈める。こちらの話を聞く気になった仕草だ。

「お訊《き》きになりたいこととというのは何ですか」

「遺産相続に関わる家族構成ですね。ご母堂は早くに亡くなられ、その後添いが入られたとか」

「経済記者の間では有名な話らしいですね。ただ後添いというのは間違いです。オヤジは惣一くんを実子と認知しましたが、加寿子さんを後妻として迎え入れた訳じゃない。だから加寿子さんは山岸姓のままです」

「何故再婚しなかったんですか」

「それはオヤジにも最低限の自制心があったからですよ」

英輔は皮肉な笑いを浮かべる。

「惣一くんは経営の才能もあり、性格も温和なのでオヤジも気に入っていたようです。しかし加寿子さんというのは、言ってみれば猛女の類《たぐい》でしてね。法条家を乗っ取ってやろうという企《たくら》みがことあるごとに顔を覗《のぞ》かせる。惣一くんの将来を思っての行動かも知れませんが、それにしたってあざと過ぎる。オヤジはそんな加寿子さんの危なさを察知したから、最後まで正式な妻とはしなかったんです」

「正宗氏の遺言があるにも拘《かか》わらず、そんなことを画策していたんですか」

「オヤジが生前に遺言状を作成していたのは、本人と顧問弁護士の古舘さん以外誰も知らなかったんですよ」

「最後の最後まで、その事実を明かさなかったのはどうしてですか」

「簡単ですよ。倒れて寝たきりになるまで、自分がそんな目に遭うなんて想像もしていなかったんです。どうもあの世代は自分の体力を過信する傾向がありますね」

「遺言状の存在を知らなかった加寿子さんの言動は、さぞかし派手だったのでしょうね」

「はっきり言って他人《ひと》様に見せられるような代物じゃありません。生まれが下賤《げせん》な人間は、大金を目の前にするとあっさり正体を現します」

「その他のご家族は」

「わたしの女房の静江《しずえ》、あとは執事と家政婦が三人。孝之《たかゆき》という息子がおりますが、これは学生で他所《よそ》に住んでおります。母屋に居住しているのは以上です」

「おや、加寿子さんと惣一さんは数に入っていないんですか」

「ああ、その二人は離れに寝泊まりしているのですよ」

　実子と認知しても妾腹は母親とともに別宅住まいか――情愛深いと思わせながら、結局は嫡男との線引きをしているのは、これも旧世代の感覚なのかと意地悪い想像をする。すると犬養の顔色を読んだのか、英輔は少し困った顔で弁解する。

「なにぶん広い家ですからね。母屋だけに集中しても意味がないでしょう。人の住まない建物は老朽化が早くなるとも言いますし」

犬養は相槌《あいづち》を打って、適当に合わせておく。

「これだけの大邸宅ならさぞかしセキュリティも万全なのでしょうね」

「警備会社と契約していますよ。誰かが塀を乗り越えようとしたり施錠した窓を開けようとしたりすれば、警備会社に通報が入って駆けつけてくれることになっています」

「監視カメラも設置されていますか」

「ええ。正面玄関と裏口に一台ずつ」

「後でビデオ映像の提出をお願いするかも知れませんので、よろしく」

「それより警察に通報したのは男だったんですか、女だったんですか」

「声質だけで断定するのは早計ですが、担当者によれば男の声らしかったようです」

「男か……それならちょっと分からんな」

当てが外れたような言い方に、ぴんときた。

「女の声であれば、心当たりがあるという意味ですか」

「そりゃあ、そんなことをしそうな該当者は一人きりだからね」

「加寿子さんが密告したとして、彼女にどんなメリットがありますか」

「腹いせ。それで充分でしょう」

英輔は吐き捨てるように言う。

「わたしが遺言状の存在を明らかにしたのは、オヤジの臨終の席でした。それまでに陰に陽に動き回っていた加寿子さんにしてみれば、全てが徒労だったと宣言されたようなものです。いきおい混乱させてやろう、あわよくば誰かを陥れてやろうというのは自然かも知れませんねえ」

通報したのは誰かという問題は、この後呆気《あっけ》なく判明した。英輔の次に加寿子から事情聴取すると、彼女はあっさりと白状したのだ。

「わたしが惣一に命令して、警察に通報させました」

年齢は六十くらいだろうか。高級な化粧で誤魔化していても、皺《しわ》の深さは如何ともし難かった。その皺の間から覗く目が、異様な光を帯びていた。

「どうしてそんなことをしたんですか」

「あいつらが正宗を殺したことを世間様に知らしめたかったからです。ね、ちゃんと本当だったでしょ？　だから正宗の亡骸を解剖してくれるんでしょ」

「それは結果論で、まだ解剖結果が出ている訳ではありません。あなたも何かの物証があって通報を思いついたのではないでしょう」

気のないふりをしながら、犬養は加寿子の返事を注意深く待つ。もし加寿子が何らかの証拠に基づいて告発を決めたのなら、それは事件解決の大きな鍵《かぎ》となる。

しかし加寿子の回答は犬養を満足させるものではなかった。

「証拠なんてなくても、英輔の日頃の立ち居振る舞いを見ていれば分かります。あの男は正宗の寵愛《ちょうあい》が自分から惣一に移るのが怖くて、それで一刻も早く正宗を亡き者にしようとしたんです。遺言状の書き換えられていない今なら、正宗が死んで一番得をするのは英輔ですからね」

被害妄想気味なのはともかく、一番得をする者が犯人という考え方は至極真っ当だった。


翌日、早速蔵間准教授から法条正宗の剖検報告書が到着した。

麻生と犬養が着目したのは、所見に記載されたその一行だった。

『検体の血液中から濃度10・0mEq／lのカリウムおよびチオペンタールを検出』

これは馬籠健一の剖検報告書に記載された所見と一致する。犬養は思わず麻生と顔を見合わせた。

「あの夜、来たんだ。ドクター・デスが」

麻生は興奮を隠しきれない。

「監視カメラに、きっとヤツの姿が映っているはずだ」

法条家から借り受けた監視カメラのハードディスクは、現在科捜研で解析中だ。遅くとも午後には作業が終了する予定という。

「あの夜、母屋には正宗氏を含め、英輔と妻の静江、執事と三人の家政婦合計七人がいた訳ですが、深夜零時を過ぎれば起きているのは当直の家政婦だけとなります。あれだけ広い邸宅なので、当直の家政婦の行動さえ摑《つか》めていれば、家人に気づかれずに正宗氏の部屋に忍び込むことができます」

犬養の頭の中では、あの夜の出来事が時系列で再現される。

深夜零時三十分、何者かの手引きがあったかどうかはともかく、ドクター・デスが邸内に侵入し、正宗の部屋に入る。ドクター・デスはおよそ六時間前に点滴が静注された針の痕《あと》に再び針を刺し、チオペンタールを注入。同じ針痕から針を入れれば処置が発覚しにくくなる。正宗の意識を奪ってから今度は塩化カリウム製剤を注射し、そっと邸内を出る。

そして三十分後、家政婦が正宗の異変を察知して家人を起こす。だが既に手遅れであり、遅れてやってきた主治医の帆村は、自分が施した点滴の痕以外に外傷が見当たらないことから突然死を確信する——。

見立てを話すと、麻生も明日香も納得顔で頷いた。

「大方はそんなところだろうな。問題はドクター・デスを邸内に引き入れた者、言い換えれば安楽死を依頼したのは誰かってことだ。鑑識は正宗の部屋から何か見つけたのか」

これには明日香が答える。

「屋敷の住人を除けば不明毛髪が数本。毛根部分が残存しているので、ＤＮＡ鑑定は可能とのことです」

「よし。いいぞ、いいぞ」

麻生は両手を擦り合わせてほくそ笑む。

「ヤツめ。今度はたんまりと証拠を残してくれた。お屋敷とはいえ、個人の家だったから油断したな」

その時、ふっと犬養は不安に駆られた。

本当にドクター・デスは油断したのだろうか。まさか、これは彼が仕掛けた罠《わな》ではないだろうか。

沙耶香の一件で痛い目に遭わされた犬養は、どうしても敵の用意周到さを軽視できない。

「家族の中に安楽死を依頼した者がいるのなら、必ずドクター・デスに連絡を取ったはずだ。個人所有のパソコンやケータイの類を押収しなきゃならんな。今日にでも法条家を再訪してくれ」

言われるまでもない。まだ法条家からは、露骨な捜査妨害はない。抗議される前に司法解剖で遺体から薬剤が検出されたことも大きいが、とにかく先方が手をこまねいているうちに、こっちのペースで捜査を進める。

三人で捜査方針を詰めていると、やがて科捜研から画像解析の結果が届けられた。

その静止画像は光源の乏しい中、二人連れが裏口のドアを開けている場面だった。一人は風体から見てドクター・デスと思われる。その陰に隠れるように寄り添っているのは例の看護師だろう。

科捜研の方で解像度を上げてみても、帽子を目深に被っているために人相は分からない。

くそ、と麻生は吐き捨てる。

「表玄関には煌々《こうこう》とした照明が当たっている。それが嫌で裏口を選んだな」

「彼らが出入りする間だけ監視カメラを切ればいいのに」

明日香は事もなげに言うが、話はそう簡単ではない。

「事前通告のないまま監視カメラを切れば、警備会社が異状を察知して飛んでくるんだ。そんな危ない橋が渡れるものか」

「だろうな。おそらく裏口の明るさなら解像度がそれほどでもないことを経験的に知っていたんだ。注意深く帽子を深く被っているのも、その辺の事情を知らされていたからだ」

麻生はさっき擦り合わせていた手を拳《こぶし》に変えていた。

「まあ、いい。これで法条家の誰かが安楽死に関与しているのは確実になった。関係者の数も限られている。時間をかけて、たっぷり訊き出してやる」

「捜査を妨害される惧れはありませんか」

「管理官に上申して緊急記者会見を開かせる。財界の重鎮が安楽死させられたとなれば、マスコミも大騒ぎしてくれる。コングロマリットか何か知らんが、そこまで騒ぎになれば今度は下手に手を出しづらくなる。葬儀の真っ最中で権限移譲が完了していない時点で、そんな火中の栗を拾おうとするヤツはそうそういないさ」

麻生の見立てを聞き、犬養は大筋で同意するものの、一抹の不安を拭《ぬぐ》いきれない。

進んで火中の栗を拾おうとする者は確かに少ないだろう。しかし、切羽詰まったら常識外の行動に出るのもまた人間だ。そして人間は欲が絡むと、大抵常識を放棄する。

2

法条家では本日が通夜の予定だった。犬養と明日香は司法解剖を終えた正宗の亡骸を返却するために再訪する。もちろん、これは二度目の事情聴取を兼ねての訪問だ。

「まあ、通夜に間に合ってくれたのだけは助かりましたよ」

正宗の亡骸を引き取った英輔は嫌味を忘れなかった。

「遺体もない通夜になったら、参列者に合わせる顔がない」

「ただ司法解剖をした甲斐《かい》はありましたよ。正宗氏は薬物によって殺害されたことが判明しました」

英輔は片方の眉《まゆ》を上げて、犬養を見る。

「それはつまり、密告通りオヤジが安楽死させられたという意味ですか」

「まず意識を失ってから、薬物が全身を回ります。検視官の話では苦痛を感じないまま絶命するらしいですね」

「苦痛のないまま死んだという点だけは犯人に感謝しないとな」

「安楽死を依頼した人物に心当たりはありますか」

「刑事さんは屋敷の中の人間を疑っているようですけど、オヤジの苦痛を取り除いてやりたいと願った人間は山ほどいますよ。もっとも、苦痛を与えて殺してやりたいと思った人間はその十倍以上でしょうけどね」

「依頼者が誰かという点はともかく、実行犯の目処《めど》はついています。ついでに謀殺の事実を密告したのが誰であるのかも判明しています」

「ほう、この短期間にですか。さすが世界に冠たる日本警察ですね」

「善良なる市民からの協力と捜査技術発達のお蔭《かげ》です。それで今日は英輔さんにご覧いただきたい映像があるんです」

犬養は静止画像のプリントを英輔に差し出す。裏口の監視カメラが捉《とら》えた、ドクター・デスが今まさにドアを開けて邸内に入ろうとしている瞬間の映像だった。

「正宗氏の安楽死を実行しているのは、巷《ちまた》で騒がれている〈ドクター・デス〉なる医者であると推測されます。この静止画像に映っている人物がそうではないかと、捜査本部は考えています」

「ごく普通にドアを開けて入っていますね。合鍵か何かを使ったんでしょうか」

「合鍵を持っていたかどうかはともかく、内部に協力者がいた可能性は濃厚です。これだけ広い邸内で、家の人間に見つかる前に正宗氏の個室へ行った訳ですから、手引きがあったと考えるのが妥当でしょう」

「時間帯を考えれば、そういうことになるでしょうね。しかし改めてそう指摘されると、いささか辛《つら》いものがありますね。家の中から犯罪者を出す羽目になろうとは……因《ちな》みに密告者とは誰だったのですか」

「捜査上の機密事項なので、今はまだご勘弁ください。それよりもこの写真を見て、何かお気づきになる点はありませんか」

英輔はしばらく写真に見入っていたが、やがてゆるゆると首を振った。

「帽子を深く被っていて人相はあまり分かりませんね。周囲の対比物で小男というのは分かりますが……元々、裏口の方は日中しか利用することがないので、あまり照明には気を遣ってないんです。それが今回は災いしましたね」

「その他には」

「ああ、この帽子の人物の陰に隠れている人ですか。うーん、ほとんど姿が見えないので男か女かも分からないな」

「いや、その人物ではなく、もっと他の部分ですよ」

促されて、英輔は再度静止画像に目を落とす。だが、新しい発見はないらしくまたも首を振る。

「駄目ですね。自分の家の敷地内でありながら、これ以上のことは素人には……警察ではこの粗い画像から、何か有力な手掛かりを得ているんですか」

「そうですね、具体的にはこの辺りですかね」

犬養が指し示したのは、開かれたドアの奥からわずかに覗く何者かの手だった。

「外開きのドアですから、家の中から何者かが開錠し、ドアを押す。後は訪問者がドアを開くのですが、何者かが手を引っ込める寸前が映っているんです」

「しかし、手だけでは何とも……暗い上に画像が粗過ぎて指の輪郭も不確かじゃないですか」

「さっきも言いましたが、捜査技術というのは日進月歩でしてね。一年前は夢物語だったことが今日は現実になっている。今では、この部分だけを拡大して解析することが可能なんですよ。そして、その解析した結果がこちらです」

犬養は別の一枚を英輔の前に差し出す。屋内から覗いた手は、五本の指の輪郭までが鮮明だった。その薬指には指輪が嵌《は》まっている。

「更に、その指輪を拡大したものがこちら」

差し出された三枚目は模様も詳細な指輪の拡大写真だった。

「さて、英輔さん。今、あなたが薬指に嵌めている指輪を拝見させてもらいましょうか」

英輔が引っ込めるよりも早く、その左手を犬養の腕が捕えた。

「最初にお会いした時から、この指輪の模様は鮮明に憶《おぼ》えていたんですよ。結婚指輪なのでしょうけど、ずいぶん意匠が凝らしてあったものですから」

強引に引き寄せた左手には解析画像と同じ指輪が嵌まっていた。

「凝った模様ですね。世界にただ一つとまでは言いませんが、少なくともこの家で同じ指輪をしているのは奥さんだけでしょう。つまり監視カメラが捉えた手はあなたか奥さんのものということになる」

英輔は顔を逸《そ》らそうとするが、犬養は彼の左手をぐいと引き寄せるのでますます近くなる。

「ここへ奥さんを呼んで、どちらがドクター・デスを招き入れたのか決着つけましょうか」

「妻は……関係ない」

今までとは打って変わって、弱々しい声だった。

「ここに映っているのはあなただと認めるんですね」

「手を放してくれないか。こんな体勢じゃ、ゆっくり話もできない」

解放されると、英輔は自分の左手をしげしげと見つめる。

「高い指輪が仇《あだ》になったか……いや、手が映り込んでいた時点で、遅かれ早かれこうなっていただろうな。迂闊《うかつ》なことをしたものだ」

「彼に帽子を目深に被るよう指示したのもあなたでしたか」

「ええ。都合よく監視カメラの電源を落としたのではすぐに警備会社が駆けつけますからね。経験上、あそこの監視カメラは夜間には役立たずになることは知っていたから、人相を隠すだけで事足りると高を括《くく》っていた。慎重なつもりだったが、やっぱり慣れないことはするもんじゃないな」

英輔はすっかり観念したように短い溜息《ためいき》を吐く。

「やって来たのはドクター・デスだったんですね」

「例のサイトにアクセスして連絡を取りました。彼は迅速でしたよ。診断書のコピーを添付すると、あっという間に返事がきました。安楽死の代金は二十万円。仮にも法条グループ総帥の生命だからその金額は安過ぎると文句を言ったら、人の生命に高いも安いもないと返されましたよ」

「当日のことを詳しく」

「二十七日の夕方に帆村先生が帰った後、十二時三十分に彼らがやってきました」

監視カメラがドクター・デスを捉えたのもちょうどこの時刻だった。それはタイムコードでも明らかだ。

「わたしがオヤジの部屋に案内しました。当直の家政婦がその時間にどこを見回っているかは承知していましたから、人目を避けるのは難しくありません。ドクター・デスは慣れた手つきでオヤジを触診していました」

それから先は犬養が思い描いていた通りだった。ドクター・デスは特に説明しなかったが、二種類の注射を行ったと言う。おそらく最初がチオペンタール、二本目が塩化カリウム製剤だったに違いない。

「処置が終わると、このまま二、三十分でオヤジは安らかになると言われました。わたしが用意していた二十万円の現金を受け取ると、同行していた女性が器具を片付け、二人はさっさと出て行きました。わたしが自室に戻って待機していると、やがてオヤジの部屋から家政婦の叫び声がしたので戻りました。ドクター・デスの言った通り、オヤジはとても安らかな顔で死んでいきました」

「どうして、こんなことをしたのか理由を教えていただけませんか」

「オヤジの安楽死に加担した、では不充分ですか」

「財閥の総帥ともなれば遺産相続の問題が大きく関与してきますからね。しかし、正宗氏が闘病中の頃から遺言の内容はご存じだったんですよね」

「顧問弁護士から秘密裡《り》に教えてもらっただけですからね。それに遺言内容が事前に明らかになってしまえば、わたしを窮地に陥れようとする動きが活発化します。株価にも影響がでかねない。相続問題はインサイダー取引にも抵触しますからね。わたしとしてはオヤジが本当に死ぬまでは秘密にするより他なかった。しかしわたしの思惑とは別に、オヤジが存命中であるにも拘わらず、内紛が起きてしまいました。加寿子さんがわたしに反旗を翻す人間たちを集めて、一種のクーデターを画策し始めたのですよ」

あの女ならやりそうなことだと犬養は合点する。

「いくらオヤジの遺言があったとしても、発効する前に外堀を埋めてしまわれては元も子もなくなる。お分かりいただけますか。わたしは遺言を公表することも、加寿子さんたちの陰謀を放置しておくこともできなかったんです」

「まさか、そんな理由で正宗氏の死期を早めたというんですか。それは自殺幇助《ほうじょ》なんかじゃない。れっきとした尊属殺人だ」

「わたしじゃない。オヤジの意思ですよ。事態が容易ならざることを知ったオヤジは、自分が早く死ぬことこそが事態を収拾できる唯一の方法だと悟ったんです。オヤジの証言も残っています」

「正宗氏の証言ですって」

「苦しい息の中、必死で喋《しゃべ》りましたよ。ちゃんとＩＣレコーダーで録音したものを保管してあります。後でお聞かせしますよ」

「それでもあなたは罪から逃れようがありませんよ。現状、日本の法律では安楽死を認めるハードルは非常に高い」

「罪になるかどうかはともかく、これはわたしとオヤジが初めてする共同作業だった。今まで一度だって、わたしに頼みごとなんてしたことなかったのに、最初で最後の頼みがそれでした」

「あなたはそんな無茶な話に易々と乗ったんですか」

「わたしにはわたしの事情があった！」

英輔は突然声を荒らげた。

「オヤジが、あの殺しても死なないバケモノみたいなオヤジが、あんな骨と皮ばかりに痩せさらばえている姿なんて見たくなかった。人から憎まれ、妖怪と怖れられ、政治家だろうが何だろうが虫けらのように扱ってきたオヤジが虫の息で苦しがっている姿なんて見たくなかった。法条帝国を築き上げるまで、オヤジが流した血と汗がどれだけのものだったのかは、間近で見ていたわたしが一番よく知っている。わたしは、もうあれ以上オヤジの苦しむ姿を見たくなかったんだあっ」

　言い放った後、英輔は肩で息をしていた。

「……失礼しました。つい取り乱してしまって……ただ、わたしが私利私欲からオヤジを安楽死させたのではないことだけは理解して欲しい」

　絞り出すような声に、これは本音なのだろうと犬養は思う。子供にとって父親はいつでもヒーローだ。たとえ疲弊し、尾羽打ち枯らしていたとしても。

「ドクター・デスの人相を憶えていますか」

「それが……オヤジの部屋へ入るまでは帽子を目深に被り、帽子を取ってからは正面切って顔を見ることもなかったんです。それに何というか、全体的に印象が薄くて」

　ああ、今度もかと犬養は早くも落胆しかける。

「わたしも人の顔を憶えるのが仕事みたいなものなので面目ないのですが、時々いませんか。名刺を交換して挨拶してもさっぱり印象に残らない人が。影が薄いというか顔の造作があまりにも平均的というか、オヤジの生命を預ける医者だから、もっと記憶が鮮明でなければならないのに、不思議と特徴を思い出せないのですよ」

　顔のない男だ、と犬養は胸の裡《うち》で唸《うな》る。これほど多くの人々の生命を奪い、その家族たちの前に姿を現しながら誰もはっきりとその顔を憶えていない。まさに死神ではないか。

「ドクター・デスの似顔絵作りに協力してもらえますか」

「こうなってしまった以上、あなた方に協力すること自体は吝《やぶさ》かではありませんが、しかし今言った通り、何しろ印象の薄い人物でしたから、顔を思い出せと言われても正直自信がありませんね。付き添いの女性の方ならまだしも」

いきなり頭の後ろを殴られたような気がした。

「何ですって」

「きっと看護師さんなんでしょうね。手慣れた様子でカバンから注射器やら何やらを取り出していました。ああ、あれが今からオヤジを安楽死させてくれる道具なのかと思うと興味も湧きました」

「思い出せる顔ですか」

「ええ、いけますよ。ドクターに比べればずっと個性のある顔立ちでしたから」

こうしてはいられない。犬養はさっと明日香に向き直る。

「高千穂、鑑識の似顔絵担当に今すぐ連絡してくれ」

犬養は取るものも取りあえず英輔を警視庁に連行した。本人から供述を取るのも重要だが、この際はそれより先にするべきことがある。

似顔絵捜査員はまず本人志望で選考を受け、養成講習と実地研修を経て任命される。元々絵心を持った者が多く、捜査員は英輔に印象や特徴を訊きながら一瞬も停滞することなく鉛筆を走らせていく。

「こんな感じですかね」

捜査員から完成した絵を見せられると、英輔は満足そうに頷いた。

「ええ、特徴をよく捉えています。そうそう、こんな感じです」

犬養は英輔の背後に回って、その絵を注視する。

ショートボブの丸顔。鼻梁《びりょう》はすっと伸びているが、目が小さい。印象としては陰気な女だ。年齢は三十代から四十代といったところか。

これは大きな進展だった。安楽死も一種の医療行為であるなら、〈ドクター・デス〉も補助に素人を使うとは思えない。同行していた女も何らかの医療経験があるはずだ。それなら看護師資格を持つ者を徹底的に浚《さら》えばいい。

「でも犬養さん。全国に看護師なんて、それこそ星の数ほど存在しますよ」

明日香は途方に暮れたように言うが、犬養は楽観的だった。

「それはその通りだ。しかしな、日中や深夜、自由に外出できる看護師は数が限られていると思わないか」

「つまり……正規に雇われている看護師じゃないって意味ですか」

「国立病院や名の知れた病院に勤務する看護師が、こんな危ないバイトをするとも思えない。そういう可能性を排除していけば、母数はどんどん小さくなってくるはずだ」

こうして〈ドクター・デス〉に付き添っていた看護師の捜索が開始されたが、事は犬養が考えるほど容易ではなかった。

平成二十六年度、厚労省が発表した就業看護師数は百八万人に上る。資格を持ちながら様々な理由で医療業務に携わっていない看護師を含めればもっとだ。

各医療機関に照会をかけても、日常業務に忙殺されている病院はどうしても優先順位が後になる。かと言って回答の遅れを糺《ただ》す立場でもなく、いきおい捜査本部は待ちの状態が続くことになる。

しかし犬養は待つつもりなど毛頭なかった。今まで事情聴取で〈ドクター・デス〉と接触が確認できた者、即《すなわ》ち馬籠小枝子・大地母子、岸田聡子などの遺族に連絡を取った。

彼らから返ってきた証言は概《おおむ》ね肯定的だった。『似ている』、『こんな感じだった』、『似顔絵を見せられると、思い出したような気がする』。

中でも顕著だったのは大地の証言だった。

「うん、この人この人。目がね、ホント小《ち》っちゃかったんだよ」

これで犬養は一つの確証を得た。似顔絵は〈ドクター・デス〉付きの女性看護師にそっくりと断言できる。後はその身元を洗い、彼女を介して〈ドクター・デス〉本人に縄を掛けるだけだ。

だが、ぽつぽつと集まり始めた各医療機関の回答はどれもこれも『該当者なし』だった。

手配した女性看護師の情報が得られないまま三日間が過ぎると、さすがに麻生の機嫌は目に見えて悪くなった。

「百八万分の一か。干し草の山の中から針を探すという喩《たと》えがあるが、確率はそれ以下だな」

捜査が暗礁に乗り上げかけた時の麻生の悪い癖が出始めた。捜査方針を大転換させることはないものの、彼方にうっすらと現れる捜査本部縮小と迷宮入りを睨んで愚痴が多くなるのだ。犬養や明日香を叱責《しっせき》するような狭量さはない代わりに、部下を鼓舞するような頼もしさもなく、ただひたすらに鬱陶しい。

「時間が経てば経つほど、向こうに警戒心を持たれる。我々の動きを察知してどこかに潜られたら、ますます尻尾《しっぽ》が摑めなくなる。分かっているのか」

「承知してますよ」

この場ではそう答えるより他にない。

「元々、医療機関からの回答に多大な期待はしていません」

犬養は明日香に話したのと同じ内容を麻生にも説明する。

「専門知識を持った看護師なら、自分の補助している医療行為が安楽死であることくらいは知っているはずです。既に病院に勤め、安定した給与収入を得ている者がそんな危険に手を染めるとは思えません」

「しかし看護師というのは今も昔も3Kの職業らしいじゃないか。患者のいる場所に同行して医者の手助けをするだけで手当がもらえるのなら、結構おいしい話と思うヤツがいても不思議じゃない」

「危険な橋を渡るには見返りが少な過ぎるんですよ。安楽死の費用はたったの二十万円です。薬剤の実費と手間を考慮すれば、そのうち看護師に手渡されるのは多くて四、五万円くらいでしょう。五万円ぽっちで病院勤務の仕事をドブに棄てるような馬鹿をする人間は、そうそういないでしょう」

麻生は真意を探るような目で犬養を見る。

「そこまで踏んでいるのなら、当然狙い目があるんだろうな」

「病院勤務していない看護師ならどうですか。病院からの給与収入がある訳でもなく、もし職にあぶれているのなら時間的な余裕もある。四、五万円のはした金にも目の色を変えなきゃいけない」

これは事前に犬養も調べていた。看護師資格を持ちながら病院勤務をしていない潜在看護職員は平成二十二年末の調査で七十一万人いる。この数の多さは地方の病院の廃業や業務縮小の煽《あお》りを食う形で増加し続けていたが、その七十一万人全員が正社員として再就職できるはずもない。

潜在看護職員の現状については、ある程度まで追跡調査が可能になっている。平成二十六年六月の医療介護総合確保推進法の成立に伴い、「看護師等の人材確保の促進に関する法律（人確法）」の改正が施行され、看護職員は離職時に住所・氏名・免許番号・電話番号・メールアドレス・就業に関する状況などの事項を各都道府県ナースセンターへ届け出ることが努力義務化されている。施行以前の離職者に関しても厚労省から順次連絡が入り、登録数が増えているという。

人確法の趣旨は、少子化が進む中で将来の看護対象者が増大する事態を睨み、いつでも看護職員を確保できるように人材バンクを構築しようというものだ。もちろん潜在看護職員側も苦労して取得した資格を無駄にしようとする者は少なく、こうした登録制にはその多くが賛同している。

「各地のナースセンターに登録されている潜在看護職員の中から性別と年齢と住所地、現在の就業状況を条件づけしてやれば母数は極端に小さくなっていくはずです。今までの〈ドクター・デス〉の活動範囲から考えて、おそらく看護師も首都圏在住の可能性が高い。後は所轄の機動力を駆使すれば、似顔絵に似た女性を見つけられます」

首都圏全域にローラー作戦を敢行することになるが、こんな場合を見越して全国の派出所は年二回の住民調査を行っている。麻生の弁ではないが、決して干し草の山の中から針を探すような仕事にはならないはずだ。

麻生はしばらく不貞腐《ふてくさ》れたように聞いていたが、不意に片方の口角を上げた。

「どうせ捜査本部が各医療機関に問い合わせを開始した頃、お前はお前でナースセンターに照会をかけていたんだろ」

「事後報告になってしまいましたが、最初から潜在看護職員七十一万人という数字を出したら、さすがに捜査本部も腰が引けるでしょう」

「ナースセンターから該当者リストが届いてからその一件一件を潰《つぶ》すために、各県警の協力を取り付けなきゃならない。そっちの手間は上に丸投げするつもりだったか」

「俺と高千穂二人でこなせる仕事量ではありませんから」

「全く、何てヤツを部下に持っちまったんだろうな」

麻生は不貞腐れながら苦笑する。こちらこそ、何と器用な上司を持ったものだと思う。

「管理官には俺から上げておく。報告だけは怠るなよ」

言われるまでもない。報告できる勝算があったからこそ、先手を打っておいたのだ。

そしてナースセンターから照会結果が到着し、首都圏の各警察署に捜査協力の通達が出された四日後に事態が動いた。

町田《まちだ》市原町田《はらまちだ》に、似顔絵そっくりの元看護師が在住している――町田署から捜査本部にもたらされた一報で、早速犬養と明日香が町田に向かった。既に町田署は該当者を任意同行で引っ張ってきているという。

町田署に向かうパトカーの中で、明日香は興奮を隠しきれない様子だった。

「でも、町田署も任意同行なんてかなり思いきったんですね。そんな疑いをかけられたら、相手もそう簡単には応じないでしょうに」

「地区を担当する巡査の話じゃ、とにかく似顔絵に酷似しているらしい。〈ドクター・デス〉の名前を挙げて関連を問い質《ただ》したが、特に肯定も否定もせずに同行を承諾したそうだ」

努めて冷静を装っていたが、興奮に駆られているのは犬養も同様だった。町田署から送られてきた該当者のデータは全て犬養の想定していた条件に当て嵌まる。彼女が探し求めていた〈針〉である確率は高い。もしそれならば、後はその〈針〉を使って〈ドクター・デス〉の尻《しり》を突き刺してやるだけだ。

その該当者、雛森《ひなもり》めぐみを見た瞬間、犬養は似顔絵捜査員を表彰してやるべきだと思った。ショートボブの丸顔に小さな目。ぱっと見には陰気そうな雰囲気は、そのまま似顔絵から抜け出たようだった。

「雛森めぐみ、三十七歳です」

犬養を前にして、めぐみは殊勝な態度を示す。

「以前は看護師をされていたということですが、何年前から休職中ですか」

「勤めていた病院が潰れたんです。もう五年も前の話になります」

「その五年間は一度も医療業務に携わっていなかったんですか」

「はい。近所のスーパーや衣料量販店でバイトしたりしたんですけど、どれも長続きせず……働いたり、その間に貯めたおカネを取り崩したりという生活を続けています。一人暮らしなものですから、それでも何とか食っていけるんです」

「ご家族の方は」

「両親とは死別しております。兄弟もおりません。結婚歴はありますけど、こちらもとうの昔に離別しています」

天涯孤独の身の上という訳か。それなら黒い医者の片棒を担いでも躊躇する材料が少ないはずだ。

「巷で〈ドクター・デス〉という名前で呼ばれている人物をご存じですか」

今まで澱《よど》みなく答えていためぐみが、不意に口を噤《つぐ》んだ。

「もう一度訊きます。ご存じですか?」

「ニュースで見聞きした憶えはあります」

「伝聞ではなく、あなたはその人物と行動をともにしていたのではありませんか」

犬養は似顔絵をめぐみの前に差し出した。

「これは〈ドクター・デス〉に同行していた女性看護師の似顔絵です。彼女を目撃した人の証言を元に作成していますが、あなたによく似ていると思いませんか」

「……写真じゃないですよね。他人からの聞き書きが似ているとしても偶然の一致です」

「なるほど、確かにその可能性もあります。それではこの女性を目撃した人たちに、直接面通しをするというのはどうですか。お手間は取らせませんよ」

実際に犬養は面通しまで考えていた。この事情聴取の一部始終は録取されており、面通し自体はめぐみの画像を見せるだけでも事足りるのだが、本人が否認を続けるようなら直接対決させてもいい。

予想通り、めぐみの顔に不安の色が走った。

畳み掛けるならここだ。

「先にこちらのカードを開きますとね、この〈ドクター・デス〉なる人物は依頼者から安楽死を請け負い、実行している張本人です。しかし雛森さんならご存じでしょうが、この国の法律は安楽死の認定に高いハードルを設定しており、患者に毒物を注入するという所謂《いわゆる》積極的な安楽死は認めていません。従って、末期患者であったとはいえ彼らを死に至らしめる行為は殺人罪に該当します。何がドクターなものか。あれは単に連続殺人犯です。しかも少額とはいえ依頼者から報酬を受け取っているから二重にタチが悪い。裁判になった場合、情状酌量が最も認められないパターンの一つですよ。当然、その犯行に加担した人間も共犯の罪を負うことになる」

めぐみはじっと犬養の言葉を聞いていたが次第に動揺してきたらしく、膝《ひざ》をかくかくと震わせ始めた。

もうひと押しだ。

「医療過誤に絡む裁判はその専門性から長期に亘《わた》ることが多い。しかしこの事件は別だ。殺人者の手口は一目瞭然《りょうぜん》、注入された薬剤の種類も効果も明らかになっている。腕のいい弁護士なら争点を安楽死の是非にすり替えることも考えるだろうが、その安楽死を生業《なりわい》にしている時点で抗弁も難しくなる。死刑の判断基準の中には殺害された被害者の数が含まれているが、その基準だけで判断しても〈ドクター・デス〉に極刑が下されるのはかなりの確率になる。もちろん共犯者も例外じゃない。殺人者の目的を十全に知りながら、従順に加担していたのであればやはり極刑に問われることになります」

ここで犬養はめぐみを追い詰めるように、顔をぐいと近づける。

「あなたに親類縁者はいないということですが、それでも極刑となれば何かしら感じるところはありませんか」

「わたしには身に覚えがありません。〈ドクター・デス〉なんて人、見たことも……」

「ほう。しかし、現に彼の補助をしているあなたを目撃した人間が何人もいる。さっきの言葉通り、その目撃者たちと顔合わせしてみますか」

「そんな」

「彼らがあなたを指差した瞬間、我々警察はあなたを連続殺人の共犯者として逮捕することになる。そうなれば……」

「し、知らなかったんです」

突然、めぐみは絞り出すような声を発した。

「先生が注射しているのは抗がん剤の一種とばかり思っていたんです。わたし、先生が他人を殺していたなんて想像もしていなかったんです」

不安ではち切れそうだった表情が、今はおろおろと途方に暮れていた。めぐみが落らた瞬間だった。

「しかし雛森さんはニュースで彼の犯行を疑われていることを知っていたんでしょう」

「それだってつい最近のことです。わたしはただ先生が往診に行く時だけ、臨時に雇われていただけです。ほ、本当に、何も、そんな」

犬養はしばらくめぐみが落ち着くのを待って尋問を再開した。

「最初から伺います。あなたが〈ドクター・デス〉の往診に同行するようになったきっかけは何ですか」

「二年くらい前、ネットの求人広告を見ていたら『看護師資格を持つ者、診療補助』という文言を見つけたんです。ちょうどその頃はバイトも見つからず、貯《たくわ》えも乏しくなっていたので、ちょっと怪しかったけれど、記載されていた電話番号に連絡したんです。そうしたらすぐに面接したいと言われて」

「面接はどこで」

「喫茶店を指定されました。そこに先生がやってきて仕事を説明してくれました。自分は勤務医なんだけれど、それだけでは充分な収入が得られないので、バイトで往診をしている。そういう事情で病院勤務の看護師が雇えないので求人広告を出したんだって。仕事の内容は、ただ先生に同行して器具の出し入れとかの補助をするだけで一回六万円。願ってもない話なので、二つ返事で引き受けてしまったんです」

「呼び出しはいつも先方からなんですね」

「はい、ケータイにかかってきて日時を教えられます。途中で先生と合流して患者さんの家へ行くんです」

「では、一度も先生の自宅なり勤務先には行ったことがないんですね」

「はい。お互い免許は持っていても正式に認められた治療じゃないから、プライバシーは守った方がいいと」

何とも都合のいい理屈だが、めぐみの方にもバイト代欲しさに同行しているという弱味がある。おそらく、それを見越しての採用だったに違いない。

「今までに何度、呼ばれたんですか。思い出せる限りを話してください」

犬養に請われるまま、めぐみは往診した先を訥々《とつとつ》と挙げていく。全部、記憶している訳ではないのだがと注釈をつけながら打ち明けた往診先には馬籠健一と法条正宗も含まれていた。その総数は十二件にも及んだ。

「しかし、それだけ多く同行していながら、その医療行為が安楽死を招くものだとは、本当に知らなかったのですか」

矢庭にめぐみは血相を変えた。

「いくら何でも、たったの六万円でそんなことをするもんですか！　これでも資格を得て長年病院勤務をしていた看護師なんですよ。他人様の生命を救うために目指した職業なんですよ」

めぐみの権幕の激しさに犬養も質問の方法を変えざるを得ない。

「これは失礼しました。では、初めから虚偽の説明をされてたんですか」

「はい。患者は末期症状の人が大半なので、自分は痛みを和らげる治療と投薬をするのが精一杯だと言って。薬剤を収めたアンプルのラベルは予《あらかじ》め剝がしてあったので、確認もできませんでした」

これが偽証だとすればあまりに作為がなさ過ぎる。これはめぐみも騙《だま》されていたと解釈する方が自然と思えてきた。そして一方的に騙されたのであれば、めぐみもまた被害者ということになる。

「最後の往診はいつでしたか」

「十月二十七日の深夜、法条さんというお宅に伺ったのが最後です。それから先生の連絡はありません」

「念を押すようですが、雛森さんの方から彼のケータイに掛けたことは一度もないんですね」

「はい。ただの一度もありません」

使える、と思った。

めぐみから電話を掛けさせ、任意の場所に誘い出す。単純だが試すだけの価値はある。

そして一番重要なことを質問するのを忘れていた。

「先生の素性はご存じですか」

「名前だけなら。寺町亘輝《てらまちのぶてる》といいます」

3

その後もめぐみへの事情聴取が続行されたが、寺町亘輝に関するその他の情報は遂に聞くことができなかった。

犬養は念のため、録取しためぐみの映像を馬籠母子と法条英輔に確認させた。母親の小枝子は今一つ自信がないようだったが、息子の大地と英輔の二人はめぐみの顔を見るなり彼女が〈ドクター・デス〉に付き添っていた女性に間違いないと証言した。これによってめぐみの供述の信憑性《しんぴょう》が証明されたことになる。

めぐみが安楽死を積極的に補助した可能性は未だ立証できていない。そもそもめぐみはほとんどカバン持ちと、家族を安心させんがための飾りにされたに過ぎず、犬養には立件できそうな罪状も思いつかない。しかし捜査本部にしてみれば〈ドクター・デス〉こと寺町亘輝の唯一の関係者なので、事件解決までは身柄を確保しておきたいところだった。

だが結果として捜査本部は証拠不充分でめぐみを解放するより他になかった。

「クソ面白くもない参考人だ」

麻生は仏頂面を犬養と明日香に向ける。めぐみを叩《たた》いても埃《ほこり》が出なかったことが、相当悔しかったらしい。

「裏を取ってみたらことごとく供述内容の通りだ。ここ一、二年、彼女は衣料量販店やらスーパーでバイトしているがどれも長続きしていない。町田の自宅アパートは家賃が格安だから、貯金を取り崩したり寺町の手伝いをしたりすれば食うには困らなかったらしい」

つまりこの二年間、寺町の補助以外には医療業務に従事していなかったことになる。

「実際、雛森めぐみが看護師として医療行為をしたという証言も皆無、突っ込みどころもなし。取り調べを継続する理由がなけりゃどうしようもない」

「しかし彼女を解放したのは、どうせ別の理由があるんでしょう」

犬養が水を向けると、麻生は狡《ずる》そうに唇を歪《ゆが》める。

「捜査本部が雛森めぐみに事情聴取した事実は、まだマスコミにも洩《も》れていない。洩れていない以上、寺町亘輝がまた彼女に施術の補助を依頼することは十二分に有り得る。だから、その際には捜査本部に一報入れることを条件に解放してやったんだ。無論、彼女には二十四時間尾行が張りついている。寺町の方から接触したなら御の字なんだがな」

「彼女が寺町に洗いざらい喋《しゃべ》ってしまう可能性だってあるでしょう」

「その場合は犯人蔵匿の容疑で逮捕すると脅しておいた。二年以下の懲役だと言ったら、大層怯《おび》えていた。あれなら告げ口もするまい。所詮《しょせん》は施術の補助もただのバイトだったんだからな」

因果を含めた上で泳がす。共犯者のいる事例では常套《じょうとう》手段だが、今回その手法が通用するかは大いに疑問だった。そんな手段で尻尾を出すような相手なら、とうの昔に逮捕できているはずだ。

「雛森めぐみに別働隊が張りついているのなら、俺は別行動を取っていいですか」

「何を思いついた」

「安城邦武の事件を洗い直してみたいんですよ」

「西端病院の件か。いったい何を洗い直す」

「はっきりとしたものじゃないんですが」

犬養は弁解がましく聞こえないように気を配る。ある程度は自由裁量を黙認されているとはいえ、手当たり次第に土を掘り返すような話をしてもこの上司は首を縦に振らない。

「二件目のあの事件だけ色合いが違うような気がするんです」

「唯一、殺害現場が病院だったからか。しかし沙耶香ちゃんが狙われたのも病院内だったぞ」

「〈ドクター・デス〉は安楽死の請負人です。馬籠健一も法条正宗も安らぎの中で死んでいます。しかし安城邦武の場合はどうでしたか?」

「死因は高カリウム血症。法条と同じだ」

「死因は同じです。しかし死ぬ間際の状況が違っています。十三日の午後一時二十五分、モニターの警告音で異常を察知した宇都宮医師と担当看護師二名が病室に駆けつけると、安城邦武はひどく苦しがっていました。いいですか、苦しがっていたんですよ。だったら、それは安楽死とは言えないんじゃないでしょうか」

「そりゃあ屁理屈《へりくつ》ってもんだろう」

麻生はいささか呆《あき》れ気味に答える。

「苦痛を継続させないために、薬物等で死を迎えさせる。それが積極的安楽死の定義じゃなかったのか。死の寸前に苦しんだかどうかまでは問題じゃないだろう」

「それにしたって馬籠や法条の時に比べて手際が悪過ぎます。他の二人は死の直前までは眠るように安らかな状態だったんですよ。それに司法解剖の結果にも微妙な相違があります」

「相違とは何だ」

「チオペンタールですよ」

犬養は捜査資料の中に挟まれた解剖報告書の該当部分を麻生に指し示す。

「二人の体内からは直接の死因となった塩化カリウム製剤の他、チオペンタールも検出されています。ところが安城の場合にはそれがない。チオペンタールは患者を昏睡《こんすい》状態に陥らせる目的で注入されるはずなのに、何故安城の時だけ省かれたのか」

「セキュリティの厳しい病院内での作業だ。時間的な余裕がなかったのかも知れん」

「安城の事件にはもう一つ相違点があります。それは未だに〈ドクター・デス〉に安楽死を依頼した人物が特定できていないことです」

「それは相違点というよりは捜査本部の至らなさだろう」

麻生は眉の辺りに不快感を滲《にじ》ませる。

「安楽死を依頼した馬籠小枝子も法条英輔も、お前が追い詰めて自供に持ち込んだんだろう。だったらお前が安城の関係者を締め上げればいいだけの話だ。要はお前の怠慢じゃないのか」

この物言いには犬養も面食らった。まさかこっちに矛先が向けられるとは思わなかった。

「それも含めて確認したいんですよ。もしかすると、安城の安楽死を依頼した人間が寺町の詳細な情報を握っている可能性が捨て切れませんからね」

「確認か。まずはどうするつもりだ」

麻生はまたしても探るような視線を浴びせてくる。犬養の狩猟能力を買いながらも、手綱は決して手放さないという態度があまりにもあからさまなので、犬養は危うく苦笑しそうになる。

「本人に訊きます」

「何だと」

「寺町本人に、お前は安城邦武を殺したのかと質問してみます」

麻生と明日香は同時に口を半開きにした。

「娘の一件で寺町は俺を返り討ちにしてくれました。親近感とまでは言いませんが、ヤツは以前より敵対心は持っていないはずです。だからこちらが素直に質問すれば、素直に答えてくれそうな気がするんですよ」

「本気で言っているのか」

「ダメ元ってのもあるんですけどね。たとえ敵対関係であっても、頻繁に連絡を交わしていると親密さが生じるものです。それにサイトの挨拶文で、既に何件もの安楽死を扱っていると表明しているんです。今更、個別の一件について隠し事もしないでしょう」

麻生はこちらを睨み据えて黙っている。気に食わない提案だが結果を見て判断する、という顔だった。

「まだ逮捕していない犯人に自白を強要するなんて話、聞いたこともないです」

「奇遇だな、俺も初めてだ」

鑑識課の一室を拝借した犬養は、自分のパソコンを起《た》ち上げて〈ドクター・デスの往診室〉にアクセスする。明日香は気が進まない風だが、犬養の背中越しにモニターから目を離さないでいる。

犬養が寺町との接触場所に鑑識課の部屋を選んだのは、無駄と分かっていても相手の居場所を探りたかったからだ。相手からタイムラグもなく返信がくれば、万が一にも位置が特定できる可能性もある。

野次馬たちが未だに閲覧しているのか、サイトはなかなか開かない。

「班長にはダメ元と言っていたけど、本当は確信があるんじゃないですか」

「どうしてそう思う」

「犬養さんは魚のいない釣り堀に糸を垂らすような人じゃないでしょう」

言い得て妙だと思った。

「班長もそれを知っているから、そんな真似を許したんだと思いますけど」

「半分正解で半分間違いだ」

サイトが開くまでの間なら無駄話も構わないだろう。

「飼い犬の性格を知り抜いているが、だからこそ全面的に信用している訳じゃない。いつ鎖を嚙《か》み切るか分かったもんじゃない。それでお前を張りつかせているんだ」

「じゃあ、わたしはお目付け役なんですか」

「そんないいもんじゃない」

せいぜい感度の悪い警報器のようなものだと思ったが、それは口にしないでおいた。

そして明日香が何か言おうと口を開けた瞬間、上手《うま》い具合にサイトが開いた。

予想通り、サイトのアクセス数は前回よりも微増している。犬養は連絡フォームに文章を打ち込み始める。

『犬養です。先日はご丁寧な警告をどうも。あなたの危機管理能力がわたしのそれより数段上回っていることは否定しない。また、わたしが破滅型であるという指摘もあながち間違っていない。しかし警察官である限り、あなたが暗躍するのを、指を咥《くわ》えて見ていることはできない。あなたが苦しむ患者を安楽死で救うことを使命としているのと同様に、わたしも違法な行為をした者を逮捕するのを使命としているからだ。

だからこそ訊きたい。

あなたの施術による安楽死は見事だと思う。あるきっかけで発覚したが、それがなければあなたの仕業であることは当分分からなかっただろう。遺族たちの話によれば患者は眠るように静かな死を迎えたというから、あなたがこのサイトで謳《うた》っていることにも整合性があるのだろう。

しかし安城邦武の場合は違った。

十月十三日に起きた事件だ。化学工場の事故で西端病院に入院していた安城邦武を、あなたは何者かの依頼で安楽死させた。だが彼の死んだ状況は、お世辞にも安楽死とは言い難いものだった。異変を知って駆けつけた医師たちの見守る前で、彼は絶命するまで苦しみ続けたらしい。原因は、あなたが毒物を注入する前に患者を昏睡状態にしなかったためだ。

何故、安楽死を使命とするあなたが安城邦武だけには安らぎを与えなかったのか。

安城邦武に個人的な憎しみでもあったのか。それとも単なる施術ミスだったのか。

あなたが安楽死を自らの使命だと嘯《うそぶ》くのであれば是非とも答えてほしい』

犬養が実行キーを押すと、案の定明日香は眉間《みけん》に皺を寄せていた。

「なかなかの名文だろ」

「それでリプがくると思いますか」

「くるような文章にしたつもりだ」

〈ドクター・デス〉は自分の仕事にプライドを持っている。そしてプライドを持った人間は、それを揺るがす者を決して無視できない。安城邦武の件については揶揄《やゆ》して相手を挑発するという手もあるが、前回のやり取りで犬養が感じたのは奇妙な潔癖さだった。そういう相手には下手な策を弄《ろう》するよりも、正面からぶつかった方がいい結果を得られる。

「仮にリプが返ってきたとして、犯人の弁明にどれだけの信憑性があるんですかね」

皮肉な物言いに、明日香は相手の潔癖さに信用を置いていないことが知れた。

「目の前で俺たちの顔色を窺いながら供述しているんじゃない。顔も声も居場所も分からない安全地帯で、悠々とこちら側の対応を愉《たの》しんでいるんだ。余裕がある分、人間は不必要な嘘は吐こうとしない」

「必要な嘘を吐かれたらどうするんですか」

「必要な嘘を吐いたら必ず綻《ほころ》びが生じる。それを見極めるくらいのことはできるさ」

明日香はまだ何か言いたそうだったが、犬養は片手でそれを制する。

「とにかくこっちのボールは投げた。後の対応はボールの行方を見てからでも遅くないだろう。見逃しか打ち返してくるか、それとも想定外のホームスチールを仕掛けてくるか」

どんな反応が返ってくるにしろ、相手もこちらの真意なり出方なりを推し量るはずだ。返事はすぐにこないだろう——そう思った矢先、メール着信を告げる信号音が鳴った。

送信してからまだ五分も経っていない。まさかと思ったが、犬養はパソコンに飛びついた。

『犬養さん。連絡をありがとう。またメールをくれるとは思わなかったので驚きました。あんな目に遭ったら普通は懲りるはずなのですけれどね。ますますあなたに興味を覚えましたよ。

さて安城某《なにがし》についてのお問い合わせでしたね。しかし生憎《あいにく》ですが、わたしはその人物に記憶がありません。これでも医者の端くれなので、わたしが安楽死に導いた患者さんは全員記憶していますが、その人は請け負っていないはずです。第一、死の瞬間に患者さんを苦しめるというのは、わたしの流儀ではありません。それはわたし以外の何者かの仕業です。犬養さんならもう調べているでしょうが、わたしは敬愛するジャック・ケヴォーキアンの方式を継承し、塩化カリウム製剤を注入する前には必ずチオペンタールで患者を昏睡状態にさせています。患者本人が安楽な状態で死に至らなければ、それは安楽死ではなくただの殺戮《さつりく》だからです。

その何者かが私の名前を騙《かた》っているのであれば由々しき問題です。おそらく犯人は安城某に強烈な殺意を抱いているか、さもなければ医学知識の欠落した人物でしょう。わたしの医師としての沽券《こけん》にもかかわりますので一刻も早く逮捕してください。そのための情報提供なら協力を惜しみませんので。あとひとつだけ。これはヒントになるかどうか分かりませんが、塩化カリウムは医療関係者でなくても入手は可能なはずです』

読み終わるなり、犬養は待機していた鑑識課の土屋《つちや》に振り向いた。

発信場所は特定できたのか——無言で問い掛けてみたが、相手の反応は芳しいものではなかった。

「また駄目ですね。海外のサーバをいくつも経由しています。いくらレスポンスが早くても同じことです。辿《たど》り着けません」

予想していたことだが、改めて告げられると少なからず気落ちした。だが明日香の方は興奮気味なのが見てとれる。

「この内容、本当なんでしょうか」

「わざわざ嘘を吐いたところで、向こう側には何のメリットもない」

そう言いながら、犬養は椅子の背もたれに掛けてあったジャケットを摑み上げた。

「川崎に行くぞ。もう一度安城邦武の関係者を洗い直す」

「犯人に協力を仰ぐなんて信じられません」

「もし安城の事件に関して寺町が無関係だったら、その突っ込みは意味を成さなくなるぞ」

明日香は訳が分からないというように、頭を振りながらついてくる。


西端ケミカルの工場で小菅を探すと、休憩に入っているのではないかと言われた。

休憩室とは言っても、自販機の設置された八畳ほどの事務室に数脚のオフィスチェアが置いてあるだけだった。

小菅は一人でそこにおり、棒つきのキャンディを咥えていた。

「ご休憩中を失礼します」

犬養と明日香が現れても別に驚いた様子は見せず、黙って空いている椅子を勧めた。初老の男が棒つきキャンディを舐《な》めているのはいささか滑稽《こっけい》な光景だったが、壁にあった〈火気厳禁〉の貼り紙を見て事情が分かった。

「小菅さん、愛煙家でしたか」

「ええ。化学工場ですからね。トイレから廊下、休憩所まで至るところ禁煙なんです」

キャンディは口さみしさを誤魔化すためのものなのだ。犬養は傍らの自販機から缶コーヒーを三本取り出し、一本を小菅に手渡した。

「あ。いや、これはすみませんな」

「いえ、折角の休憩時間を頂戴《ちょうだい》するのですから。早速ですが小菅さん、安城さんが担当していた工区の方々からまた話をお訊きしたくて伺いました」

「まだ、〈ドクター・デス〉とかいう医者は捕まっていないんですね。やっぱり警察は工場関係者の中に安楽死を依頼した者がいたと考えているんですか」

「工場関係者に限ったことじゃありません。安城さんを慕っていた人間は全員が捜査対象ですよ」

「被害者は人望ある者、そいつを殺そうとした者も善人ですか」

「そういうことになりますか。ともかく従来とは色々ベクトルの違う事件で、わたしたちも四苦八苦しているところです」

小菅はコーヒーをひと息に飲み干してから、短く嘆息する。

「敬愛する人間を苦しませたくない……そんな理由でも、法律は容赦しようとはせんのでしょうな」

「少なくとも今の日本では仕方ないでしょう。しかし今回の事件をきっかけにして、安楽死の認定条件に見直しの気運が高まる可能性はあるでしょう。もちろん時間はかかりますがね」

「……一人ずつ、休憩所に呼びつけますか」

「いや、そんなにお手間を取ることはないでしょう。工場の隅にでも呼んでもらえれば結構ですから」

「隅でも工場内ならこいつを着用してくれませんか」

小菅は壁に掛かっていたヘルメットを犬養と明日香に渡す。

「何かあったらわたしの責任になるんで」

「恐れ入ります。じゃあ早速お願いします」

空になった缶を受け取り、犬養と明日香は小菅の後に従って休憩室を出る。

最初の聴取相手は安城に命を救われたという立花志郎だった。

「事故が発生した時の状況をもう一度、ですかあ」

作業を中断してきた立花は、わずかに不満を覗かせた。

「落ちたダクトに挟まれてあなたは動けなくなった。そこに安城さんが戻ってきて救出してくれた」

「そうだよ。前にもそう言ったじゃないか」

「安城さんは作業中、どこからどこまでを担当するんですか」

「それは第四工区の作業主任だから、第四工区全部を回っているよ。逆に言えばその他の工区には、何かない限り足を踏み入れない」

そのひと言に引っ掛かりを覚えた。

「じゃあ何かあれば他の工区に出向くことがある訳ですよね。たとえばそれはどんな場合ですか」

「まあ、機械関係の不調なりトラブル。安城さんは第一から第四まで全部の工区を渡り歩いているから、何か分からないことがあったら、みんな安城さんを現場に呼んで訊いていたんだよ」

つまり第二プラントの生き字引といったところか。

「人としても尊敬できるし、上司としても申し分なかったよ。とにかく慎重でさ。化学工場のプラントってこともあるけど、万事に確認、確認だったからね。よく自分で、俺は石橋を叩いて割る男だって言ってた。そういう作業長の下だったから、第四工区は一番ミスが少なかったんだ。他の工区ではちょこちょこ小さな点検洩れとかあったから、他の工区の作業長もアドバイスしてくれって呼びにきたくらいでさ。ああ、事故が起きた時もそうだったんだよ」

「えっ」

声を上げたのは明日香だった。犬養はそれを無視して質問を続ける。

「詳しくお願いします」

「タンクが爆発する直前まで、安城作業長は第二工区に呼ばれていたのさ。オキシ塩素化反応系のアラーム表示を見逃したのは、その時間に持ち場を離れていたからだ。第二工区の連中はそれを知っているから、今でもこのプラントの中じゃ肩身が狭いんだよ」

次に犬養は、その第二工区の作業員から話を訊くことにした。聴取したのは柳原正也《やなぎはらまさや》という作業員で、この男もまた安城を慕っていた。

「第二工区というのはクラッキング反応系を制御しているんですけど、一カ所、パイプの内部で腐食の進んだ部分が見つかったんです。まだ還流槽に影響が出るような深刻なレベルじゃないんですけど、交換はしておかなきゃいけません。でも、ラインを止めるにしても最短で済むようにしないといけないから、それを安城作業長に訊いていたんです」

立花の言った通り、自分の工区に呼んだために安城のミスを誘発させたという後ろめたさがあるのか、柳原は終始申し訳なさそうに話す。

「ちょうどウチの作業長が休憩に入ってたんで安城さんを呼んだんです。あの時、俺たちがウチの作業長の戻るのを待っていたら、安城作業長を巻き込まずに済んだと思うと……ホントに……」

「第二工区へ来た際、安城さんの様子はどうでしたか。たとえば焦っていたとか、説明をはしょっていたとか」

「安城作業長に限ってそういうことはないです。説明はどんな作業員にも理解できるよう、噛んで含めるように話してくれるし、あの人が焦ったところなんて一度も見たことがありません」

柳原は少し怒っている様子だった。それだけ安城に対する信頼度が大きかった証拠だろう。

「実際、第二プラントで安城作業長を知っている人間は、みんな首を傾げてるんですよ。あの万事に慎重で冷静沈着だった人が、どうしてアラーム表示のことを見落としていたのか。上の人は、どんな熟練工もミスする時はするなんて言ってますけど、安城作業長を知っている俺たちはそんなこと、とても信じられないんです」

「そうですか。では、どうもありがとうございました。ご協力を感謝します」

持ち場に戻っていく柳原を目で追いながら、明日香は気忙《きぜわ》しく犬養に食ってかかる。

「たったあれだけの質問でもう終わりなんですか」

「ああ。知りたいことは大体分かったからな。じゃあ行くぞ」

「今度はどこに……」

「川崎の消防署と所轄だ。運がよければ、そのどちらかに何か有益なものが残っているかも知れん」

「事件の解決に繋がりそうなものなら、とっくの昔に消防署も所轄も見つけていますよ」

「ひと目でそうと分からなけりゃ見逃すことだってある」

「……以前から思っていたんですけど」

「何だ」

「犬養さんは他の刑事を信用していないんじゃないんですか。自分だけが優秀な刑事だと思ってやしませんか」

明日香は抗議口調だったが、犬養はまともに相手をするつもりもない。

優秀な刑事だったら、犯人からヒントをもらうような恥ずかしい真似などするものか。


二日後、同じ時間に休憩室を訪れるとやはり小菅が一人で寛《くつろ》いでいた。

「何だ、またあなたたちですか。毎日毎日ご苦労さまですな」

小菅はさもうんざりしたように犬養と明日香を眺める。その眉の辺りが早く失《う》せろと語っているようだ。

「今日はいったい、誰に何を訊くつもりですか。そちらの捜査が重要なのは分かりますが、こっちもスケジュールに支障の出る事態は勘弁してほしいので」

「これが最後です。もう工場にお邪魔することはないと思います」

「ああ、それはよかった。一人ずつとはいえ、ラインから抜かれると調整が面倒なんですよ」

「わたしたちが皆さんから何を訊き回ったか、ご存じですか」

「いいえ」

「職場での安城さんがどんな人物であったかを教えてもらいました。化学工場という職場ゆえに慎重の上にも慎重、とても冷静沈着な人だったようですね」

「ええ。第一から第四まで全工区を回ったのは彼だけでした。だからどの工区のどの部分が過去にトラブルを起こしたか熟知していました。そういうことを知っているから余計に慎重でした」

「それで引っ掛かりました」

「は？」

「それだけ万事に慎重な人がいくら部下にアドバイスを求められたとはいえ、何故アラーム表示の確認を怠ったのか。ほんの二言三言で済むと思ったのでしょうか。いや、慎重な人間、しかも作業長などという立場の人間ならそれでも確認を怠ることはなかったと考えた方が妥当でしょう」

「それは……まあ、そうだろう」

「そういう人間が持ち場を離れる場合はどうするか。まず考えられるのは同じ工区の部下に申し送りをすることです。しかし、第四工区で作業をしている全員に訊きましたが、その申し送りをされた人は皆無でした。それに安城さんの性格を考えた場合、自分の仕事を他人に任せるのであれば、責任の所在を考慮して自分よりも上位の人間に声を掛けるのがより自然なのではないでしょうか」

「おい、あんたまさか」

「安城さんはあなたに申し送りをしたんじゃないですか。小菅工区長」

「俺は知らんっ」

　小菅は色をなしたが、犬養は構わず喋り続ける。

「ここ第二プラントもそうですが工場内には安全確保と事故防止のため、至るところに監視カメラが設置されています。タンクの爆発で工場内はほぼ全焼となりカメラも全て燃えてしまいましたが、事故の直前までの記録は制御室のホストコンピュータに保存されています。川崎の所轄と消防署がデータを預かって事故原因の特定に使っていたのですが、昨日改めて全部のビデオを拝見しました。事故発生時刻の直前三十分ですが、設置されていたカメラの数が半端じゃありませんからね。いや、えらく手間を取りました」

　横で明日香が憮然《ぶぜん》として頷く。実際、二人は鑑識の部屋に籠《こ》もりきりになって八時間近くもモニターとにらめっこをしていたのだ。明日香が多少不機嫌になるのも分からなくはない。

「都合二十台のカメラが捉え続けた映像の中にこんな場面が映っていました」

　犬養が差し出したのは静止画像のコピーだった。モニター盤を前にして作業着姿の男が二人、顔を寄せ合って言葉を交わしているところだった。

　コピーを睨んでいた小菅の顔が歪む。

「これ、小菅さんと安城さんですよね。ちゃんと胸のところに名札がついている」

「それがどうしましたか。工場内で顔を合わせればひと言くらい交わす」

「どんな言葉を交わしましたか」

「……いちいち憶えていない」

「小菅さん。この画像は素材を拡大して解析したものです。今のデジタル技術ではこんなことは朝飯前なんですよ。お二人の会話の音声は録音されていません。しかし唇の形で内容も類推することが可能なんです」

小菅の表情はいよいよ強張《こわば》っていく。だが、ここで休ませるつもりはない。

「安城さんはこう言ったんです。今から第二工区に行ってくるけど、その間、アラーム表示に留意しておいてくれと」

「ち、違う」

「視覚の次は聴覚に移りましょう」

犬養は懐からICレコーダーを取り出し、再生ボタンを押す。

『川崎に住んでる安城邦武という男だ。調べてみろ』

「この音声は十月十五日、通信指令センターに掛かってきた、安城さんの死は〈ドクター・デス〉の安楽死によるものだという告発の電話です。この声に聞き覚えはありませんか」

「知らん」

「それでは、こっちの方はいかがですか」

『ええ。化学工場ですからね。トイレから廊下、休憩所まで至るところ禁煙なんです』

「こ、これは」

「はい、先日お伺いした際、ずっと懐に入れて録音させてもらってたんです。鑑識で声紋分析を行ったところ、二つの声は完全に一致しました。加えて公衆電話に残っていた指紋と先日お返しいただいた空き缶のそれとも一致しました。通信指令センターに密告電話をしてきたのはあなたです」

犬養は次第に間合いを縮めていく。

「小菅仁一さん、安城さんを殺したのはあなたですよね」

一瞬、小菅は呆《ほう》けたように口を開く。

「何を言い出すんだ」

「安城さんは持ち場を離れる際、あなたにオキシ塩素化反応系のアラームを確認していてくれと申し送りをした。だがあなたが確認を怠ったために緊急放出弁が誤作動してアラーム表示がされても誰も気づかず、結果的に爆発事故を引き起こした。大惨事だ。あなたは工場の惨状と病院に搬送された怪我人を目の当たりにして怯えたはずだ。とても自分一人で負えるような責任じゃない。だが幸いにもアラーム表示を確認する担当は安城作業長で、彼は意識不明のままベッドの上にいる。主治医は回復の見込みは薄いと診断を下した。あなたはひと安心だっただろう。だが回復の見込みは薄いが皆無という訳じゃない。ひょっとしたらいつか意識が戻り、事故直前の顚末《てんまつ》を証言するかも知れない。そうなればあなたは、もう終わりだ」

犬養は鼻先が触れそうになるほど顔を近づける。自分の端整な顔立ちが無表情になった時の威圧感は計算済みだ。

「あんな事故が起きたというのに、工場関係者の安城作業長に対する心証が非難的でないのは、日頃の言動に加えて本人も犠牲者であるためだ。もしあなたがミスをした張本人だと知れれば、工場関係者のみならず世間も従業員の家族も許さないだろう。あなたにとって安城作業長は脅威となった。彼が意識を回復する前に死んでもらわなきゃいけなくなった。それであなたは安楽死を装って彼を殺したんだ。しかもその罪を、最近報道で見聞きした〈ドクター・デス〉に被せるために密告電話までして」

「証拠を見せろ」

声の震えから虚勢を張っているのが分かる。

「俺が殺したっていう証拠がどこにある」

「西端ケミカルでは金属カリウム製品を扱っているらしいですね。だから当然、原材料として塩化カリウムを保管している。保管庫に入れるのは工区長以上だそうです。そしてあなたは安城さんが亡くなる前々日の十月十一日に保管庫へ入室し、塩化カリウム少量を引き出している」

「その塩化カリウムが安城に注入された塩化カリウムだという証拠でもあるのか。塩化カリウムは毒物指定薬品じゃないから、誰でもネットで買え……」

「安城さんを死に至らしめたのが塩化カリウムだなんて、わたしはひと言も言ってませんよ。新聞報道でもそこまで詳しくは触れられていない」

小菅は言葉を詰まらせる。

表情筋が硬直しているようだ。この様子ならあとひと押しで落ちるはずだ。

「証拠はあるのかということですが、同じ塩化カリウムでもここで使用しているのは工業用です。あなたは医療用の塩化カリウム製剤とは組成が異なっているのを知っていましたか?」

もう小菅の自制心は限界と思えた。

「司法解剖の際に採取されたサンプルがまだ残っていましてね。ここの保管庫にあった塩化カリウムと成分が一致しました。念のために申し上げれば、事故が発生してから安城さんが死亡する日までの間に保管庫に入室した者。そして西端病院に見舞いに行った関係者。この二つの条件を充《み》たすのは小菅さん、あなた一人だけなんですよ。あなたが毎日病院に出向いたのは安城さんを見舞うためじゃない。そこで働く職員たちの稼働状況や管理体制を調べ、安城さんの点滴バッグをすり替える機会を窺うためだった。そう」

犬養はここぞとばかりに声を低くした。

「決して衝動的な犯行じゃない。練りに練った計画的犯行だ。検察と裁判官たちの心証は最悪でしょうね。あなたが自供しない限りは」

すると、小菅は糸の切れたマリオネットのように首と肩をがくりと下げた。

「……自供したら罪は軽くなるのか」

落ちた。

「もちろん。ここは取調室じゃありません。わたしたちと同行していただいて、自ら出頭したという形にする手もあります」

内心、犬養は胸を撫《な》で下ろす。今まで提示してきたのは全て状況証拠でしかない。監視カメラの映像を拡大して唇の動きを読む、などという話に至っては噴飯ものだ。安城と小菅を捉えたカメラも、唇の形まで鮮明に映したものではなかったのだ。

だが、いったん落ちてしまえば後は本人の口からこぼれ落ちた真実を拾っていけばいい。

「仕方なかった。ずっと怖かったんだ。医者は悲観的なことを言ったが万が一にも意識が戻ると思ったら気が気じゃなかった。彼が死なない限り、俺はずっとこんな怖ろしい思いをするのかと」

声が震え始める。

「何とかしなきゃ、何とかしなきゃと考えている最中に〈ドクター・デス〉のニュースを週刊誌で読んだ。その記事には塩化カリウムが安楽死に使用されたとあったから、それで今度のことを思いついたんだ」

つまり記事には塩化カリウム製剤の使用については書いてあったが、チオペンタールには言及していなかったということか。

しかしチオペンタールについて記述があったのなら、手順の煩雑さに小菅も犯行を思い止《とど》まった可能性がある。逆に煩雑さを押して小菅が安楽死を強行したら、安城もあれほど苦しまずに済んだのかも知れない。殺された安城にとっては、中途半端な情報が二重に災いしたことになる。

「あれだけの事故だったのに、社内には安城さん擁護の声が高かった。あなたはそれが妬《ねた》ましかったんじゃないのか」

犬養の問いに小菅は押し黙る。この男の沈黙は肯定とみて間違いなかった。

「もしこのまま安城さんが意識不明のまま息を引き取ってくれれば、事故の責任は彼が墓場まで持っていってくれる。それも一番風当たりが柔らかい形で。あなたのミスであることが露見し、自分が集中砲火を浴びるよりはその方がずっとマシだと思った……そうじゃないんですか」

問い詰めると、小菅は小さく頷く。

「後は署に行ってから話しますか」

「いえ……」

とりあえずは全て話して楽になりたい——そういう意味に受け取った。

動機も手段も分かっている。あとは犯行に際して殺意があったかどうかが立件するための要件となる。

「担当看護師や他の見舞い客の不在時を見計らって、病室に侵入したんですね」

「……毎日通っていれば十分や十五分の空白は案外簡単に見つけることができた。西端ケミカルは医療器具も扱っていたから点滴バッグも容易《たやす》く入手できた……本当に呆気ないほど上手くいって、安城の身体に繋がる点滴バッグを持参した塩化カリウム入りの点滴バッグにすり替えれば、それで終わりだった」

「いくら隙を見つけたといっても、それほど時間に余裕がある訳じゃない。作業は滞りなく進められたんですか。その時の状況を」

しばらく小菅は俯《うつむ》いたままでいたが、やがてそのままの姿勢で声だけを洩らした。

「安城はよくできた部下で……あいつの仕事ぶりにはいつも感心させられた。不器用で融通の利かない男だったから出世は遅れていたが、信頼も信用もできる得難い人間だった。直属の上司になってしばらく一緒に働いていたが、嫉妬《しっと》するくらいに信望が厚かった」

「だから殺意を……」

「確かにそれもあった。だけど、ベッドの上の安城を見ているうちに、別のことを考え始めた」

何やら雲行きがおかしくなってきた。流れを断ち切る訳にもいかず、犬養は言葉の続きを待つ。

「意識はなさそうだった。表情が苦しそうだった。しかし、仕事場では俺や部下には絶対に見せなかった顔だ。それだけ苦しいのかと思うと、何だか……何だか不憫《ふびん》に思えてならなかった。

死ぬまでこんな苦しみを味わわせるくらいなら、いっそここで楽にしてやった方が慈悲のような気がした」

ゆっくりと持ち上げた顔は、邪気がすっかり失せていた。

「信じてくれ。死ぬこともできずに苦しみ続けている彼を楽にしてやりたいという気持ちは本当にあったんだ。塩化カリウムを注射してやれば、そのまま安らかに逝《い》ってくれると思ったんだ」

そのまま小菅を警視庁に任意同行させ、即座に供述調書を作成した。いったん毒気が抜けたせいか、小菅は調書の作成に何の抵抗も示さなかった。

「だが、結局は振り出しに戻った訳だ」

犬養と明日香が事情聴取を終えて刑事部屋に戻ってくると、麻生が例のごとく唇の端を歪めて待ち構えていた。

「立件対象の三ケースのうち、一つが無関係だと判明しただけで、肝心の寺町には一歩も近づいていない」

「いや、多少は近づいたと思いますよ」

「何だと」

「少なくとも安城の事件で寺町が見せた潔癖さと模倣犯への侮蔑《ぶべつ》は、ヤツの人となりを表しています。こういう言い方が相応しいかどうか分かりませんけど間違いなくヤツはプロですよ」

「安楽死のプロか。ふん、けったくそ悪い」

「プロだから、安楽死を必要とする患者が苦しんだとなると猛烈に怒る。自分の名前を騙る者を許さない」

「なりすましに怒るのは、妄想で頭でっかちになったシリアルキラーだって同じだろう」

「いや、そういった虚勢を張っている訳じゃなく、寺町は安楽死という医療分野のスペシャリストだと自任しているように思えるんですよ。ただの享楽殺人犯なら、模倣犯が増えても警察の手間が増えるばかりだから、逆に安心するでしょう」

犬養は〈ドクター・デス〉が返信してきた文面を反芻《はんすう》する。あの行間から立ち上がってきたのは、紛れもない矜持《きょうじ》と使命感だ。

相手は警察を敵にしているのではない。安楽死を認めようとしないこの国の規範と良識に反旗を翻しているのだ。

「遂にお前も、あのくだらないプロファイリングの信者に成り下がったか」

「プロファイリングは統計学の応用でしょう。逆ですよ。〈ドクター・デス〉はサンプリングの枠外にはみ出した人間です。凡百のプロファイラーがよってたかって分析したところで、彼の内面や行動原理はひと欠片《かけら》だって分かるものですか。見当違いの誤認逮捕をやらかしてヤツに高笑いされるのがオチです」

「えらくヤツのことを買ってるじゃないか。自分の娘が危ない目に遭わされたっていうのに、まさか毒された訳じゃあるまいな」

犬養は首を横に振ってやり過ごす。

決して毒された訳ではない。ただ、自分との共通点を見つけて少し驚いているだけだ。

刑事と医者。所属する世界は違えど、二人ともはみ出し者という点では同じだった。

四　苦痛なき死

1

雛森めぐみから情報を得て一週間も過ぎようというのに、寺町亘輝の消息は杳《よう》として摑《つか》めなかった。解放する寸前までめぐみには寺町の似顔絵作成に協力させたのだが、作成過程で本人自身がひどく懐疑的だった。似顔絵捜査員が何度描線に修正を加えても、実物にはなかなか近づけないらしいのだ。

「わたしが言うのも変なんですけど、本当に特徴のない顔なんですよ。目の前にあるのに摑もうとすると逃げちゃう、みたいな……」

長らく行動をともにしていながら心許《こころもと》ない言い草だったが、これは他の目撃者とも重なる証言だったので違和感はない。その後もめぐみは似顔絵捜査員と悪戦苦闘を続けていたが、遂に納得できる絵は完成しなかった。試作品とでも呼ぶべき絵は数枚あるものの、どれも実物には程遠いのだと言う。

作業を中断した似顔絵捜査員は無念そうにこう愚痴った。

「実物に似せるコツというのがあるんです。まず顔の輪郭を捉《とら》え、正しい位置に目・鼻・口のパーツを置く。後は目が離れているとか口が大きいとか、各パーツの特徴を思いきりデフォルメしてみるんです。下手にリアルにするよりマンガみたいな絵にしてから、徐々に写実方向に持っていく。人によってやり方は少しずつ違いますけど、特徴を押さえるのは基本なんですね。ところが、世の中には本当に特徴のない顔があるんですよ。いや、特徴がないというより、他の特徴が際立っているために顔の造作が記憶に残らないんです。この寺町某《なにがし》の場合は頭頂部ですね。あんまり見事に禿《は》げているので、まずそこに目が釘《くぎ》づけにされる。それで他のパーツの印象がマスキングされてしまう。そしてご存じの通り、唯一の特徴である頭も、カツラを被《かぶ》ってしまえば消滅してしまうんです」

捜査本部は日本医師会を通じて全国の病院に寺町亘輝の照会をかけてみたが、こちらも不首尾に終わっていた。全国津々浦々、大学病院から個人経営の町医者まで、およそ病院と名のつくところに問い合わせてみても、寺町亘輝という医者には辿《たど》り着かなかったのだ。

「寺町亘輝というのは本名なのか」

病院側からの反応のなさに、麻生は苛立《いらだ》ちを隠さなかった。

「雛森めぐみがありもしない名前を供述したか、あるいは元々偽名を信じ込ませられたか」

最初の顔合わせの際、めぐみが寺町から見せられたのは名刺一枚きりだ。医師免許など身分を保証するものを呈示された訳でもない。

「その可能性もありますが、名前も偽名となると手掛かりはゼロになってしまいますよ」

犬養はそう言うに止《とど》めた。どちらにせよ、病院に照会をかけたくらいで寺町の所在が判明するなどとは考えていない。サイトを通じたやり取りで、相手の知性と用心深さを思い知らされた。そう簡単に尻尾《しっぽ》を摑めるような相手でないのは分かりきっている。

「一応、寺町亘輝の名前で前歴者リストを当たってみたがヒットしなかった。まあ前歴者だったのなら、現場に指紋が残った時点で判明するんだが」

「雛森めぐみの監視はどうです。何か動きはあったんですか」

めぐみには別働隊の四人が四六時中張りついている。少しでも異状があれば、捜査本部に一報が入るはずだった。

「動きなんて呼べるような大したものはない」

麻生は吐き捨てるように言う。

「アパートとスーパーを往復しているだけの毎日だ。寺町と連絡を取っている様子もないらしい。完全に待ちの状況だ」

待ちの状況は何も別働隊の四人に限らない。今や捜査本部全体が新しい材料の発見を待ち侘《わ》びている。事件の早期解決を迫る圧力は増す一方なのに、捜査は暗礁に乗り上げていた。

「今朝、刑事部長と村瀬管理官が警視総監に呼ばれたらしい」

犬養は反射的にその顔を頭に思い描いた。マスコミ向けの外面は紳士然としているが、庁内で柔和な顔を見た者は誰もいないらしい。

「二人が何を言われたかまでは聞いてないが、まあ碌《ろく》でもない話じゃないことは確かだ。外であんだけ派手に騒がれて、実行犯の名前まで分かっているのに未《いま》だに逮捕できないんじゃ、さすがに叱責《しっせき》されても仕方がない」

麻生は独り言のように話すが、聞こえよがしにしか思えない。

派手に騒いでいるというのは世間とマスコミのことだ。捜査本部では家族の安楽死を依頼した馬籠小枝子と法条英輔を自殺幇助《ほうじょ》の容疑で既に送検済みだったが、世間ではその処遇について意見が二分していた。つまり安楽死を正当な個人の権利として認めるのか、それとも単純な自殺および自殺幇助として司法の手に委《ゆだ》ねるのかという問題だ。

少子高齢化が進み、要介護患者が増加している現状、安楽死は決して縁遠い問題でも遥《はる》か未来の話でもない。そして〈ドクター・デス〉の存在が喧伝《けんでん》されるや否や、まるで解決していない諸問題が白日の下に晒《さら》された感がある。

この国が認めている安楽死は所謂《いわゆる》消極的安楽死と呼ばれている終末期医療だけだ。しかし、終末期の明確な定義もされておらず、延命が高額医療になっていては医師の方から安楽死を提案することはあまり期待できない。生死の境を彷徨《さまよ》っている患者を持つ家族は光明を見出《みいだ》せないまま、病院側の診療報酬点数だけが上がり続けていく。それはまるで患者の生命を生贄《いけにえ》にして、医者を太らせるようなものだった。

だが医者ばかりを責める訳にもいかない。我が身ならいざ知らず、家族のことになると延命治療を希望する者がほとんどだからだ。伝統的な繋《つな》がりを強く意識する倫理観といってしまえばそれまでだが、何としても家族を助けたいという気持ちが延命治療を選択している側面がある。

事は死生観の相違に止まらず、年々膨脹し続ける医療保険費の問題も孕《はら》んでいる。そのために、〈ドクター・デス〉による安楽死を果たして犯罪と見做《みな》すべきなのかという議論も巻き起こった。

我々には死ぬ権利も与えられないのかと誰かが叫ぶ。すると自殺は神に対する冒瀆《ぼうとく》だと宗教家が反論する。

延命措置は家族の負担になるので中止すべきだと誰かが主張する。すると医療費削減の声が患者の生存権を阻害する要因になると厚労省ＯＢが眉《まゆ》を顰《ひそ》める。

そして、ようやく彼らは気づいた。自分たちが死というあまりに身近なものから目を背け続けていた事実に。

馬籠小枝子と法条英輔の逮捕・送検が報じられたのは、こうして議論百出している最中のことだった。

『二人はただ家族の苦しみを救ってやりたかっただけだ』

『患者本人が自殺したくともできないのなら、それを幇助しただけで罪になるというのは心情的に納得しかねる』

『そもそも自殺を禁ずることは人権侵害ではないのか』

『今の法律のままでは不幸なケースが増えるばかりだ。少なくとも終末期の規定はもっと明確化した方がいい』

『欧米と同じ倫理観を持つ必要はない。家族が患者の延命を願う。いいことではないか。要は医療費が高過ぎるのだ』

『小枝子さんも英輔氏も故人の遺志に従っただけだ。それを自殺幇助と断罪するのは、あまりに苛酷《かこく》ではないか。法律には情けというものがないのか』

『これはいち犯罪の話じゃない。医療行政の隙間にスポットライトを当てた事件なんだよ』

『法的な空白地帯とも言える。欧米に比べ、自己決定権と尊厳死の問題をおざなりにし続けてきたツケが回ってきたんだ』

『患者の希望を叶《かな》えれば叶えるほど犯罪者が増えていく。それっておかしくないか』

『第一、送検された二人は依頼しただけで、手を下したのは〈ドクター・デス〉だろう。何故そっちを先に捕まえない』

『一度彼の主張をネットではなく、肉声で聞きたい。実際に話を聞けば案外モラリストだったりして』

こうして議論が過熱していく中で、その矛先は安楽死という問題に向き合っていなかった医療の世界と、未だ〈ドクター・デス〉を逮捕できない捜査本部に向けられた。

「警視総監が刑事部長と管理官を呼びつけたのは、もちろん発破をかける意味もあるんだろうが、それだけとは限らん。政府から社会保障費を一割削減する案が出ようって時に、今度は延命治療を見直せなんて声が上がったら往復ビンタだと慌てる厚生族がいる。高額医療や診療報酬制度に関心を持たれたら迷惑だっていう医者もいる」

つまりそういう輩《やから》たちが公安委員会を通じて警視庁に圧力をかけてきたという図式だ。

「警察がさっさと寺町を逮捕すれば、マスコミも市民も安楽死問題を綺麗《きれい》さっぱり忘れるものと思っていやがる。確かに熱しやすく冷めやすい連中であるのは否定せんが、まあ馬鹿にしたものさ」

麻生の物言いはいつにもまして皮肉めいている。世論や外圧に敏感なのは上層部だが、ケツ持ちをさせられるのはいつも現場の捜査員たちだからだろう。

「寺町亘輝の名前や似顔絵をまだ公表していないのはどうしてですか」

明日香は腹立たしそうに詰め寄るが、これは犬養が窘《たしな》めるのが筋だろう。

「目撃者が首を捻《ひね》るような似顔絵をばら撒《ま》いたら誤認逮捕の元だ。氏名にしたって寺町亘輝が本名かどうか分かったものじゃない。そんな不確かな情報が世間に流れでもしてみろ。抱えなくてもいい事件まで抱え込む羽目になりかねない」

「それはそうですけど、このままじゃ埒《らち》があきませんよ。この際、新しい情報を市民から募るのは間違いだとも思えません」

「新しい情報が必要だというのは正しい。だが不確かな材料からは不確かな情報しか得られない。人海戦術って考えもあるが、既に〈ドクター・デスの往診室〉にコメントした訪問者の洗い出しだけで鑑識課の連中もへとへとになっている。地取りに駆けずり回っている所轄や別働隊も同様だ。集められた情報全てに人員を充てたら、そのうち何人かの刑事が疲弊する。疲弊したらそれだけパフォーマンスが落ちる」

明日香が唱えているのは感情論に近い。感情論を鎮めるには理屈で納得させればいい——そう考えての言葉だった。

だがいつもの悪い癖が出た。明日香のような人間を理屈で窘めるのは、時として逆効果だということをすっかり失念していた。

明日香は一瞬、意地悪く唇を歪《ゆが》めた。

「どうしたんですか、犬養さん。今度に限っていやに弱気じゃないですか。そんなに腰が引けてるのは、やっぱり沙耶香ちゃんを狙われたから……」

「高千穂」

麻生の声に遮られて、明日香は我に返ったようだった。咄嗟《とつさ》に口を押さえて顔を背ける。

「……すみません」

犬養は明日香を一瞥《いちべつ》する。

責めるつもりはない。既に尻尾を丸めている相手を追い詰めるのは尋問の時だけで沢山だ。そして明日香の指摘は決して間違ってはいない。

自分は相手に対して腰が引けているのだ。

「ちょっと鑑識に行ってきます」

そう言い残して、犬養は一人で刑事部屋を抜け出た。

鑑識課を訪れ、今はここが保管場所となった自分のパソコンを起《た》ち上げる。

現時点で新しい情報を市井から集めるのは期待薄。それならまた〈ドクター・デス〉に直接尋ねた方が有益だ。

犬養の姿を認めた土屋が早速近づいてきた。

「またヤツと話すのなら、居場所を探索しますよ」

無駄と分かっていながら、それでもまだ挑むつもりなのか。犬養の表情を読んだのか、土屋ははにかむように笑ってみせる。

「ヤツも経由しているサーバ自体は変更していないようです。いつも同じ道をすり抜けて、同じ穴に逃げ帰っているんですよ。しつこく追っていけば必ず尻尾を摑めます」

「準備をお願いします」

犬養は一礼して〈ドクター・デスの往診室〉を開く。

『犬養です。先日はヒントをありがとう。お蔭《かげ》で安城さんの事件については真犯人を逮捕することができました。詳細は既に報道されているのでご存じでしょう。外国のサーバを経由しているからといって、あなたが海外にいるとは到底思えない。今もどこかで我々が右往左往しているさまを眺めて悦に入っているのかも知れない。

そして我々の姿が見えているのなら、同様に世間の姿も見えているだろう。声も聞こえているに違いない。

世間とマスコミは長く見て見ぬふりをしていた安楽死にまた目を向けた。あなたが起こした事件によって今までよりもっと真剣に、もっと切実に。ひょっとして、これはあなたが意図していたことなのか？

いや、それはどうでもいいことだ。問題はこれだけ国民の関心が集まっているというのに、折角積極的安楽死を推進させているあなたの意見が公にされていないことだ。

このサイトで主張は明白だろうとあなたは言うだろうが、それは少し違うように思う。前文として掲げている文章だけでは言葉足らずなのだ。これでは安易に安楽死を請け負っている安っぽい医者の裏のバイトと捉えられても仕方がない。

終末期医療の現状についてどう考えるのか。

終末期の判断を現場に一任している司法について何を思うのか。

積極的安楽死に対するコンセンサスを諮るために、あなた自身の腹案はあるのか。

それをあなたの声で医療界と法曹界に発信するつもりはないのか。

正直に言えば、あなたの行為は犯罪以外の何物でもない。しかしその動機は一概に非難されるものではないのかも知れない。その証拠にあなたのした行為はこんなにも波紋を呼び、中にはあなたを支持する者も少数ながら存在している。

しかし個人メールでのやり取りではあなたの主張を世に広く伝えることができない。そこで提案する。相手は何でもいい。新聞でもテレビでも、何ならわたしが聞き役になっても構わない。あなたの声で思うことを世間に伝えてはどうだ。もしその気があるのなら、段取りはこちらでつけよう。

自分の行為が正しいと考えているのなら、公に正当化するべきだ。そうでなければ、たとえ正義であったとしても認知はされない。積極的安楽死が正当な医療行為だと信じているのなら、この申し出を受けるべきだ。

連絡を乞《こ》う』

文章を打ち終わると、背後から土屋がひょいと顔を覗《のぞ》かせた。

「これはまた挑発的な書き込みをしましたね」

「エサはこれくらい食欲をそそる方が、食いつきがいいでしょう」

「食い意地の張ったヤツならいいですね」

「ダメ元ですけどね」

本音だった。〈ドクター・デス〉には確固たる信念がある。信念のない者が殺人一件当たりに二十万円などという常識外れの価格設定をする訳がない。二十万円というのは依頼人の罪悪感を軽減させるための見せかけに過ぎない。

社会に受容されていない信念を持っているのなら、それを声高に叫びたいのではないか――犬養はその可能性に賭《か》けていた。この見え透いた罠《わな》にかかってくれれば、電話にしろ何にしろ本人から貴重な情報が入手できる。もちろん〈ドクター・デス〉が信念を持つ一方で、自制心を兼ね備えていることも充分に考えられる。それでも、何もしないよりは数段いい。

「返信がきたら自動追跡できるようにセットしてあります。じっくりと腰を据えて待っていたらどうですか」

土屋はそう言って、丁寧にも熱い茶を振る舞ってくれた。

しかし、その茶が冷めきっても相手から返信がくることはなかった。


「それで結局、返信は来ずか」

報告を受けた麻生は落胆したように犬養を見る。

「ダメ元でした」

そう返すと、すぐに応酬された。

「それでもいくらかは可能性があった。だから試してみたんだろ」

いつぞやの明日香と同じようなことを言う。つまりは明日香も麻生も、自分に対する評価は同様ということらしい。

「この間はレスポンスが早かったのにな。押し寄せるコメントの嵐に、さすがに対応しきれなくなったか」

「それは違うと思います」

「何だと」

「警戒しているような印象を受けました」

「どうして警戒する必要がある。前は饒舌《じょうぜつ》に返してきたんだろう」

「ええ。ああいうタイプの人間は外に向かって喋《しゃべ》りたがっていると踏んだものですから。自分が安全圏内にいると分かっていれば、誘いに乗ってくると思ったんです」

「ほう、だったらヤツは今安全圏じゃないってことか」

「分かりません。ただ寺町を取り巻く何かの要因が変化した可能性は捨てきれません」

話しながら犬養はその可能性に思いを巡らせる。相手がこちらにヒントを出してから変化したものは何だったのか。思いつくのは小菅を逮捕したことくらいだ。だが小菅が〈ドクター・デス〉であることなど到底有り得ない。

「それなりの成果がありゃあ事後報告も大目に見てやれるが、空振りだったとなればそうも言っておられんぞ」

麻生は椅子に座って、目の前に立った犬養を下から睨《ね》めつける。視線がひやりと冷たい。この感覚はどこかで味わったことがある──そうだ。学生時分に問題を起こした時、目の前に座った担当教師がちょうどこんな風に見ていた。

「可能な限り自由に行動させている。時には高千穂抜きの単独捜査も容認してきた。それはお前が必ず獲物を咥《くわ》えてきたからだ。そうでなかったら、俺も津村課長に面目が立たん」

人を犬扱いかと一瞬腹が立ったが、そう言えば以前の上司からも似たようなことを言われた記憶がある。

お前は名前の通り、猟犬を自分の中で養っている。だから、ここぞという時には野に放つが、そうでない時は鎖で繋いでおく必要がある――。

そう明言した男より、麻生ははるかにマシな上司だったが、それでも許容上限は厳然とあるらしい。

「いつにもまして暴走気味になっている。その自覚はあるのか」

「暴走しているとは思っていません」

「しているさ。自分の娘をエサにちらつかせる。犯人と個人的に連絡を取ってみる。犯人が与えてくれたヒントを手掛かりに安城の事件を洗い直す。どれもこれも自己完結させようとしている。もっと言えば捜査本部が介入してくるのを嫌がっているようにさえ見える」

「そんなことは……」

「断言できるのか」

念を押されると開きかけた口が閉じる。

「自分で理由は分かっているのか」

「さあ」

「似ているからだ。お前も寺町も似たもの同士だ。だから無意識のうちにシンパシーを抱いている。他の人間の干渉を嫌っているのはそれが原因だ」

「俺とヤツのどこが似通っているというんですか」

「二人とも一種のはみ出し者だ。技術もあるし実績もある。だが組織の決め事には懐疑的だし、度々レールから逸脱する。結果さえ出せれば、自分の尺度でOKならそれでいいと思っている。違うか」

反論の言葉が出てこなかった。

似たもの同士というのは、犬養自身が薄々気づいていたことでもある。だがそれを改めて他人から指摘されると、やはり鼻白むものがある。

法律では許されていない安楽死。だが〈ドクター・デス〉は己の快楽や欲求充足のために行っているのではない。本人の言い分を信じるのなら、この国の医療と法律が回避し続けてきたテーマに一人で挑戦している。死神と怖れられようと黒い医者と蔑《さげす》まれようと、何ら揺らぐことなく、依頼者の希望通りに患者を安らかに葬っている。その姿は敵ながらいっそ清々《すがすが》しささえ覚える。

患者本人とその遺族からどれだけ感謝されようが、違法行為をする限りは犯罪者として扱う——当初に抱いていた信念も、被害者遺族と交わるうちに希薄になりつつある。先方がこちらに親近感を持つ前に、自分が向こうに魅入られたのかも知れなかった。

「今度の事件の特徴はな、被害者本人を含めて誰も不幸になっていないことなんだ」

麻生は容赦なく言葉を続ける。つくづく人の悪い上司だと思った。普段は喜怒哀楽を露《あら》わにしているように見えるが、実際には部下の所作一つ見逃さず、何かの機会に寸鉄人を刺す。

「苦痛から解放された被害者、安堵《あんど》と平穏を取り戻した遺族。寺町は恨まれるどころか感謝までされている。それが果たして罰するべき犯罪なのかどうか、頭では理解していても気持ちがついてこない。だからお前はいつもと勝手が違うのさ。獲物を追い掛けることはできても、喉《のど》笛《ぶえ》に食らいつくことまではできない」

「まさか、俺を捜査から外すつもりですか」

「お前が狩猟犬に徹しないのなら、小屋でおとなしくしてもらうしかない。もっともそれは管理官や課長が決めることだがな」

これもまた食えない言い草だった。捜査員の誰をどこに配置するか。決定権を握っているのは課長だが、上申するのは班長だ。

これ以上の独断専行は許さない――つまりそういう命令だった。何とも忌ま忌ましい命令だが、小屋で留守番させられるのはもっと業腹だ。

その時、刑事部屋にふらりと闖入《ちんにゅう》した者がいた。鑑識課の土屋だった。

お待たせしました、というのが開口一番の挨拶《あいさつ》だった。

「寺町のIPアドレスを辿れたんですか」

「いえ、それは残念ながら……あれからずっと待機していたんですが、遂に先方さんから返信はこなかったんです」

気落ちしかけたが、すぐに思い直した。残念な結果を、わざわざ出向いてまで連絡する意図がどこにあるのか。

「IPアドレスの方はまだ結果が出ていませんが、他で有力な手掛かりを得ることができました」

そう言って、土屋は一枚の紙片を差し出した。捜査資料の一部で右肩に番号が振られている。何か粉状のものを拡大した写真だった。

「これは？」

「土ですよ。馬籠宅の玄関、法条邸の裏口、そして帝都大附属病院看護師詰所。寺町亘輝が足を踏み入れた場所から採取した土・毛髪・埃《ほこり》……その全てを精査すると三つの現場には共通してこの土が残存していたんです」

「共通ということは」

「ええ、非常に特徴のある土です。この土の在り処《か》を辿れば、寺町の現住所に行き当たる可能性があります」

「本当か」

麻生が声と同時に腰を浮かせた。

「藻です」

土屋はわずかに鼻を膨らませる。

「土の中に微量ながら藻の組織が検出されたんです」

「しかし藻の生えた陸地というのは、ちょっと想像できません」

「検出された藻は完全に風化しています。おそらく川底に繁茂していた藻が陸地に運ばれ、日光に晒されて乾燥したのでしょう。土自体もエックス線照射で結晶構造が判明しています。専門的には凝灰質粘土と呼ばれているものですが、関東ローム層の下部を形成する土壌に多く含まれています」

「関東ローム層というのは、また範囲が広いですね」

多少皮肉めいた物言いになったが、土屋は気を悪くした様子ではなかった。

「話は最後まで聞いてください。その凝灰質粘土の土に、どうして風化した藻の組織が含まれていたか。実は土の粒はその大きさから場所を類推することができます。問題の土は元々川床にあったものなんです」

その説明だけで、土の中に藻の組織が混じっていた理由が理解できた。

「川床の土が川の氾濫《はんらん》で陸地に押し流された……」

「正解です、犬養さん。そしてこの藻は糸状ラン藻と呼ばれる種類で、生息分布もあらかた分かっているんです。これで条件は三つ揃いました。一つ、関東ローム層であること。二つ、糸状ラン藻の生息している地域。三つ、過去に氾濫した川が近くを流れている場所。この三つの条件を兼ね備えた場所は三カ所しかないんです」

土屋は更に三枚の紙片を取り出す。どちらも河川付近の地図を拡大したものだった。

「一カ所は大田区仲六郷《なかろくごう》の多摩川《たまがわ》河川敷、更に松戸《まつど》市の江戸川河川敷、そして江東《こうとう》区竪川《たてかわ》河川敷公園」

麻生と明日香も駆け寄り、三人で三枚の地図を覗き込む。

「寺町亘輝はその三カ所のうちのどこかを行き来しています。三つの犯行現場全てに土が残存していたことを考え合わせると、頻繁に行き来していたものと見ていいと思われます」

犬養は思わず麻生と顔を見合わせる。

ひと口に河川敷といっても範囲は広い。しかし、それでも三カ所だけなら人員を投下する価値は充分にある。

寺町亘輝はこの三カ所のうち、どこかに姿を現す。探し求めていた獲物がこの場所を徘徊《はいかい》している。

「これなら狩れる」

そう呟《つぶや》くと、麻生は卓上の電話機に手を伸ばした。相手が村瀬管理官であるのは、訊《き》かずとも分かった。

2

〈ドクター・デス〉こと寺町亘輝は三カ所の河川敷のうち、どこか一つに出入りしている——。

土屋の示唆は当初こそ意外に聞こえたが、よくよく考えればそれなりに信憑《しんぴょう》性も感じられた。元は医師でありながら何らかの事情で退職か廃業し、現在は特定の住所を持たない。そう仮定すれば、全国の医療機関に照会をかけてもなしのつぶてだった理由も理解できる。候補として挙げられた三カ所はいずれもホームレスたちがテント村を形成している場所でもある。それならヤツは、今もホームレスの群れに隠れてこちらの出方を探っているのか。

捜査本部にその情報がもたらされると、村瀬管理官は暫時考え込んだという。悩んだ理由は犬養にも手に取るように分かる。千葉県警にも応援を要請して三カ所を一斉に捜査し、怪しい人物を片っ端から検挙すれば確実なのだが、万が一寺町が外出していた場合には目も当てられない結果に終わる。では事前に内偵を差し向けて寺町の存在を確認した上で検挙するのか。こちらはより確実な捕縛が期待できるが、反面、内偵の段階で本人に気取られる惧《おそ》れもある。何といっても相手は狡猾《こうかつ》な男だ。警察の気配を感じ取るや否や別の穴倉に潜り込むに違いなかった。

「どこからどう見てもホームレスって刑事はいないかな」

麻生は冗談交じりに嘆いてみせたが、それこそ無理な相談というものだ。

熟考の末、村瀬が採用したのは内偵と一斉検挙の折衷案だった。

「刑事に見えないってのは、いったい得なんでしょうか損なんでしょうか」

多摩川沿いの土手に停めたヴァンで準備を済ませた葛城《かつらぎ》は、童顔を揶揄《やゆ》されたように愚痴をこぼす。葛城公彦《きみひこ》巡査部長。桐島《きりしま》班の若手だが、ひどく穏やかな目をしていて風貌《ふうぼう》も真面目なサラリーマンにしか見えない。

「いいじゃないか。ホームレスには見えなくても、それ以上に刑事には見えない。今度の捜査にお前ほどの適任者はいない」

「犬養さん。それ、褒めてるようで全然褒めてませんから」

ぶつぶつ言いながら、葛城はＮＰＯ法人のロゴの入ったベストを着込む。たったそれだけでボランティアの職員に見えてしまうから大したものだと、犬養は感心する。少なくとも刑事臭が沁《し》みついてしまった自分には不可能な芸当だ。

このベストにはちょっとした仕掛けが忍ばせてある。胸の辺りに直径五ミリほどのＣＣＤカメラが覗いており、葛城の見聞きするものは一切合財《がっさい》ヴァンに設置されたモニターに送られてくる。ここに待機している犬養たちが、その画像から寺町らしき人物を検索するという態勢だった。葛城が単独でテントの一つ一つを訪ねるという案もあったが、最終的にはこの場所を担当する本物のボランティア職員に同行してもらうことになった。顔見知りの職員が横にいればホームレスたちも警戒しないだろうというのが、その理由だ。

「でも犬養さん。本当に〈ドクター・デス〉はテント村なんかに潜伏しているんですかね」

葛城は何気なく疑問を口にする。

「鑑識結果を疑うか」

「そういう訳じゃありませんけど……出入りはしているものの、ここに居住しているのはどうかと思うんです。ここじゃあ通信装置も医療器具も保管しづらいんじゃないでしょうか」

「パソコンの類《たぐい》は充電さえしておけば数時間保《も》つ。医療器具にしても完全な包装さえしておけば問題はない。こんな場所だから、却《かえ》って盲点になるという見方もできる」

「道理ですね。じゃあ、そろそろ行ってきます」

葛城は軽く一礼すると、外に待たせていたボランティア職員と河川敷へ下りていった。

「さて、こっちも始めるとするか」

ヴァンのドアを閉め、犬養は明日香とともにモニターを眺める。今この時間、江東区竪川河川敷と松戸市の江戸川河川敷でも別働隊が同じ仕事をしているはずだった。

葛城の隠し持ったCCDカメラが河川敷を歩く人々やテントの中を映し出す。そろそろ北風が冷たくなりだした頃だからか、外にたむろしている者よりもテントの中で風をしのいでいる者が多いようだ。

葛城は微妙に姿勢を調整して、行き交う者たちの顔をなるべく正面から捉えようとしている。いいぞ、と犬養は思わず声に出す。

「ぶつくさ言いながら、相変わらず丁寧な仕事をする。桐島班長が手放そうとしないのも無理はないいな」

これには明日香も賛同する。

「ホントに。今、ＮＰＯ職員の恰好《かっこう》をさせたら葛城さんが日本一ですよ」

そんな称賛を聞かされても本人は決して喜ばないだろうと思いながら、犬養はモニター画面を食い入るように見つめ続ける。

二人はあるテントの中に入る。

『サダさん。悪いけどさ、テントの中で火を使うのはやめてほしいんですよ。ほら、もしものことがあると……』

サダさんと呼ばれた男はひどく恐縮した様子でガスコンロの火を消しにかかる。

『ああーっ、ごめんごめん。しかしねえ、あんた。これからどんどん寒くなっていくが、火も使えんわしらは、いったいどうやって暖を取ったらいいんだ』

『毛布だったら貸し出しますから』

『ううん、それも有難いといえば有難いが、去年はタケダさんが毛布に包《くる》まったまま凍死しただろう。昨今の寒さは毛布一枚きりじゃ防ぎようがないぞ』

『そんな時には近くの公民館と折衝してひと晩場所を提供してもらいますよ』

『ひと晩だけじゃなあ』

『僕らもなるべく交渉を粘りますから』

次にカメラは、梢《こずえ》の下で洗濯物を取り込んでいた男に近づいていく。これに声を掛けたのは葛城だった。

『やあ、どうも』

『どうも……』

『ちゃんと服、乾きましたか』

『ああ、今日は風が強かったからね。あんた、新しい担当の人かい』

『葛城といいます。どうぞよろしくお願いします』

葛城はあっさりと男の懐に入って親しげに話し始める。生まれついての朴訥《ぼくとつ》さもあるが、この屈託のなさは見習おうとして見習えるものではない。

『ところでですね。実は人探しを頼まれたんですよ』

『人探しだって』

『名前とかは分からないんですが、齢《とし》の頃は六十代、小柄で頭の天辺《てっぺん》が禿げている男性です。家族の人が探しているんですよ』

『ああ、そういうことかい。うーん、探す方の気持ちも分からんじゃないが放っておいてやれよ。そういうことから逃げたくて、ここに集まったヤツばかりなんだしさ』

『そうかも知れませんね』

葛城はそれ以上突っ込んだ質問をすることもなく、男から離れていく。引き下がり方も絶妙だった。

葛城とＮＰＯ職員の会話が続く。

『少し意外でした』

『何がですか』

『ここにいる皆さん、こざっぱりした恰好をしているんですね。僕はもう少し生活感の滲《にじ》んだような服装を想像していたんですけど』

『それはですね、ここにいる多くの人が社会復帰を諦《あきら》めていないからですよ。つい先月までは大手に勤めていた人が派遣切りに遭って、寮も追い出されてここに流れ着いた。それでも再就職を諦めていないから、面接する日のために身なりを清潔にしているんです。第一ですね、一般の人たちが思い浮かべる典型的な恰好をしたホームレスさんが、わざわざブルーシートで家を作るなんて几帳面《きちょうめん》なことはあまりしませんよ』

職員の話に、つい犬養は納得してしまう。

そして同時に、こうしたコミューンであれば身なりを整えた寺町が交じっていても違和感はないだろうと当たりをつける。

葛城の行動はモニター越しでもごく自然に映った。ホームレスたちへの質問もさりげなく、じわりじわりと〈頭頂部の禿げた小男〉の存在を探索していく。だが五、六人に聴取してもなお、それらしき男の影には巡り合わない。

「寺町は、ここにはいないんでしょうか」

「まだ分からん。暗くなってから塒《ねぐら》に戻る住人もいるだろうし、大体が印象の薄い男だからな。

必要以上に干渉しようとしない集団の中じゃあ、尚更《なおさら》目立たなくなる」

結局、葛城は二時間近く河川敷を歩き回った後に帰還した。住人全てを映した訳ではなく、NPO職員のスケジュールに合わせた形だった。

「ご苦労だった。いつもとスケジュールを変えていたんでは怪しまれるからな」

カメラ仕込みのベストを脱ぎながら、葛城は物足りなそうに言う。

「でも犬養さん。住人全員は撮りきれてませんよ」

「明日《あした》は夕方から出向こう。二日目なら職員さんの同行も必要あるまい。それより葛城。ここに〈ドクター・デス〉は潜伏可能と思えるか」

「住人の暮らしぶりを目の当たりにした今ではアリですね。ちょっとした電源ならバッテリーで賄えますし、何よりあれだけ不干渉が徹底されていたら、テントの中で毒物を調合していようが、カバンを提げて往診に行こうが、誰も気に留めないでしょうね。もっとも白衣を着ていたら別でしょうけど」

「それはそれで行き倒れの急患を診にきた医者に見えるだろうな」

三人はいったん捜査本部に戻ることにした。残り二カ所で寺町らしき人物を発見したら直ちに連絡が行き交う手筈《てはず》になっているが、今のところその報告は為されていなかった。

別働隊が内偵を終えたのもほぼ同じ時刻だった。集められた三種の動画はそれぞれ刑事部屋の大きなモニターに映し出され、登場した人物ごと篩《ふるい》にかけられていく。欲を言えば、この場に寺町の目撃者を呼んで一緒に確認作業をしたいところだが、さすがにそこまで協力を強いることは難しい。

モニターに映る一人一人を識別し、明らかに違うと判断されるものを削除していく。コマごとにコードを振っているので、わずかでも可能性のある人物については後で一覧できる仕組みだ。

監視カメラでの解析作業は本来鑑識の仕事になる。だがそれは対象者が確定されている場合であり、今回のように似顔絵さえも描けないような相手では識別もできない。いきおい現場の捜査員たちが目を皿のようにして画面を睨《にら》み続けるしかない。

自分たちの撮ってきた画像では慣れが生じるため、それぞれ別の班が撮影した画像を確認する。

「でも、場所が多少離れても、住んでいる人たちの恰好や生活様式はあまり代わり映えしませんね」

画面に見入っていた明日香がぽつりと感想を洩《も》らす。明日香たちが確認しているのは江戸川河川敷で撮影された映像だったが、画面に現れては消えるホームレスたちはいずれも例外なくこざっぱりしており、表情からでは切迫さも困窮さも感じられない。

だが犬養には分かる。彼らの顔に浮かんでいる穏やかさは、平穏からのものではなく一種の諦観《ていかん》からもたらされるものだ。人間の生気は欲望によって生成される。何かを一つ諦め、希望を一つ捨て去る度に人は目の光を失っていく。いくら身なりを小綺麗にして面接に備えているといっても、その可能性が甚だしく希薄であることは本人も薄々承知しているだろう。

思い起こせば寺町亘輝を見た者の印象も押しなべて〈目立たない〉とか〈生気が感じられな

い〉といったものだった。言わば幽鬼のようなものであり、希望を失った者たちの間を漂っていて気づかれないのも道理と言えた。

そこまで考えて、犬養は唐突に理解した。〈ドクター・デス〉という医者も、やはり親族の深い絶望と患者の儚《はかな》い希望の間を行き来してきた存在だった。その姿と、ホームレスたちの陰に潜む寺町の姿がぼんやりと重なる。

確認作業が一時間ほども過ぎた頃だろうか、画面を凝視していた明日香が、あっと短い叫び声を発した。

「どうした」

異状を嗅《か》ぎつけた犬養たちに、明日香は画面の一点を指差す。

「ここ……」

静止した画面の中央では、拗《す》ねたような目をした老人が正面を睨み据えていた。だが明日香が指したのは画面の左隅であり、そこには猫背気味の男が通り過ぎる瞬間が映し出されていた。

小柄で、頭頂部の禿げた男。

「どうですか、この男?」

やがて犬養のみならず、他の捜査員も集まってきた。

目は陰気そうで、唇は薄い。しかしそうした特徴は静止画をじっくり見るから浮かぶ感想で、ぱっと見には印象が薄い。とにかく頭頂部の印象が強過ぎるのだ。

「どうですかって……うん、目撃証言の条件には一致しているよな」

「まあ、胡散臭《うさんくさ》い人相ではあるよな」

「医療カバン持たせたら、どう映るかな」

捜査員たちが口々に感想を洩らすが、否定的な意見は見当たらない。

犬養も同様の感触を持った。どこがどうとは言えないが、頭の中で描いていた〈ドクター・デス〉の姿にこの男の風体が重なって見える。

「そこの場面、記録しろ。後で鑑識に拡大してもらう」

その後、三本のビデオを最後まで確認したが、その男以上に怪しい人物は遂に見つからなかった。明日香は問題の映像を携えて鑑識へ走っていく。支障がなければ、一時間もしないうちに解像度の上がった写真が戻ってくるはずだ。後はその写真を〈ドクター・デス〉の目撃者に見せて確証を得ればいい。

ようやく光明が見えてきたのか。

予想外の早い手応《てごた》えに、ふっと緊張感が緩む。犬養はいささか疲労気味の眼球を目蓋《まぶた》の上から揉《も》みながら、椅子に深く沈む。

そう言えば自前のパソコンを鑑識部屋に置いたままだった。画像解析を依頼した土屋のご機嫌伺いも兼ねて、鑑識課を訪問してみるか——。

ふらりと鑑識部屋を訪れると、土屋たちは解析作業の真っ最中だった。口を出しかねて自分のパソコンを開いてみると、メール受信のマークが点灯している。

まさか。

慌ててメールを開けた途端、犬養の目はその一文に釘づけとなった。

『忘れていました。果たして沙耶香さんは、一度も安楽死を考えたことがなかったのでしょうか？』


心臓が跳ね上がった。

ヤツだ。

犬養はパソコンを抱えて鑑識部屋を飛び出した。


再び〈ドクター・デス〉が沙耶香を狙っている――。

報告を受けた麻生も顔色を変えた。

「どうしてまた今頃になって」

「分かりません。ただ牽制《けんせい》の意味合いはあるかも知れません」

「牽制じゃなく、直球そのものだったらどうするつもりだ」

麻生の反駁《はんばく》に犬養は返す言葉がない。

畜生、と悪態を吐いて麻生は椅子に座る。

「仮に牽制だとしたら別の意味で問題だ。捜査本部の手が自分に迫っていることを承知している可能性がある」

麻生はプリントアウトされた写真を睨んでいる。最前、手許に届けられた身分不詳の男の全体写真だが、捜査本部の総意はこいつこそが〈ドクター・デス〉に相違ないとしている。

「刑事の臭いを嗅ぎつけたものの、自分の写真を撮られたことまでを知っているかどうか……こいつの解析は済んだのか」

慌てて明日香が写真を差し出す。男の顔を拡大した上で、細部を鮮明に解析した写真だ。改めて見ると、表情が乏しい分不気味に見える。

「寺町を目撃した証人にすぐこれを見せろ。江戸川河川敷の現場で確証を集める。それから帝都大附属病院に何人か警護の人間を送れ」

麻生の指示で捜査員たちが一斉に散る。事件が終局に向かう時特有の緊張感がそこにあった。残った犬養は明日香を引き留めながら麻生に近づく。上司の厚意は有難いが、いち捜査員として言わなければならないことがある。

「兵隊が足りませんよ」

「何だと」

「河川敷に兵隊を動員し、その上帝都大附属病院を警戒警護させるには、人数が不足しています」

「いよいよとなったら雛森めぐみの監視を解く。この男が寺町と確定すればめぐみを監視する意味もない。万が一、めぐみの監視が解けたのを寺町が知れば、却って寺町が行動しやすくなるだろう」

「しかし……」

「言っておくが、お前の娘だから警護するんじゃない。一度は標的にされた一般市民だから警護するんだ。勘違いするな」

そこまで突っぱねられたら、もう何も言い返せない。犬養は黙したまま頭《こうべ》を垂れた。

「いよいよ大詰めだぞ」

麻生は誰にともなく言う。

「何が〈ドクター・デス〉だ。一端《いっぱし》の理屈を振り翳《かざ》しやがって。手前ェ《てめ》のしていることがただの快楽殺人だってことを満天下に知らしめてやる」

翌日、早速犬養と明日香は馬籠大地の親戚《しんせき》宅に向かった。母親の小枝子は自殺幇助の疑いで拘置所に収監されており、一人残された大地は母方の姉夫婦に引き取られていた。

「〈ドクター・デス〉らしき男の写真が手に入った。確認してくれないかな」

犬養がそう切り出すと、何故か大地はひどく怯《おび》えたような目でこちらを見る。

「おい、どうした」

手を伸ばそうとすると、さっと身を引く。まるで棄てられた子猫のような反応だ。

「……犬養さん」

明日香に裾《すそ》を引っ張られて、犬養はようやく気がついた。

大地の証言によって小枝子は逮捕された。言わば自分が母親を売った形だから、大地が自責の念に駆られるのはむしろ当然のことだった。八歳の子供に安楽死の是非や法解釈など理解できるはずもない。

また自分は子供の扱い方を誤ったのか──何度目かの後悔に狼狽《ろうばい》しながら大地を捕まえようとするが、少年はするりと腕から擦り抜けてしまう。

「こいつが、お父さんを殺した犯人かも知れないんだ。さあ」

犬養たちは写真を三枚用意していた。一枚は河川敷で撮ったもの。残り二枚は同じく頭頂部の禿げた男性が写っているが、こちらはダミーとなる。思い込みと教唆による誤認を防ぐため、写真による確認にはいつも複数の写真が用意されている。

写真を突き出してみせるが、大地は視線を逸《そ》らすだけで一向に見ようとしない。遂には部屋の隅に逃げてしまった。

犬養自身は、数人しかいない寺町の目撃者の中で大地の証言が一番信頼を置けると思っている。今、大地から証言を得なければ寺町の検挙に支障が出ることも充分考えられる。

そして小さな肩に手を伸ばした時、震える声で言われた。

「もう、やだ」

伸ばした手が虚空で止まる。

こちらに向けた背中は、はっきりと犬養を拒絶していた。

この期に及んで——自分を罵《ののし》りたくなった時、横から別の手が伸びてきた。

明日香だった。

「大地くん」

真横で聞いていた犬養は意外の感に打たれる。紛れもなく母親の発する声だった。伸ばした手が大地の肩に触れるや否や、明日香は流れるように寄り添い、ごく自然に小さな頭をかき抱いた。

「ごめんなさいね。このおじさんもそうだけど、警察はあなたの気持ちなんて少しも考えてなかった。ただお父さんを殺した犯人を捕まえることで頭が一杯だった。本当は全部が分かった後で、あなたに対するケアを最初に考えなきゃいけなかったのに……本当にごめんなさい」

恐る恐るといった風に大地が明日香の方に顔を向ける。

「ねっ、大地くんは何が望みなの」

「……お母さんを、早く返して」

「今はね、お母さんから話を聞いている最中で無理だけど、そのうち弁護士さんから保釈請求というのがされると思う。それが通れば一時的だけどお母さんは戻ってこられるよ」

「本当に？」

「うん。だけどね、それにはお父さんを殺した犯人が逮捕されないと認められにくいかも知れない」

「どうして」

「本当の犯人が逮捕されてしまえば、もう何も隠しておく必要がないから家に帰してもいいだろうってこと」

明日香は噛《か》んで含めるように話す。その甲斐《かい》あってか、大地は大地なりに保釈の定義を理解したようだった。

「犯人逮捕に協力してくれる？」

「……うん」

「でも、答えを決めつけないでね。違うと思ったら違うと答えて。そうでないと、また別の人が不幸になるから」

「分かった」

明日香は犬養から写真を受け取ると、大地の眼前に差し出した。

「どう？」

明日香と犬養が見守る中、写真を食い入るように見つめていた大地の表情が不意に輝く。

「この人だよ」

微塵《みじん》の躊躇《ちゅうちょ》もなく、大地は河川敷の人物を指す。

「この人だよ、看護婦さんと一緒に来た人。絶対に間違いない」

嘘を吐いているようには到底思えなかった。

「有難うね、大地くん。あなたの協力を決して無駄にはしないから」

家を出てから、犬養は半ば感心半ば呆《あき》れながら口を開いた。

「さっきは驚いた。どこであんな手管を覚えた？」

「ああいうのは覚えるものじゃありません」

明日香の口調は至極素っ気なかった。

「自然に備わっているものです」

それなら自分には難題だと打ちのめされる。亭主失格・父親失格の烙印《らくいん》がこうまでついて回るものだとは、想像もしていなかった。

犬養と明日香はその後、東京拘置所に赴き、馬籠小枝子と法条英輔に面会した。目的はもちろん、写真の男が〈ドクター・デス〉であるかどうかの確認だ。

小枝子が自信なさそうだったのに対し、英輔はすぐに反応を見せた。

「ああ、そうそう。この人ですよ、この人」

面会室のアクリル板の向こう側で、英輔は嬉《うれ》しそうに証言する。

「正面切って見た訳じゃありませんけど、確かに彼です。いやあ、これですっきりした」

「何がすっきりしたんですか」

「霧が晴れたような気分とでも言うんですかね。いくらオヤジの遺言だったとは言え、こんなことになってしまいましたからね。わたしとしても明らかにできることは全部明らかにしたい。ところが肝心要《かなめ》の〈ドクター・デス〉の顔すら思い出せないというのは情けない限りですからね」

「ご協力、感謝します」

「どういたしまして。ところで裁判の時には、ドクターとわたしが同席するんでしょうか」

「そういう場面もあるかも知れません。〈ドクター・デス〉に何か恨み言でもありますか」

「いいえ。安楽死を依頼したのはわたしですからね。今更恨み言なんてありはしませんよ」

英輔は憑《つ》き物が落ちたような顔で穏やかに喋り続ける。

「ただ、機会があれば彼が持っている死生観について聞いてみたいと思うのですよ。わたしはオヤジがあれ以上苦しむのを見ていられずにああいう方法を採りましたが、日頃安楽死を生業《なりわい》としている医師は、果たしてどんな倫理で自分を律しているのか。医療と刑罰の狭間をどう考えているのか、是非ゆっくりと聞きたいものです」

「聞いていたら胸糞《むなくそ》が悪くなるかも知れませんよ。特異な主義主張というものは、得てして劇薬のようなものですから」

「劇薬を吐き散らかすような御仁は経済界にも少なくないですよ。現にオヤジがそういう人物でしたからね。そして、これは経験則ですが、どんなに毒気のある主義主張にも一片の真理が含まれているものです。だからこそ、罵詈《ばり》雑言に等しい言説であっても、聞く者の胸に引っ掛かるのですよ」

だが英輔の言葉こそ、犬養の胸に引っ掻《か》き傷を残すものだった。

次に犬養と明日香は岸田聡子の家を訪ねた。警察の再訪をあまり歓迎されないだろうと覚悟していたのだが、予想に反して拒絶反応らしきものは感じられなかった。

「確認してほしいんです」

犬養が写真を差し出すと、聡子は受け取る前に軽く頭を垂れた。

「ちょうどよかった。実はこちらから警察へ伺おうとしていたんです」

「何故ですか」

「自首しようと思いまして」

犬養はまじまじと聡子を見る。聡子の息子の遺体は既に火葬され、何かの罪で立件したとしても公判が維持できない。前回はそれを踏まえた上での告白だったはずだ。

「これ以上、隠しておくのが苦痛になったんです。もちろん、あの子を安らかに死なせてあげたことに悔いはありません」

気持ちは分からないではない。犬養は口に出さないまでも、聡子の言葉を抵抗なく受け止める。

「前回もお話ししましたが、あなたに罪があったとしても罰を与えるのは困難でしょうね。罰も与えられないのに、罪だけを認めるというんですか」

「だけど自分のしたことにはけじめをつけたいと思ったんです。いくら子供のためを思ったからといって、その首に手を掛けたことを黙秘して罪を隠していたのでは正人に合わせる顔がありません。いつか天国で再会した時、わたしは真っ直ぐ正人と向き合いたいんです」

その言葉にも頷《うなず》けるものがあったが、犬養には掛ける言葉が見つからなかった。できることがあるとすれば、彼女の取調担当として、少しでも心証がよくなるような供述調書を作成するくらいのものだ。

不意に無力感に襲われる。明日香に助け舟を出された時もそうだったが、自分の力の矮小《わいしょう》さに愕然《がくぜん》とさせられる。父親としても、そして刑事としても、自分が発揮できる能力というのはどうしてこうも無益なのだろうか。

「その際には、なるべくあなた方の事情が勘案できるように祈っています」

そう告げるのが精一杯だった。

「この写真を確認するんでしたね」

聡子は思い出したように写真を眺める。

しばらく矯めつ眇《すが》めつ見ていたが、やがて微《かす》かに頷いて写真を犬養に戻した。

「断言はできませんけど、見ると、ああこの人だったと思いました」

聡子が示したのは、やはり河川敷の男だった。

「確証というほどではないのですね」

「すみません。何しろ最初の印象がとにかく薄かったので……でも頭の特徴はそのままだし、陰気そうな雰囲気も一致しています。多分、この人で間違いないと思います」

四人の目撃者のうち三人までが、同じ人物を〈ドクター・デス〉と証言した。それだけで信憑性は俄然《がぜん》高まったとみていい。

最後に二人が向かったのは、町田にある雛森めぐみの自宅だった。玄関付近に張っていた制服警官と目礼を交わし、インターフォンを鳴らす。名乗ると、ドアはすぐ開けられた。

「引き続き捜査協力をお願いに来ました」

「どうぞ」

思えば犬養がめぐみの部屋を見るのはそれが初めてだった。間取りは2DKだろうか、一人住まいにはほどよい広さなのだろうが、女性の住まいとしてはひどく寒々しい。インテリアの類は最小限に抑えられ、カラーボックスに並べられた本も医学専門書の他は申し訳程度に自己啓発本があるだけだ。娯楽と呼べるものは部屋の隅に置いてある十四型の薄型テレビだけで、本人に聞くとパソコンやタブレットの類も持っていないと言う。

「気分屋でよく引っ越しするものですから。荷物が多くなると面倒なんです」

実用性重視といえば聞こえはいいが、およそ潤いというものが感じられない部屋だった。

「今日、お伺いしたのは寺町亘輝の確認です」

犬養が例によって三枚の写真を差し出すと、めぐみは何の迷いもなく河川敷の男を指差した。

「ああ、寺町先生。へえ、こんな写真よくありましたね。どこで撮ったんですか」

「その人物が寺町亘輝で間違いありませんか」

「ええ。似顔絵を作れと言われたら苦労しますけど、この三人のうちから選ぶなら簡単です。ね？　本当に特徴のない顔でしょ」

つられて犬養はつい頷く。実際、寺町が映り込んでいたのは画面の端だったが、あまりの目立たなさに明日香以外の捜査員は見逃していたのだ。

とにかく殺害現場に同行していためぐみの証言も揃った。これで河川敷にいた男が寺町であることは確定したと考えていい。

「でも、本当にどこで撮ったんですか。わたしも先生がどこに住んでいるか知らないので興味があります」

「どこに住んでいようと、いずれは拘置所ですよ」

「……先生の罪は重いのでしょうか」

めぐみは殊勝な態度になって訊いてくる。

「安楽死を依頼された家族の人たちは、皆さん満足そうでした。患者さんもそうです。誰一人先生を恨む人はいませんでした。それでも先生は罪に問われるんでしょうか」

「わたしたちは法を犯している人間を逮捕するだけです。罪を問うのは裁判所の仕事です」

「わたしだって看護師の端くれですから東海大の安楽死事件は知っています。確か懲役二年執行猶予二年でしたよね」

「あの事件は手を下したのが担当医であった事実が加味されています。〈ドクター・デス〉の場合は安楽死を生業とし、一件あたり二十万円の報酬まで得ています。検察は間違いなく殺人罪で起訴するでしょうし、裁判所も温情はかけないと思いますよ。安楽死が世界的には認められつつある潮流であるにせよ、この国ではまだ機が熟していない、というかそもそも欧米とは死生観を異にしている。個人的な見解ですが、寺町亘輝が最終陳述で安楽死の正当性を訴えたとしても、せいぜい引かれ者の小唄程度にしか扱われないでしょう」

「そこに患者さん本人と遺族の感情は顧みられないんですか」

「寺町を庇《かば》うんですか」

「庇うとかそんなんじゃなくて……わたしが事情を知らなかったせいかも知れませんが、先生の施術した患者さんも、それを見守る家族の方々も、皆さん穏やかな顔をしていらっしゃったので」

「感情よりは、本人の死にたいという意思が明確に表示されているかどうかの問題だと思います。いずれにしろ、実際に彼が被告人となって裁かれたら分かることです。ところでその後、彼から連絡はありましたか」

めぐみは力なく首を横に振る。彼女の携帯電話は一時鑑識が預かって寺町の連絡先を徹底的に解析したが、やはり発信元を突き止めることができず、通話内容を警察に盗聴させることを条件に返却していた。

「ケータイで呼び出しがあれば刑事さんの方でも分かっちゃうし、手紙だって玄関に張りついているお巡りさんが監視しているんですよ」

「警戒していると思いますか」

「いいえ。次の仕事の依頼まで三週間以上のインターバルを置くこともありましたから。連絡が途絶えても、別段不思議とは思えません」

おそらく寺町の逮捕は一両日中に行われるだろう。そうなれば寺町がめぐみに連絡する機会は、もう二度と巡ってこない。

「寺町が逮捕されれば、再度雛森さんから話を伺うことになります。裁判が始まれば、証人として呼び出されもするでしょう。その時も、あなたは彼を庇いますか」

「……その時になってみないと分かりません」

めぐみは俯《うつむ》き加減で答えたが、それが本音だろうと犬養には思えた。

3

江戸川河川敷における寺町の行動パターンは、現場に張りついていた捜査員の報告で詳《つまび》らかにされていた。

村瀬管理官自身が「本事案の最後の捜査会議」と位置付けた席上、居並ぶ捜査員たちは緊張の色を隠せないでいる。事件が大詰めを迎える際特有の張り詰めた空気が、皆の神経を強張《こわば》らせているのだ。

「容疑者寺町亘輝について、現在までに判明していることを報告します」

指名されて葛城が立ち上がる。もちろんこの男なりに緊張しているのだろうが、生真面目で淡々とした口調はいつも通りだ。

「寺町が寝泊まりしているテントは文字通り寝泊まりするだけの場所のようです。彼は午前九時ころまではテントにいるのですが、その後は最寄りの図書館もしくは書店に入り浸っています。これは他のホームレスも似た行動をする者がいて、要は冷暖房が完備されていて、長居しても文句を言われないからだとのことです。昼食はいったん建物の外へ出て、買い込んでいたパンやおにぎりで済ませ、また建物の中へ戻ります。午後四時になると河川敷までの土手をぶらぶら歩き……まあ散歩みたいなものなんでしょうか。とにかくテントに戻るのが午後六時過ぎ。それから翌朝九時まではテントの中に籠《こ》もったままで、たまに出る時があると思えばトイレだったりします」

「普通のホームレスとあまり変わらんな。変わっているとすれば働いている時間がないことだが、これは安楽死の報酬で生活が成り立っているからだろう。この二日間、ずっとその行動パターンだったのか」

「はい。まるで計ったように同じサイクルでした」

つまり何事もなければ、午後六時から翌朝九時まで寺町はずっとテントの中に籠もっていることになる。これは本人の身柄を確保する際に一番重要な情報だ。

「次、本人の生活様式」

生活様式というのは、テントの中の状態を指す。寺町が外出している最中、捜査員の一人がテントの隙間からCCDカメラを忍ばせて中を撮影したらしい。

立ち上がったのは所轄の捜査員だった。

「説明の前に映像を見ていただいた方がいいと思います」

捜査員の指示で前方の大型モニターに映像が出る。四隅が歪んでいるものの、テント内の様子が詳細まで分かる。

そこにあるのはカップ麺《めん》やペットボトルの買い置き、小型テーブルに鍋釜《なべかま》などの生活用品と衣服。唯一の照明器具はランタンだった。そのどれもが薄汚れており、最近買い揃えた物ではないことが分かる。一見する限り、ありきたりのホームレスの住まいと言えた。

「ご覧の通り、カバンも含めて医療器具の類はどこにも見当たりません。また衣服を見ても、患者の家族が目撃したものはやはり見当たりません」

写真の寺町が着ていたのは、かなりくたびれたシャツと膝《ひざ》の白くなったジーンズだった。まさかそんな恰好で患者宅を訪問したとも考え難《にく》い。

「これは一つの可能性ですが、現場の河川敷から一キロほど離れた場所に貸しロッカーがあります。寺町はその貸しロッカーに仕事用の衣服と医療器具を隠している可能性があります」

これに村瀬が頷く。

「商売用の服を着、医療カバンを提げてテントから出てくれば近隣から怪しまれる。中には盗もうとするヤツも現れるだろうから、用心のためにロッカーを使用するというのは説得力があるな。だが、これは推測の域を出ないからロッカー一つ一つを開けさせるのは無理だ。いきおい本人を逮捕してからロッカーを特定させるしかあるまい」

「それともう一つ報告することがあります。容疑者は仲間のホームレスからは〈テラさん〉と呼ばれています」

溜息《ためいき》にも似た声が捜査員の間から洩れる。〈テラさん〉とはすなわち寺町のテラなのだろう。

「〈テラさん〉が河川敷に住みついたのはかれこれ一年前からだそうです。基本的に他の誰かとつるむでなし、特に親しい仲間はいないとのことです。住人の誰も容疑者の本名や前職を知りませんでした」

犬養の経験上、ホームレスは話し好きの者と無口な者の二通りに分かれている。どちらも孤独であることの表れなのだが、どうやら寺町という男は後者であるらしい。人知れず安楽死などという商売をしていれば、自《おの》ずと口数も少なくなって当然だ。

「次、目撃証言の確認はどうだった」

犬養が立ち上がる。ただし、これは報告というよりも確認という意味合いが強い。

「鑑識課が解析した人物の写真を目撃者に見てもらいました。対象となったのは馬籠健一の妻と息子。小枝子と同じく拘置所に収監されている法条英輔。過去に安楽死を依頼した岸田聡子。そして付き添いとして行動をともにしてきた雛森めぐみ以上五名ですが、このうち四名が写真の男が〈ドクター・デス〉であると証言しました」

「五分の四。八割か。信憑性は高いな。これで河川敷の男と寺町亘輝と〈ドクター・デス〉の三つが重なった訳だ」

村瀬は合点したように頷く。同じ感触を得て捜査員たちもめいめいに頷く。

「では捕縛の概要を説明する」

次にモニターに映し出されたのは、河川敷の航空地図だった。テントのブルーがずらりと並ぶ中、一つだけ赤く表示されているのが寺町の住まいだろう。

「見ての通り、寺町のテントは土手の前に位置している。つまり後方は法面《のりめん》になっているので包囲しやすい。作戦と呼べるほどのものではないが、寺町が寝入ったところを見計らい、全方向から取り囲む。もちろん土手の上にも蟻の這《は》い出る隙もないくらい人員を配置する。捕縛は本日午後十一時をもって決行とする。何か質問はあるか」

会議室は一瞬、しんと静まり返る。単純にして明快、何も疑問を差し挟む余地はない。

「ここしばらく捜査本部および捜査員個人までを愚弄《ぐろう》してきた〈ドクター・デス〉だが、いよいよ検挙の時が近づいた。偏向した主張と歪曲《わいきょく》した倫理で世間を騒がせ、法治国家であるこの国の根幹を揺るがし、そして表面に出ているより多くの人命を屠《ほふ》ってきた悪党だ」

村瀬の言葉が凛《りん》として響く。最終局面に向かう前の檄《げき》だった。

「安楽死というものが将来的にどこまで認められるかは定かではない。だが寺町亘輝の行為は報酬を得て患者を毒殺している、ただの殺戮《さつりく》である。医療倫理も死生観も全く関係ない。我々が捕えんとしているのは殺人を生業とする鬼畜に他ならないのだ。改めて言う。寺町亘輝の逮捕は社会秩序の回復と社会正義の遂行だ。失敗は決して許されない。各人、気を引き締めて慎重に行動するように。以上、解散」


松戸市江戸川河川敷、午後十時五十分。

土手の上からテント村を見下ろすと、節約のためかぽつぽつと明かりの洩れているテントはあるものの大半は電気を消していた。新月のために月の光もなく、闇に乗じて行動するにはうってつけの夜だ。

「えらく静かだな」

犬養の横で麻生がぽつりと洩らす。

「夜ともなれば酒盛りでドンチャンやらかすと思っていたが……まあ、呑《の》む酒も観るテレビもなきゃ寝るしかしょうがないか。寺町はもう寝入ったのか」

「テントの中に消えたきり、動きはないようですね」

犬養は声を忍ばせて報告する。大詰めの場面ではやはり麻生が現場の指揮を執ることになった。最終局面での全責任を負わされる気持ちは想像するにあまりあるが、それをおくびにも出さないのは評価したいところだ。

「配置は完了しているか」

四方からの完全包囲。そのために捜査本部は四十人もの捜査員を導入した。一方向につき十人が問題のテントを取り囲み、退路を断った上で確保。村瀬が立てたシナリオに穴は見当たらないが、犬養は再度頭の中でシミュレーションをかけてみる。

寺町がテントの中に引っ込んだのは現場の捜査員が確認している。以来、テントの四方を見張っているが、寺町は一歩たりとも外に出ていない。テントの中に抜け穴でもあれば話は別だが、まさかそんな忍者もどきの真似はいくら何でも空想じみている。

本人がテントを飛び出し、夜陰に紛れて包囲網を突破する可能性も織り込み済みだ。既に三基の投光器が到着し、河川敷に二基、土手の上に一基設置される運びになっている。寺町確保の合図があれば一斉に三基が点灯し、辺りを隈《くま》なく照らし出す。そこに死角は存在しないはずだった。

だが一抹の不安も拭《ぬぐ》いきれない。

「若干、上手《うま》く行き過ぎの感があります」

犬養の呟きに麻生は眉を顰める。

「犬養隼人の裏をかいた知能犯にしては、あっさり逮捕されるのがか」

嫌味な物言いだが、麻生自身の疑念も含まれた響きだった。

「知能犯だからこそ自分はいつも安全だと思い込んでいる。思い込みが深ければ警戒心も薄れる。事実、河川敷での内偵を始めてから本人は不審な動きを一切見せていないじゃないか」

それが逆に不気味なのだ。まるでこちらの動きを把握した上で気づかないふりをしているようにも思える。

いや、これは犬養の警戒心が過剰なのか。

「慎重になるのは悪いことじゃない。捜査で一番危険なのは犯人逮捕の直前だからな。ただ必要以上に萎縮《いしゅく》する必要もない。いざという時に動きが鈍るぞ」

言われるまでもない。

それでも違和感が背中の辺りに纏《まと》わりついて離れない。

何かを見落としているのではないか。

何かを忘れているのではないか。

「時間だ。行け」

麻生がヘッドセットで号令を掛けると、待機していた捜査員が一斉に動き出した。二基の投光器もそろそろと河川敷に移動していく。

音を立てず、テントの誰にも気づかれることのないように——先導する数人は暗視ゴーグルを着用しているため、暗がりの中でも迷うことなく行動する。犬養もそのうちの一人だ。もちろん、このゴーグルは投光器の点灯と同時に脱却する手筈になっている。

河川敷が砂利ではなく、土と下草に覆われているのが幸いした。テントに近づいてもさほどの物音はしない。念のためにゴム底の靴に履き替えたのも功を奏している。

ただし暗視ゴーグルでの視界は、お世辞にも良好とは言えない。暗闇よりはマシだが、色のない世界は同時に距離感をも喪失する。

不意に犬養は、中学の臨海学校で開催された肝試しを思い出す。薄明かりだけを頼りに、どこから何が飛び出してくるか身構えながら進む。恐怖と背中合わせの愉悦。不謹慎の誹《そし》りは免れないが、犬養の一部は明らかにこの状況を愉《たの》しんでいる。

『わずかでも異変があればすぐに知らせろ』

ヘッドセットから麻生の声が洩れる。

『何かのトラップがないとも限らん。足元にも神経を集中させろ』

敵陣への潜入と殲滅《せんめつ》はＳＡＴ（特殊急襲部隊）の十八番《おはこ》だが、相手方に武器の存在が確認できず人質もいないとなれば警備部に要請をかける訳にもいかない。一課の捜査員を俄《にわか》で仕込むより他に手段がなく、その不慣れさが麻生を過敏にしている。

やがて眼前にテントの群れが近づいてくる。振り返ってみれば、二基の投光器は岸辺付近に設置されていた。

いよいよだ。

寺町のテントはやや歪《いびつ》な形をしているので、すぐに見分けがつく。その形は捜査員全員が脳裏に焼き付けている。他のテントをやり過ごし、目的のテントに辿り着くまで五分とかからなかった。

先頭は犬養。入り口付近で待っていると、他の捜査員たちも次々に到着した。

『全員、配置に着いたか』

遅れた捜査員はいない。機は熟した。

『犬養、突入だ。投光器、点灯』

合図で暗視ゴーグルは脱却、同時に三方向の投光器から眩《まばゆ》い照明が放たれる。

一瞬にして辺りは白昼と見紛《みまご》うほどに浮かび上がった。
一、二度目を瞬いた後、犬養はテントの中に身を躍らせる。つん、とした異臭が鼻を突くが、これは生ゴミの腐敗臭だろう。外光が透過して中も充分に明るい。ほぼ中央に人形《ひとがた》に膨らんだ寝袋があり、頭頂部の禿げた男が顔を覗かせている。
犬養は持参したライトで男の顔を照らす。写真の男に寸分違《たが》わなかった。

どやどやと他の捜査員も中になだれ込み、寝袋の男を包囲する恰好になる。これで男は完全に逃げ道を失った。

寝袋に入ったままなら手足の自由が利かないので好都合だ。犬養は身を屈《かが》めて男の頬を叩《たた》いた。

「起きろ」

「うん……?」

男は眩《まぶ》しそうに目蓋を瞬かせる。周囲を見回してようやく異変に気づいたようだった。

「な、何だよ、あんたたち」

「答えろ。寺町亘輝だな」

「そうだけど……」

「警察だ。殺人の容疑で逮捕する」

午後十一時十二分、寺町の身柄を確保。

そこから先は呆気《あっけ》ないほど簡単だった。身を捩《よじ》って抵抗する寺町を寝袋ごと拘束し、数人がかりで担いで護送車に運び入れる。

途中で他のテント住民が目を覚ましたが、何が起きたのか把握している者は皆無らしく、大した騒動にもならなかった。

寺町の護送車はすぐに現場から捜査本部へと直行、捜査本部に到着したのは日付の変わった午前零時三十分のことだった。

こうして〈ドクター・デス〉として医療の闇を跋扈《ばっこ》していた寺町亘輝は、捜査本部へと身柄を移された。


最前まで寝ていたのだからと、寺町への尋問は深夜にも拘《かか》わらず開始されることになった。取調担当には犬養が指名された。大方娘の仇《かたき》を取らせてやろうという麻生の配慮だろうが、願ってもないことだ。犬養にしても寺町から訊きたいことは山ほどある。

明日香を記録係に、犬養は取調室へと足を踏み入れる。

パイプ椅子に座らされた寺町は、居心地悪そうに尻《しり》をもぞもぞと動かしている。視線は泳いでいて、犬養を直視しようとしない。

思い描いていた人物像との隔たりを感じたが油断はならない。今までにも小心者を装う悪党どもは何度も見てきた。

「やっと直接話ができるな」

寺町を正面から見据えるが、それでもこちらを向こうとしない。

「ここまで来たらもう逃げも隠れもできないだろう。いい加減に観念して聴取に応じろ。俺たち警察を散々翻弄《ほんろう》した〈ドクター・デス〉ともあろう者が情けなくないのか」

ようやく覚悟を決めたのか、寺町はゆっくりとこちらに向き直った。

「最初に氏名と年齢を」

「寺町亘輝。七十二歳」

「本籍」

「磐田《いわた》市国府台《こうのだい》九番地三―一四」

「現住所」

「……あんたたちが踏み込んできたじゃないか。あれでも住所だっていうなら江戸川の河川敷だよ」

「職業は」

「見て分からないのか。無職だよ」

「何故あんなことをした。お前の戯言《たわごと》はたっぷり見聞きしたが、それが違法行為であるのは承知しているだろう」

「違法なのは知ってた。でもよ、まとまったカネが入るし人助けにもなる。誰も不幸にはならない。願ったり叶ったりじゃないか」

「念のために訊くが医師免許は取得しているのか」

「へっ、そんなものある訳ないだろ」

何と無免許医だったのか――犬養の憤りに新たな要因が加わる。

「無免許のくせに医療行為か。大した度胸だな」

「医療行為つったって大したことじゃない。慣れればどんな素人にだってできる。実際にあんなもの、医療行為なんて代物じゃないしな」

　そうだ。お前のしたことは単なる殺人だ。

「偉そうなことを表明した割に、目的はやはりカネだったか」

「そりゃあそうさ。カバンぶら下げて医者のふりをしていればカネが入るんだ。そこらで空き缶回収するよりはよっぽど楽だし、実入りがいい。違法なのは分かっちゃいるが、絶対にやめられねえよ」

「たったの二十万円で、よくもそんな仕事をしようと思ったもんだ」

「二十万？　おい、それは違うぜ。俺の取り分はもっと少ない」

　なるほど二十万円のうち六万円はめぐみへの報酬で消える。クスリの仕入れ代を考慮すれば、大した儲《もう》けにはならないという理屈か。

　聴取している最中に、だんだん憤懣《ふんまん》が胸の底に溜《た》まってきた。

　自分はこんなに卑俗な犯罪者を畏《おそ》れていたというのか。だとしたら犬養隼人はとんだ大馬鹿者だ。ただの枯れ尾花を幽霊と勘違いする粗忽《そこつ》者と何ら変わりない。

「それにしたって人の命をはした金でやり取りすることは同じだろう。つくづく見下げ果てた男だな」

「命のやり取りってのは何のことか知らないが、見下げ果てた男というのはその通りだ。でも、それならこっちにだって言い分がある。この国は俺たちみたいな年寄りに冷た過ぎるんだよ。定年を迎えたからポイ。その後は年寄りだからって理由で碌な仕事もありゃしない。多少時給がいいと思ったら力仕事だ。前期高齢者にそんな仕事勤まるもんか。それでも安月給を我慢して働いていると、外国人を雇ったからさっさと辞めてくれと吐《ぬ》かしやがる。あんな仕事があるんなら、誰だって飛びつくさ」

「違法行為でもか」

「公園にテント張って野宿している時点で違法なんだろう。今更、そんなものを遵守して何になるっていうんだ」

「ふざけたことを言うな。お前がしたのは立派な殺人だぞ」

「殺人だって」

「個人の意思決定権だろうが安楽死だろうが、そんなものはただのまやかしに過ぎん。嘱託殺人でなく、お前は刑法第一九九条の殺人罪で立件してやる」

「ちょ、ちょっと待ってくれ。殺人ってどういうことだよ」

「今更とぼけるな。現状、判明しているだけでお前は三人の患者を薬物で殺害している。岸田正人、馬籠健一、法条正宗……」

寺町の顔に動揺が走った。

「ま、待てよ。そりゃ何かの間違いだ。俺がやったのはただの付き添いだぞ。それがどうして殺人なんて物騒な話になるんだ。俺にぬ、ぬ、濡れ衣《ぎぬ》を着せるつもりか。冗談じゃねえぞおっ」

今度は犬養が動揺する番だった。

「おい、いったい何を言っている。お前は〈ドクター・デス〉を名乗り、何人もの重篤患者に塩化カリウム製剤を注射して死に至らしめた。そればかりか自分の行為を正当化し客を集めるためにサイトまで開設した。そうじゃなかったのか」

「俺は知らん！」

寺町は絶叫するように答える。

「俺は命令されて医者の恰好をしたけど、客の家までの運転や注射は全部あの女がやっていた。俺は横から見ていただけだ」

「何だって」

「末期がんやら何やらで身体の痛みを訴える患者がいる。そういう痛み止めの中には医療用大麻も含まれている。正規のルートでは高価なので自分は看護師だけど、病院には内緒で自分が施術をしている。だが看護師の自分一人が往診に現れても患者と家族は不安に思うだろう。だから点滴をしている間、医者のふりをしてくれないか……そう頼まれたんだよおっ」

犬養は雷に打たれたように、椅子を弾《はじ》き飛ばして立ち上がる。

しまった。

これが違和感の正体だったのか。

慌てて取調室の前に陣取っていた別の捜査員を部屋に引き入れる。

「すぐに戻る。それまで代わりにいてくれ」

明日香とともに寺町を押しつけ、犬養は廊下を走りながら携帯電話で麻生を呼び出す。

『どうした』

「班長。今すぐ雛森めぐみに張りついているヤツに連絡して彼女を確保してください。彼女こそが〈ドクター・デス〉なんです。寺町はただのダミーでした」

すると電話の向こう側から麻生の呻《うめ》き声が聞こえてきた。

『ひと足遅かったかも知れん。さっきから連絡しているが応答がないんで、町田署の人間を向かわせたところだ』

やられた――。

犬養は端末を持つ手を力なく下げる。

証言の一つ一つを思い起こせば、確かに寺町が施術を行う場面を誰も見ていなかったではないか。雛森めぐみが巧みに陰に隠れた結果、あの貧相な男が〈ドクター・デス〉だと全員が刷り込まれたのだ。

加えてあの時、沙耶香を再度襲撃するかのように示唆したのは、自分の包囲網を緩和させるためだった。そして警戒が手薄になったところを見計らって逃亡を企《くわだ》てた。

ふとめぐみの発した問いが甦《よみがえ》る。

『誰一人先生を恨む人はいませんでした。それでも先生は罪に問われるんでしょうか』

あれこそは〈ドクター・デス〉本人が犬養に投げかけた問いだったのだ。

クソッタレめ。

犬養は己を罵りながら刑事部屋へと急ぐ。

その後、町田署の捜査員が現場に駆けつけると、監視に当たっていた刑事がめぐみの部屋で昏倒《こんとう》しているのが発見された。どうやら背後から不意を突かれて薬物を注射されたらしく、命は取り留めたものの意識はしばらく回復しなかった。もちろんめぐみの行方は杳として知れなかった。町田署は急遽《きゅうきょ》市内の主要道路で検問を行ったが、逃亡発覚から二十四時間経過した時点で未だ有力な手掛かりは得られていない。寺町の証言は以下のように続いた。

『河川敷をぶらついている時、あの女に声を掛けられたんだよ。医者のふりをしてついてくるだけのバイトがあるけど、どうだって。一回につき六万円もくれるって言うからすぐ話に乗った。本当に簡単だったんだよ。プリペイドのケータイを持たされてさ。向こうから連絡が来たら、指定された場所に行くとあの女が待っていて余所《よそ》行きの服に着替えさせてくれる。白衣を着せられたこともある。クルマの運転も彼女に任せておけばいい。俺が守らなきゃならなかったのは、たった二つだけ。それは患者や家族には挨拶だけしてあまり喋るなってことだ。きっと話し込んだらニセ医者ってことがバレると思ったんだろうな。それから一切、他言無用。ひと言でも洩らしたら契約解除だっていうから、それは守り抜いたさ。でも信じてくれよ、刑事さん。あの女が注射をしてやると患者は全員安らかな顔をした。だから俺は、あのクスリが鎮痛剤だと信じて疑わなかったんだよ。あれが毒薬なんて知っていたら、誰が六万円ぽっちであんな仕事を引き受けるもんか。いや、どんなにカネ積まれたって断るって』

改めてめぐみの部屋に家宅捜索の手が入ったが、新証拠となるものは何一つ押収できなかった。パソコン関係のみならず医療器具は注射針一本すら出てこなかったのだ。

これについては犬養にも仮説めいたものがある。おそらくめぐみには住まいが二カ所存在したのだ。一カ所は寝泊まりするだけの町田のアパート。そしてもう一カ所が〈ドクター・デス〉としての業務を受注し、発信する場所。そう考えれば、しばらく〈ドクター・デス〉が犬養の問い掛けに反応しなかった理由も分かる。ただしこれも現在は何ら物証がなく、あくまでも推測の域を出ない。検問に次ぐ検問、各金融機関のＡＴＭコーナーや鉄道各駅に設置されたカメラでも、めぐみの姿は捉えられずにいた。彼女は逃走資金をどこに隠していたのか。そして今は首都圏から消えてしまったのか。捜査本部は首都圏下の全警察署に協力を仰いだが、信頼に足る目撃情報は得られていない。

「雛森めぐみには渡航歴があった」

犬養を呼びつけた麻生は仏頂面でそう告げた。

「出国は五年前、帰国がその三年後だ。本人の供述の一部を信じるのなら、勤めていた病院が廃業するとすぐに海外に渡ったことになる。そして彼女が帰国した頃からネット上に〈ドクター・デス〉が出没するようになる」

「渡航先はどこだったんですか」

「中東だ。時期的にはちょうど〈アラブの春〉が叫ばれていた頃で、各国独裁政権と民主化運動の闘争が激化していた。邦人一人がどこで何をしていたのか、今となっては知りようもない」

圧政と民主化運動、その狭間で展開された戦闘。そこで雛森めぐみが目撃したものはいったい何だったのか。いずれにしても彼女が帰国後に安楽死稼業を始めたことと無関係とは思えなかった。

「戦場で人の命が粗末に扱われるのを見て、倫理観が麻痺《まひ》したのかも知れんな」

「そいつはどうでしょうか」

犬養はやんわりと疑義を差し挟む。

「痩《や》せても枯れても看護経験のある人物ですからね。大量殺戮を目撃したからといって、医療関係者がいきなり快楽殺人犯に鞍替《くらが》えするのも考え難いですよ」

「ふん。こればかりは本人を捕まえて訊くしかなさそうだな。しかしそれにしてもあの女、どこに雲隠れしやがった」

麻生は憎々しげに呪詛《じゅそ》の言葉を吐いたが、見ていても空しさが募る一方だった。


その電話が掛かってきたのは、沙耶香の見舞いに行く途中だった。

表示には〈未登録〉とあったが、犬養の勘はすぐにある人物を特定した。

「はい」

『犬養さん、お久しぶりです』

やはり彼女だったか。

「雛森さん。今、どこから掛けていますか」

『当ててみたら?』

「どうせ逆探知しないと考えているんでしょう」

『そっちもできるとは思ってないでしょ』

またぞろ海外のサーバを経由したネットからの電話か。それならいくら逆探知をかけても同じことだ。

「まさか自首でもする気になりましたか」

『〈ドクター・デス〉として一度、謝っておこうと思って。監視を解くために沙耶香ちゃんの名前を使ったのはちょっとアンフェアだった。それだけは謝罪しておく』

「どうせ謝罪するのなら、直接顔を見せるのが筋だと思うのですが」

『申し訳ないけど、そこまで上品にはなれなくて。何といっても犬養さんの忌み嫌う犯罪者ですもの』

喋りながら犬養は耳に全神経を集中させる。めぐみの背後に環境音は発生していないか。発生しているとしたらどんな音か。

『言っておくけど、周りの音で発信場所を特定しようとしても無駄よ。上品じゃないけど迂闊《うかつ》でもないから』

畜生め。

事情聴取に応じていた時とは、まるで別人のように落ち着き払った口調だった。いや、多分こちらが本来の雛森めぐみなのだろう。

『犬養さんがわたしの仕事に絶えず反感を抱いていたのは、やっぱり沙耶香ちゃんのことが頭にあったから？』

「……あなたには関係のないことだ」

『悪いけど彼女のカルテを見たわ。腎不全でドナー待ちみたいね。心配するなとまでは言わないけど、それほど悲観するほどでもないわ。法律で雁字《がんじ》搦《がら》めになっているその国さえ出れば、提供者は案外簡単に見つかるわよ』

「違法な手段で手に入れろと提案しているんですか」

『あなたは家族と法律のどっちが大事なのかしら』

返事に窮した。

『父親でもあり、刑事でもある。でも沙耶香ちゃんの命が懸かった場合、犬養さんはどちらの立場を採るの』

「仮定の質問には答えられない」

『答えた人がもう何人もいる。岸田正人の母親、馬籠健一の奥さん、それから法条英輔さん。彼女たちは法の番人ではないにしろ、法を護《まも》っている善良なる市民よ。それでも愛する人の苦痛を取り除くことができるならと、軽々と法の垣根を飛び越えた。それが彼女たちにとっての正義だったから』

「ひとつ聞かせてくれませんか」

『答えられることなら』

「五年前、勤めていた病院が廃業するまではあなたも真っ当な看護師だった。それが渡航し、帰国してからは〈ドクター・デス〉という、かつて悪評を振り撒いた危険人物の名前を襲名するようになった。渡航先であなたは何を見聞きした。倫理観が一八〇度も変わるような何かか」

『山のような死体と死体になりかけている患者。中東でわたしが何をしていたかは知らないみたいね。わたしは〈国境なき医師団〉の一員だった』

やはりそうだったのか。

漠然と想像していたが、的中してもさほど感慨はない。

『独裁政権と民主化の闘いとかいくらでも美辞麗句で飾れるけど、実際のところは戦争そのものよ。至るところ血の海、千切れた手足、露出した臓器。医師団は現地に飛んだけど、そこは物資の供給もままならない場所で、肝心の病院は消毒液すら不足していた。麻酔もなく、致命傷を負った患者は苦痛にのたうち回りながら死んでいくしかなかった。手術もできず、鎮痛剤もない中、患者たちが渇望したのは苦痛のない死だった』

「それが安楽死稼業に手を染めた動機か」

『死は時と場所によって意味合いを異にする。犬養さん、あなたが必死に護ろうとしている法は、箱庭の中の正義みたいなものよ。事実、わたしのやったことは感謝こそされ、恨まれたことは一度もない。この間も言ったでしょ』

「詭弁《きべん》だ。被害者が不在なら犯罪が成立しないというのは、単なる言い逃れでしかない」

『その観点こそがあなたの限界なのよ』

めぐみは電話の向こう側で軽く笑っていた。

『それにね、犯罪犯罪と言うけれど、それはまだこの国が安楽死の問題をタブー視しているからよ。安楽死の案件が多くなり、現状の規範では捌《さば》ききれないと知れた瞬間、安楽死は違法ではなくなる。以前、尊属殺人が表沙汰《おもてざた》になった時、その事件を安楽死の問題と真剣に絡めて論じたマスコミがどれだけあった？　少子高齢化と老々介護が顕在化すれば、いずれ安楽死を選択せざるを得ない家族が増加するのは目に見えていたのに、法整備を進めろと提言した医療関係者が何人いた？　みんな自分が炎上するのが怖くて問題を先送りにしてきたじゃない。たかがわたし一人の行為に、あれだけ警察や世間が大騒ぎするのは今までのツケが回ってきただけのこと。そう思わない？』

「……あなたとわたしの間には深い河が横たわっているようだ。やはり正面切って話し合いたいものですね」

『残念ながらそうもいかない。ちょっと居心地が悪くなったから、しばらくこの国を離れようと思って』

空港にも監視の目は光っている――そう言おうとしてやめた。メールのやり取りに鑑識を攪《かく》乱《らん》させる手段を使うような女だ。偽造パスポートの入手くらい朝飯前だろう。

「また他の国で殺人を繰り返すつもりか」

『人聞きが悪いことを言うのね。わたしにとって、そして医療器具の乏しい場所にとって安楽死は正当な医療行為の一つよ。あなたが口を酸っぱくして言っているように、法には反しているかも知れない。でも人道には則《のっと》っている。戦場でなくても、無意味で高額な延命医療が発達した今、安楽死を望む声はますます大きくなるでしょうね。わたしはこれからも患者の苦痛を取り除くために安楽死を進めていく。事例が増えれば増えるほど安楽死の垣根は低くなり、罪悪感も減退する。法整備も認可の方向に必ず進むでしょう。先代の〈ドクター・デス〉が残した遺産は、その過程で価値あるものに変わる。それが医療従事者としてのわたしの正義よ。犬養さんの警察官としての正義と、世界はどちらを評価するのかしらね。……ふう、少し長話が過ぎたみたい。もう切りますね』

「待て」

『もうお会いすることもお話しすることもないでしょう。さようなら、正義のお巡りさん』

それきり電話は切れた。

犬養は今来た道を引き返す。

麻生に連絡、即座に各空港に緊急配備を敷く。

間に合うのか。今の電話は出国ゲートから掛かってきたのかも知れないではないか。

いや、今はできる限りのことをするのだ。たとえ悪足掻《わるあが》きに終わったとしても、日本の警察と法律は〈ドクター・デス〉の論理を許さないことを彼女に知らせなければならない。

それが現状、自分の正義だからだ。

犬養は走りながら麻生を呼び出し続けた。

五　受け継がれた死

1

「メグミ、押さえていてくれ」

　ブライアンの指示に従って、めぐみは患者の上半身を力任せに押さえつける。左足の膝《ひざ》から下は完全に破砕されていて修復のしようがない。破傷風の怖れがあるので切断するというのがブライアンの判断だった。

　患者は三十代男性。大柄でめぐみよりははるかに力がありそうだが、両手を固定されているので上半身さえ押さえつければ何とかなる。

　電動ノコギリの低い唸《うな》りが患部に迫る。大腿《ふともも》に刃が触れた瞬間、患者の身体が大きく波打ち、跳ね上がる。めぐみが体重を乗せて押さえ込むと、患者の鼓動が肌を通じて伝わってきた。

血飛沫《ちしぶき》と肉の焦げる臭いが飛んでくる。ノコギリが皮膚を裂き、肉を切り、骨を砕く。手術用に作られた道具であっても激痛をもたらすことに変わりはない。口の中に詰め物をされた患者は必死の形相で咆哮《ほうこう》しているが、その声はくぐもって獣のそれに聞こえる。乱暴な術式に抗議の声を上げているのかもしれない。

しかしブライアンの医療的判断は正しい。問題は麻酔薬をはじめとした薬剤が圧倒的に不足していることだった。

切断は五分で終了した。まるで三十分にも思える五分間だったが、患者にはもっと長く感じられただろう。抗《あらが》う気力も喪失したのか患者の上半身はぐったりとなる。だが、ここで解放してはならない。

ブライアンは切断面を布で覆うと、針金で傷口を閉じ始めた。これも相当な激痛らしく、再び身体が大きく跳ねる。屋外に蔓延《まんえん》する雑菌を遮断できない状況で、碌《ろく》な止血剤も消毒薬もない。血液自体が持つ凝固作用と自浄作用で菌の侵入を防ぐしか方法がなかった。

下肢切断を終えると、ブライアンは激しく上下するめぐみの肩に手を置いた。

「グッド・スピリッツ」

そして自らも肩の力を抜くと、背のひしゃげたパイプ椅子に腰を下ろした。普段は快活そのもののブライアンが、今は疲労困憊《こんぱい》の体で四肢を放り出している。無理もない。政府軍の爆撃が再開してからというもの現場にいた医師たちはこの三日間、不眠不休で患者たちの治療に当たっている。

崩落した建物と破壊された軍用車が残骸《ざんがい》を晒《さら》す中、医師と看護師たちはテントで負傷者の治療に従事している。嗅《か》ぎ慣れた消毒液臭に代わって、ここには血と硝煙の臭いが渦巻いている。

カダフィ大佐の退陣を求めるデモは首都トリポリにまで拡大し、放送局と公的機関の事務所を占拠した。これに対し軍は無差別攻撃を開始し、リビアは内戦状態に突入した。ブライアンたち〈国境なき医師団〉が現地に足を踏み入れたのが三週間前だったが、戦況はその間にもどんどん悪化し、医師団が常駐していた病院は破壊され、ブライアンたちは最小限の医療機器と薬剤だけを携えて市街地に投げ出されたのだ。

政府軍は反政府派を兵糧攻めにしようと市街に通じる道路とライフラインを封鎖した。電気や水道を止められようが、医師団の装備にはバッテリーも備蓄水もあったので手術用具も使用できるし洗浄にも困らない。

唯一、薬剤の不足を除いては。

「ここは嫌だな」

ブライアンが力なく呟《つぶや》く。

「水も食糧もある。携帯端末もある。メスもドリルも電動ノコギリも最新の医療器具は大抵揃っている。ただクスリだけがない」

ふと気づいたようにめぐみを見た。

「追加だ。優秀なナースもいる」

「ここではクスリ以上に役立てません」

ブライアンは静かに首を振る。今はそれが精一杯の感情表現だったのだろう。

「自分でどう思っているかは知らないが、ここにいる連中は皆メグミに感謝している。ドクターも患者も、そして死んでいった者も。だからメグミは胸を張ってくれ。そうしてくれれば皆が喜ぶ」

その言葉だけで報われると思った。

雛森めぐみが〈国境なき医師団〉看護師募集に応募したのは、前に勤めていた病院が廃業の憂き目に遭って数日後のことだった。再就職先探しに難航していた事情もあったが、募集要項にあったMSF（Médecins Sans Frontières）憲章に強く惹《ひ》かれたのだ。

『国境なき医師団は苦境にある人びと、天災、人災、武力紛争の被災者に対し人種、宗教、信条、政治的な関わりを超えて差別することなく援助を提供する。

国境なき医師団は普遍的な「医の倫理」と人道援助の名の下に、中立性と不偏性を遵守し完全かつ妨げられることのない自由をもって任務を遂行する。

国境なき医師団のボランティアはその職業倫理を尊び、すべての政治的、経済的、宗教的権力から完全な独立性を保つ。

国境なき医師団のボランティアはその任務の危険を認識し国境なき医師団が提供できる以外には自らに対していかなる補償も求めない。』

逡巡《しゅんじゅん》は一瞬だった。

めぐみの経歴は採用条件にも合致し、採用後は即座に渡航させられた。

軽めの英雄願望が皆無だったと言えば嘘になる。野戦病院さながらの現場に派遣されて、離脱を考えたことも一度や二度ではない。

それでも尚《なお》、医師団の中に留《とど》まっているのは医師や他のスタッフたちの医療倫理と奉仕精神に突き動かされたからだ。特にアメリカ人医師ブライアン・ホールの影響は大きく、どんな絶望的状況に立たされてもユーモアを忘れず、知識と情熱の全てを治療に捧《ささ》げる姿はめぐみの羅針盤とも言える存在だった。


ブライアンとめぐみの小休止は三分と続かなかった。

すぐ傍のベッドに横たわっていた兵士の容態が急変したからだ。ついさっきまでは平穏だったのに、今は目玉が飛び出るほど見開き、苦痛を訴えていた。声が出せないせいか、禍々《まがまが》しいほどの苦悶《くもん》の表情だった。

めぐみが駆け寄った時には全身を激しく痙攣《けいれん》させていた。触れてみると手足の筋肉が鉄のように硬直している。まともに呼吸ができないらしく、ぜえぜえと喘《あえ》いでもいる。典型的な破傷風の末期症状だった。

「診せて」

ブライアンがめぐみを押し退《の》けて、兵士の身体に屈《かが》み込む。

この兵士は身体に無数の傷を受けており、土中の破傷風菌がいずれかの傷口から侵入したものと思われた。本来破傷風の治療にはメトロニダゾールなどの抗生物質を投与するのだが、体内で生成された神経毒には効果がない。神経毒を中和させるためには抗破傷風ヒト免疫グロブリンが必要だが、生憎《あいにく》どちらの薬剤もこのテントの中には存在しない。

ブライアンの顔に影が差す。このまま硬直が続けば、やがて喉《のど》の気道が狭まってくる。呼吸困難と脊椎《せきつい》骨折を伴いながら患者は死に至る。だが外科手術での治療は意味を成さない。薬剤だけが症状緩和の手段だった。

「先生」

めぐみの問い掛けにも、ブライアンは応《こた》えない。ただじっと患者を見下ろし、自分の裡《うち》にあるものと必死に闘っているように見える。

彼が闘っているのは己の医療倫理に相違なかった。器材が限られ、薬剤の大半を欠乏させている状態で満足な医療行為はできない。そして満足な医療行為が叶《かな》わなければ、医療倫理は他の倫理に取って代わられる。

やがてブライアンは昏《くら》い顔をしたまま、テントの奥に消える。戻ってきた時には手の平に収まる大きさのアンプルを手にしていた。

アンプルのラベルを見て、はっとした。〈スキサメトニウム〉。筋弛《きんし》緩剤《かんざい》の一種だが、毒薬に指定されている薬剤だ。

薬剤不足から手の施しようのない患者が出てきていた。医師と看護師たちがどれだけ必死になっても、死にゆくのを見守るしかない。この兵士のように、絶命まで激痛が継続する者も少なくなかった。

そしてその頃から、限られた医師たちの間で暗黙の取り決めが為された。

誰が宣言するでもない。誰と言葉を交わすでもない。死期の近づいた患者を担当する医師が、治療以外の安寧という選択肢を用意したのだ。

ブライアンは激痛にのたうつ兵士の耳元で、こう囁《ささや》いた。

「楽になりたいか」

一度の囁きでは理解できなかったのか、兵士は顔をブライアンに向ける。

「楽になりたいか」

兵士はその言葉の意味を理解したらしく、虚《うつ》ろな目をしたまま大きく頷《うなず》いた。

ブライアンはアンプルの中身を注射器に移し換える。めぐみは散々躊躇《ちゅうちょ》した挙句、その手に自分の手を添えた。極めて消極的な抗議行動のつもりだった。

ブライアンはひどく申し訳なさそうな目でめぐみを見た。

「黙って見ていてくれ」

「……それは治療ではありません」

「メグミの言う通りだ。これは治療ではない。しかし救済だ」

「でも」

「神経毒は作用する範囲が筋肉に限定されるから、患者は意識混濁に陥ることなく、絶命するまで苦しみ続ける。それがこの患者にとって最善の道だと思うのか」

彼はゆっくりとめぐみの手を振り払った。

「メグミは〈ドクター・デス〉という存在を知っているか」

初耳だった。

「本名はジャック・ケヴォーキアン。わたしと同様アメリカ人の医師で、積極的安楽死を推奨している死の医者だ。彼の主張は独善に満ちていて到底肯《うべな》えるものではないが、一つだけ共感できることを言った。誰にでも死ぬ権利がある、と」

「それを戦場で実践しようというのですか」

「かの〈ドクター・デス〉は罪に問われている。当然だ。そして、これはわたしが背負う罪だ。メグミは関わらなくていい」

注射器の針が兵士の頸静脈《けいじょうみゃく》を捉《とら》える。薬剤を注入されると、それまで瘧《おこり》のように震えていた身体がやがて落ち着き、苦悶の表情も安らかになった。

兵士の唇が微《かす》かに上下する。聞き取れないほど小さな声だったが、攻撃的な言葉でないことだけは分かった。

そして兵士は動くのをやめた。

ブライアンはすっかり疲弊していた。

「こんなことで感謝されるのは真っ平だな」

医師による積極的な安楽死。平和な場所では犯罪とされる行為が、戦場では救済手段となっていた。そして救済措置は負傷者の数に比例して増えていく。

最初のうちこそ拒否反応を示していためぐみも、いつしかサポートに回り始めた。胸の中で罪悪感が上げる悲鳴も、患者の口から発せられる感謝の言葉に掻《か》き消されていく。

戦場の兵士は人を殺すことが仕事だ。

戦場の医師も似たようなものかもしれないと思い始めていた。

戦況は日毎に烈《はげ》しさを増し、市街地で緩衝地帯と呼べる場所は遂に消滅した。街角のどこであっても銃弾が飛んでくる。めぐみたちの真上を爆撃機が通過するのも珍しい光景ではなくなっていた。

医師団の撤退を決定したのはブライアンだった。既に薬剤という薬剤は底を尽き、テントに運び込まれてくる負傷者も応急処置では済まないケースがほとんどになっていた。

「ここで我々ができることは、もうない」

リーダーとしてブライアンが宣言すると、その他の医師とスタッフたちは一斉に撤退の準備に取り掛かる。医療器具をコンテナに収めてヴァンに積み込む。銃撃や空爆が比較的少ない夜を待って郊外へ移動する計画だった。

「まだ郊外には医療を待つ市民や負傷者が大勢いる。場所によっては、空輸で薬品を届けてもらえるだろう。そこで市街戦が収束に向かうのを待とう」

めぐみに異存はない。ブライアンが腕を振るえる場所なら、地獄の底まで付き合うつもりだった。

医師団は統率の取れた軍隊の性格も併せ持っている。スタッフは己の仕事を知悉《ちしつ》し、効率的に、澱《よど》み一つなく作業を進める。誰かの指示がなくても、放っておけば訓練された兵士のように動く。

コンテナへの移し換えの最中、めぐみはブライアンの傍にいた。彼から要望があれば、すぐに対応するためだった。

「メグミはリビアでの支援活動が終わったら、どうするつもりなんだ」

不意に問われ、すぐには返事ができなかった。

「特に予定はありません。〈国境なき医師団〉のスタッフとして、ずっと先生についていくつもりです」

「それで本望なのか」

ブライアンの顔が自分のそれに触れるほど近づいたので、思わずめぐみは一歩後ずさる。もう何週間もシャワーを浴びていない。自分の饐《す》えた体臭を彼に嗅がれることに怯《おび》えがあった。

「そう決めています」

「わたしは反対だな」

口調は柔らかだが、いつになく素っ気なかった。

「わたしの看護技術がご不満でしょうか」

「とんでもない。逆だ。メグミはドレーン管理もカテーテル管理も完璧《かんぺき》だ。フィジカルアセスメントに至っては、教えを乞《こ》いたいドクターさえいるくらいだ」

「じゃあ、どうして」

「折角の技術も、碌に道具も薬剤もない場所では従前のパフォーマンスを発揮できない。はっきり言おう。その技術は戦場以外で行使した方が有効だ。より多くの患者が助かるし、メグミも有意義に働ける」

「ここの仕事が好きです」

言下に訴えた。

「普通の病院で働くよりも、ずっと経験値が上がります」

「そうだ。その中には通常の医療行為には不必要な経験も含まれている」

そう言って白衣のポケットから注射器とスキサメトニウムのアンプルを摘《つま》み上げる。ついさっき、新しい負傷者を天に送った直後だった。

「あれは救済ではあるが、真っ当な医療行為とは言えない。メグミはこれ以上、あんな技術に深入りしてはいけない」

切られて堪《たま》るか。

彼とまだ離れたくない。厳重に抗議するべきだ——。

そう思った時、上空から爆撃機の音が迫ってきた。

今日はやけに接近するんだなと感じた次の瞬間、両耳が何かの落下音を捉えた。

落下音が急速に大きくなる。

「メグミ！」

ブライアンの叫びと衝撃がほぼ同時だった。

目の前に建っていたビルに命中したらしく、壁が吹き飛んだ。

轟音《ごうおん》で聴覚が麻痺《まひ》する。咄嗟《とっさ》に口を開いていなかったら眼球が飛び出していた。

無音の中、世界が崩壊していく。捲《まく》れ上がるテント。コンテナが飛ばされ、その上に瓦礫《がれき》が雨あられと降り注ぐ。

爆風で土埃《つちぼこり》が巻き上がり、めぐみの身体も飛ばされる。周囲はあっという間に白い闇に包まれた。めぐみは為《す》す術《べ》もなく地べたに這《は》う。

三分か、それとも十分か。時間の感覚さえ麻痺する中、ようやく白煙が薄れ、視界が明瞭《めいりょう》になってきた。

めぐみはそろそろと上半身を起こす。ところが身体がのろのろとしか動かない。見下ろせば手と言わず足と言わず、数カ所にガラス片が突き刺さっていた。

それよりもブライアンはどこだ。

歩くのに邪魔な大きさのガラス片を引き抜く。アドレナリンが分泌しているのか、不思議に痛みは感じない。

「先生」

何度か叫んでみても瓦解の音に掻き消されて声が届かない。

元いた場所まで戻ると、ようやくブライアンを発見した。

彼の全身が露《あら》わになり、めぐみは声にならない叫びを上げる。

ブライアンの身体は二本の太い鉄筋に貫かれていた。胸部のほぼ中央を串刺《くしざ》しにされる恰好《かっこう》で半ば宙ぶらりんになっている。

「先生……」

自分も身体を引き摺《ず》りながら駆け寄る。まだ息はあるようだが、肺を貫かれているため、呼吸をする度に口をごぼごぼと鳴らす。

めぐみはブライアンから鉄筋を引き抜こうと力を入れるが、びくともしない。

「誰か」

この時点でめぐみはやっと、医師団スタッフの多くが地に伏しているのを知った。しかも五体満足な者は見当たらなかった。

救援は来ない。

自分は非力で、こうしている間にもブライアンの傷口から生命がこぼれ落ちていく。胸を二つの穴が貫通している。麻酔薬すらない現状、彼を救い出すのは不可能だった。

「誰か。誰か助けて」

だが、言葉は空しく爆煙に吸い込まれていく。めぐみはブライアンの傍でおろおろと手を合わせるしかなかった。

その時、ブライアンの手が白衣のポケットをまさぐり、中身を取り出した。めぐみに向けて突き出されたのは注射器とアンプル。

まさか、そんな。

絶望に頭を振るが、突き出された手は真っ直ぐ自分に向けられたままだ。

わたしに、あなたを殺せと言うのか。

許しを乞うような気持ちでブライアンの頬に顔を寄せようとした時、その唇が弱々しく開いた。

「……死ぬ権利を、与えてくれ」

めぐみの身体を電流が走る。

彼の首が重力に従うように曲がり、双眸《そうぼう》がこちらを見る。

ブライアンの願いはめぐみの怯懦《きょうだ》よりも強固だった。

呼吸は既にひゅうひゅうと音を立てている。もう残された時間も手段もない。

めぐみはブライアンの手から注射器とアンプルを受け取り、用意を整えた。触診で首筋の静脈を探り当て、深呼吸を一つしてから針を突き立てた。

抽送される濃密な薬物と淡い想い。

やがて呼吸が浅くなり、ブライアンは微笑みを浮かべたまま動かなくなった。

めぐみはその場に腰を落とし、天に向かって大声で叫んだ――。


――ところで目が覚めた。

めぐみは辺りを見回し、そこが新幹線車両の中であるのを思い出して嘆息する。

また例の夢を見たらしい。現在の雛森めぐみを形成した過去の罪。この世で一番敬愛し、忠誠を誓った人物を我が手で葬ってしまった罪。

あの後、めぐみは生き残ったスタッフたちと命からがら首都トリポリを脱出し、無事生還した。

ある者はそれを機に離脱し、ある者は留まった。めぐみは後者で、それ以降も各国の紛争地域を渡り歩いた。紛争地域で異なるのは争い合う主義と言語だけだ。戦場に流れる血や破壊される肉体はどこも同じで、生よりも死を望む負傷者が存在することも変わりない。

あれからどれだけの負傷者を安らかな死に誘《いざな》ったことだろう。彼らは皆納得し、めぐみに感謝しながらこの世を去っていった。一番大切な人間を殺してしまった以上、後の垣根を越えるのはいとも簡単だった。

万人に平等の医療を。

万人に死の権利を。

〈国境なき医師団〉を辞めたのは、医師の一人に安楽死の是非を問われたからだった。その医師には告発の意思がなかったものの、めぐみが居づらくなったのは確かだった。

そして今、めぐみは日本で〈ドクター・デス〉を名乗っている。戦場以外でも、安楽死を望む患者が多く存在することを知ったからだ。

仕事は至極順調だった。あの犬養という、空気を読まない刑事が現れるまでは。

最後に彼と話した際、渡航すると伝えたのは陽動作戦の意味合いがあった。実際、警視庁は各県警との協力体制の下、主要な空港の警備態勢を強化したと聞く。誰がそんな場所にのこのこと現れるものか。お蔭《かげ》で、予《かね》て使っていたもう一つの自宅には未《いま》だ捜査員が近づいた形跡すらない。

あれから約一カ月、いずれほとぼりが冷めたら渡航するという言葉に偽りはなかった。雛森めぐみの名前と顔がこれだけ広まってしまった今、日本にいても仕事ができない。

だが、その前にこの依頼だけは遂行しなければならなかった。

久津輪《くつわ》博信《ひろのぶ》四十八歳、出雲《いずも》市在住。末期がんで床に臥《ふ》せっており、本人自ら安楽死を要請してきた。

日本での仕事はこれを最後にするつもりだった。

2

久津輪の住まいは出雲市須佐《すさ》温泉の近く、東笹山《ひがしささやま》という集落の中にあった。総世帯四十二戸、人口七十四名の小さな集落で、地図を見る限り市街地とは町道一本で繋《つな》がっているきりだ。この町道が使えなくなれば、集落は文字通り陸の孤島と化す。

午後七時三十分。めぐみがタクシーから降りた時、東笹山は土砂降りだった。ドライバーが言うには十二月に入ってから三日連続の長雨らしい。おそらくこの雨が止んだ後に、本格的な冬が到来するのだろう。

ドライバーから話し掛けられても、めぐみは碌に顔も上げなかった。庇《ひさし》の大きな帽子を被《かぶ》っているので、人相も特定できないはずだった。

未舗装の町道は至るところに水溜《みずた》まりができている。いくつかを避けて通ったが、履いて来たローファーはすぐ泥塗《どろまみ》れになった。

久津輪は妻と長男の三人暮らしだという。膵臓《すいぞう》がんに侵されているのが判明したのは今から三カ月前。診断された時には転移が進行していて手術ではどうにもならない状態だった。

元より膵臓がんは初期の段階で自覚症状がほとんどない。あっても軽度の腹痛くらいで、しかも短期に回復してしまう。ところが進行や転移が非常に早く、自覚症状が顕著になる頃には治療手段はなくなってしまうのだ。

山間部の半農半林業、それでも親子三人贅沢《ぜいたく》さえ望まなければ生活していける。だが大黒柱である久津輪が病に倒れた時点で、家計は大きく傾いた。

頼みの綱の生命保険も加入したのが十年以上も前だったので、リビングニーズ特約は付帯されていない。言い換えれば、久津輪の死亡保険金だけが一家の残された希望だった。

水溜まりに足を取られながら歩いていると、町道から延びる坂の上にぽつんと門灯が見えた。

あれが久津輪の自宅だ。地図で確認したように隣は一キロ近くも離れている。

事前の打ち合わせでは、妻子は不在のはずだった。二人が個別の用事で家を空ける日を、めぐみの訪問日に設定したらしい。もちろん〈ドクター・デス〉に安楽死を依頼した事実は秘匿している。

今宵《こよい》、久津輪の魂を見送るのはめぐみ一人となる。本人としては家族に看取《みと》られたい気持ちもあるだろうが、依頼の内容が内容なだけに叶うことはない。

めぐみは、無事に仕事を完遂した後の予定を反芻《はんすう》する。塩化カリウム製剤を静脈注射すれば、久津輪は静かに永眠する。これで一時間。死亡を確認した上で器材を片付けるのに五分。自分が訪問した痕跡《こんせき》を消し去るのに三十分少々。合計二時間もあれば全工程は終了する。後は来た道を引き返すだけだ。市街地までは一本道だったから、土地鑑のないめぐみにも分かる。靴の底が水浸しになるのは、もう諦《あきら》めよう。こんな田舎の夜道でしかも土砂降りだ。目撃者不在で却《かえ》って都合がいい。着替えも準備しているので、濡《ぬ》れた服はどこかで処分してしまえばいい。

「ごめんください」

万が一、本人以外の人間が在宅していた場合を考慮して声を掛ける。返答はない。

引き戸に力を加えると建てつけが悪いのか、がたがたと粗暴な音を立ててやっと戸が開く。

薄暗い蛍光灯の点る玄関。土間を見下ろすと雨で濡れてはいるものの、サンダルと古靴があるだけで来客の気配はない。これだけ土間が濡れていては、下足痕《げそこん》の採取はほぼ不可能だろう。

めぐみは安心して靴を脱いだ。

持参したバッグから安手のスリッパを取り出す。大量生産品で、ここからエンドユーザーを絞り込むことはできない。これも使用後は破棄する予定だ。

久津輪の寝室は廊下の奥にある。体調が優れないのなら寝ていても構わないと伝えてあるので、おそらくそうしているに違いない。

「久津輪さん」

そう言って襖《ふすま》を開ける。中には病人が一人臥せっているはずだった。

ところが、部屋には病人以外に若い女がいた。

「待ってました」

確か高千穂とかいう警視庁の刑事。

罠《わな》だ。

女の言葉を聞き終わらないうちに踵《きびす》を返す。

だが、いつの間に忍び寄っていたのか、めぐみの真後ろには上背のある男が退路に立ち塞《ふさ》がっていた。

「久しぶりだな、雛森さん。いや、ここにいる以上は別の名前で呼んだ方がいいか」

犬養は勝ち誇ったように言った。

畜生。

退路を断たれてはどうしようもない。やむなくめぐみは寝室に後ずさる。

「再会できてよかったよ」

「引っ掛からなかったのね」

「今までも、あなたの立案は大抵陽動作戦が基本だったからな。それで成功し続けたのなら、必ず今回も同じことをすると思った。犯罪心理の基本だ」

「憎らしいわね」

「女だと見ていたから嘘を見抜けなかった。犯罪者として捉えたら、うっすらと考えが読めた」

「女には騙《だま》されるんだ」

「性分でね」

めぐみは布団に横たわる男を冷たく見下ろす。メールで送られてきた画像と寸分違《たが》わない顔だった。

「まさか、このクライアントも仕込みだったの」

「いや、久津輪さんは本物だ。あなたが姿を晦《くら》ましている間、やっと探し出した」

申し訳ない、と久津輪が布団から詫《わ》びた。

「家内と子供が外出してから、この人たちがやって来たんです。あなたに危険を知らせる間もなかった」

久津輪の言葉は真実だろう。だから余計に合点がいかなかった。

寺町亘輝が拘束された後も、〈ドクター・デスの往診室〉には安楽死の依頼が殺到した。無論、冷やかしや野次馬が多かったが、一割ほどは真剣なサイト訪問者であり久津輪もその一人だった。全訪問者に対する割合は一パーセント以下だ。それなのに何故、久津輪をマークしようと思いついたのか。

「どうしてここで張っていたのか、気になるようだな」

「参考までに教えてくれるかしら」

「教えてくれたのはあなたですよ、雛森さん」

今は犬養の傲岸《ごうがん》さも影を潜めていた。意外に紳士的な性格なのかもしれない。

「いつ教えたかしらね」

「最後に電話をくれた時、あなたは〈国境なき医師団〉に参加していた来歴を教えてくれた。それであなたが参加していた頃のメンバー全員を調べました。過去の経歴も現在の肩書きも、そして当然顔写真を含めたプロフィールも」

ああ、そういうことか。

「その程度のデータで、よく見当がつけられたものね」

「女心は分からなくても、素晴らしい指導者に憧《あこが》れる探究者の気持ちは理解できる。海外の紛争地域を飛び回っていた頃、あなたはブライアン・ホールというアメリカ人医師に心酔していた。あなたはあからさまに口にしなかったが、周りのスタッフは皆さん知っていたようですよ」

何が紳士なものか――めぐみは前言を撤回する。

「数多《あまた》いるサイトの訪問者で、久津輪さんだけは異彩を放っていました。何しろブライアン氏にとてもよく似た方でしたからね」

平手の一発でも見舞ってやろうとした瞬間、めぐみの耳が不気味な音を拾った。

ばらばらばら。

決して雨の音ではない。小石の降り注ぐような音が天井から聞こえる。だが瓦葺《かわらぶ》き二階建ての家で、小石の当たる音が聞こえるはずもなかった。

降り注ぐ音が俄《にわか》に大きくなり、屋根に大量の砂利を落とす音に変わる。

一瞬で天井がしなる。部屋中から家の断末魔が聞こえる。

天井が落ちてくるのと、壁が襲ってくるのが同時だった。

首都トリポリで至近距離の爆撃を受けた光景が甦《よみがえ》る。

選《よ》りにも選ってこんな時に。

一番、思い出したくないことなのに。

どうして、わたしは助かってしまったのだろう。

しかし思考が働いたのは束の間だった。

明かりが消える。

めぐみたち四人は轟音とともに、崩壊する家に呑《の》み込まれていった。


それからどれだけの時間が経ったのか。

闇の中で、めぐみは犬養の声を耳にした。

「みんな、大丈夫か」

「高千穂、無事です」

「雛森さんっ」

自分は横臥《おうが》の姿勢でいるらしい。起き上がろうと試みたが、どうやら落下する天井の下敷きになったようだ。身体全体に重しを載せられて指先さえ動かせなかった。

このまま死んだふりをして脱走を試みるか——だが上からの圧力を考えると、犬養たちが立ち去るのを待つ間に圧死してしまう可能性が高かった。

「ここよ」

胸を押さえつけられて満足に発声できなかったが、それでも二人には届いたようだ。間もなくして周囲から瓦礫が取り除かれ、圧力が減じていった。

「無事でよかった」

闇夜の雨、犬養の表情は不明瞭だが口調で真意が聞き取れる。連続殺人犯の安否を本気で気遣っていたらしい。

次第に夜目に慣れてくると、辺りの様子が仄《ほの》かに浮かび上がってきた。

予想したように土砂崩れだった。三日間の長雨で家の背後にあった崖《がけ》が崩落したのだ。二階建ての久津輪家も今は見る影もなく、土砂と大木に押し潰《つぶ》されていた。

「これであと一人だ」

犬養は油の切れた人形のような動き方をする。

「……怪我をしているのね」

「久津輪さんを助け出したら三人まとめて応急処置をしてもらう。それくらいは構わないだろ」

「それで情状酌量とかしてくれるかしら」

「報告すべきことは報告する。後は裁判官の胸三寸だ」

それから三人がかりでの捜索が始まった。携帯端末のライトを照らして瓦礫の上を辿《たど》る。同じ部屋にいたのだから、自分たちの近くで助けを求めているものとばかり思っていた。だが案に相違して、久津輪の姿は見当たらない。

「久津輪さん、返事してください」

「どこですか」

犬養と高千穂が声を上げる。めぐみもそれに従うが、久津輪の返事は一向に聞こえない。

元より脖臓がんが進行して体力気力ともに低下しているのだ。家屋の下敷きになって大声を出せるはずもない。

まさかあのまま、と案じた時、高千穂が声を上げた。

「ここです、犬養さん。久津輪さん、この真下にいます」

土砂と割れ瓦の間から衣類の端が覗《のぞ》いていた。めぐみの記憶に間違いがなければ、久津輪の着ていたパジャマと同じ模様だった。

三人で土砂を取り除いていくと、次第に久津輪の全身が現れてくる。

だが、絶望が久津輪の上に伸《の》し掛かっていた。天井を支えていた梁《はり》が久津輪の胸を圧迫しているのだ。

職業的な条件反射で、めぐみは久津輪に覆い被さり気道の確保に努める。

「あう、あ、あう……」

かぼそい呻《うめ》き声が耳元でこぼれる。気道は確保されているものの、肋骨《ろっこつ》の損傷が容易に予想できた。鎖骨に手を這わせると折れているのが分かる。口を開けさせると血溜まりが見えた。

「梁を持ち上げるしかない」

犬養の判断は正しい。

だが成功率は低かった。

警察官と容疑者の立場をいったん放棄し、三人は力を合わせて梁を持ち上げようとする。だが元々が相当な重量の上、両側が土砂に圧迫されていてびくともしない。

「高千穂、救急車を呼んでくれ」

「無駄よ」

めぐみは呟《つぶや》くように言う。自分の声がこんなにも冷徹に響くとは予想外だった。

「ここへ来る時、確かめたでしょ。救急病院のある市街からはクルマで三十分以上もかかる。どれだけスピード上げようとしても、この雨とあの山道では無茶はできない。救急隊員たちが到着する頃には死んでるわ」

「それなら近所の人に応援を」

「犬養さん。わたしが安楽死の推奨者である以前に看護師だってことを信じてくれる？」

「ああ、信じる。安楽死の推奨者なら、尚更こんな死に方は容認しないはずだ」

「有難う。その上で言わせてもらうけど、久津輪さんはもう長くない。保《も》って十分か十五分てところね。肋骨は折れると内側に曲がる。多分、肺に刺さっている。口腔《こうこう》内に血溜まりがあるのは、その出血が逆流したからよ。仮にこの梁を持ち上げても、ここにはメスの一本もない」

「あなたは何の道具も持っていないのか」

「この人を楽にしてあげる道具は持っている」

めぐみは内側のポケットから注射器とアンプルを摘み上げてみせる。

まさかの場合に自決できるよう、この一組だけは常時ポケットに忍ばせていた。

皮肉な話だ。使用する薬剤まで同じだとは。

「それは……」

「スキサメトニウム。筋弛緩剤。毒薬」

暗がりの中でも、犬養と高千穂の顔が緊張するのが見えた。

「あなたは、何を馬鹿げたことを」

「馬鹿げた話じゃないことは、犬養さんも承知しているはずよ。胸部を圧迫されたまま肋骨が肺に刺さって、呼吸をする度に顔が鬱血《うっけつ》していく。それがどんな苦しみなのか、想像することはできるでしょう。放っておいたら、久津輪さんは絶命するまで延々と死よりも耐え難い苦痛を味わい続ける。この人を救うには、それしか他に方法がない」

「警察官が、目の前の安楽死を看過できると思うか」

「ほんの一瞬でいい。今だけ警察官でいることをやめなさい。呼吸自体が拷問になっている久津輪さんの立場になりなさい。ここではね、あなたたちの有難がっている手帳や手錠は何の役にも立たないのよ」

これ以上、説得に努めるのは時間の無駄だ。めぐみは久津輪の傍らに屈み込む。

「久津輪さん。多少やり方は変更するけど、今すぐ楽にしてあげるわ」

「待てっ」

駆け寄った犬養がめぐみと久津輪の間に立ち塞がる。

「それは、殺人だ」

「そうよ、知らないとでも思ったの」

「俺は警察官として」

「警察官としてこの人が苦しみ続けるのを、指を咥《くわ》えて見ている？　それは罪にならないのかしら」

犬養の目が惑っている。その瞬間、めぐみは悟った。

この男は生きる権利は知っていても、死ぬ権利を全く理解していない。犯人を裁くことはできても、罪を裁くことができない。

きっと、娘が重篤な病に侵されているせいだろう。だから生命に対して割り切った考えができない。

ふと、この男が羨《うらや》ましくなった。浅薄で、幼稚で、しかし何をも切り捨てられない優しさを持った目。

かつては自分もこういう目をしていたのだろう。だが、あまりに多くの命を屠《ほふ》るうちにすっかり変わってしまった。感情のどこかが摩耗してしまった。

「いいわ」

めぐみは犬養の眼前で、アンプルの中身を注射器に移し換える。

「あなたの職業倫理が、あくまでも久津輪さんの安寧を拒否するのなら、この注射器を粉々にしなさい。三秒だけ待ってあげる。それ以上は久津輪さんへの拷問になるわよ。一」

犬養の目が見開かれ、注射器を凝視する。高千穂は半ば茫然《ぼうぜん》として犬養の動きを注視している。

「二」

腕が注射器に伸びてくる。

その時、久津輪の口から細く長い悲鳴が洩《も》れた。注射器に伸びる手が途中で止まる。

「三」

犬養は力なく肩を落とした。

職業倫理が心に潰《つい》えた瞬間だった。

「これはわたしの背負う罪よ。あなたは関わらなくていい」

ブライアン。

あなたがこの言葉を吐き出した時の気持ちを、わたしはやっと理解できた。

めぐみは犬養の身体を横に押しやり、指を這わせて久津輪の静脈の在り処《か》を探り当てると正確無比に針を突き立てた。

苦悶に歪《ゆが》んでいた久津輪の顔が、見る間に安らいでいく。

これでわたしの仕事は終わった。

犬養と高千穂は連続殺人犯を前にしているというのに、敗北者の顔をしている。

雨はまだ降り続けていた。

3

見舞いに行くと、沙耶香は少し驚いたようだった。

「どうしたのよ。お父さん」

「何がだ」

「今週二回目じゃない」

娘への見舞いは週に一回と決めている。とはいっても、これは犬養が自分に課していること
なので多少の変更は利くはずだ。

「いつもより多く来たら迷惑か」

「そんなんじゃないけど……」

「そんなんじゃなかったら何だ」

「約束してたじゃない。逮捕するまで見舞いには来ないって。それじゃあ」

「ああ、捕まえた」

「じゃあ、よかったじゃん」

「犯人は捕まえたが、罪を捕まえられなかった」

「……意味分かんない」

「分からなくていい」

犬養は面倒臭そうに言う。実際、当の犬養には事件解決の爽快《そうかい》感など欠片《かけら》もなかった。

あの雨の夜、一時間をかけて地元警察と救急車が到着した。久津輪は既に死亡してから一時
間が経過し、めぐみはひと晩留置された後、身柄を警視庁に移された。今更隠し立てするまで
もないのか、取り調べにも従順な態度を取っている。今後は単なる殺人罪として立件するのか、
嘱託殺人罪として立件するのかが焦点になるだろう。

だが犬養の煩悶は別のところにある。

自分は人を見殺しにした。

久津輪に安楽死を選択させることは違法行為だと知りながら黙認した。めぐみが毒薬を注射するのは殺人だと知っていながら、ただ指を咥えて見ていた。

めぐみは自分の背負う罪だと言ったが、それは方便に過ぎない。目の前で行われた殺人を見物していた自分にも、相応の罪があるはずだった。

後から明日香は仕方がなかったのだと犬養を擁護した。久津輪の残り少ない生命を盾に取って、めぐみが自分たちを脅迫したのだと解釈した。

それもまた方便に過ぎない。犬養は梁の下敷きになった久津輪に、沙耶香の姿を重ねていたのだ。仮に沙耶香が同じ状況下に置かれたら、いったい自分はどちらを選ぶのか。法を護《まも》って、沙耶香が最後の一瞬まで苦しみ抜くのを見守るのか、法に背を向けてでも娘を楽にさせたいのか。

犯人逮捕の瞬間、刑事から父親に戻った段階で自分は刑事失格となったのだ。

「ねえ、さっきから深刻そうな顔して、何を悩んでいるのよ」

沙耶香は目敏《めざと》くそう言う。最近になってから顔も口調も別れた女房に似てきた。

「沙耶香。もし、もしもだ。今の病気が別の病気で、どんな治療でも治らない、苦しさは増す一方だったとしたら、それでも病気と闘い続けるのか」

「えっ」

「だから、本当にたとえばの話で……いや、悪い。こんな話、たとえで持ち出す方が変だよな」

「安楽死を選ぶのかっていうこと?」

「まあ、そうだ」

分かった、と沙耶香は合点顔で頷く。

「お父さん、安楽死が許せないんでしょう」

「一分の理は認めるが、全面的にはちょっとな」

「それって考え方の違いだけだよ。だって家族を死なせたくないのも、苦しませたくないのも、根は同じ思いやりなんだからさ」

犬養は虚を突かれる思いだった。

「長く生きられたら無条件で幸せってことでもないじゃない。それさ、対立しているんじゃなくてアプローチが違うだけなんだと思う」

舌を巻かなければならないのは、洞察力だけではなかったらしい。

今は、犬養にも安楽死の是非が分からない。それでも、もう少し賢くなればめぐみや久津輪の考えを感情抜きで捉えることができるのかもしれない。

それまでは久津輪を見殺しにしたことは、己の十字架として背負っていかなければならないだろう。考えるだに気の重くなる話だが、それこそが犬養の背負うべき罪と罰に相違ない。

「あ。でも、あたしだったら安楽死どうのこうのは、まず考えない。前はちょっと考えたかもしれないけど、最近はとことんやったれ、とか思う」

「どうして」

「さあ。諦めの悪い誰かさんの娘だからじゃないかな」


（了）

初出

「日刊ゲンダイ」二〇一五年一一月三日号～二〇一六年四月三〇日号

本作は、右記連載に大幅な加筆修正を行い、単行本化したものです。

本作は、フィクションであり、実在の個人、団体とはいっさい関係ありません。

中山七里（なかやま　しちり）
1961年、岐阜県生まれ。2009年『さよならドビュッシー』で第８回『このミステリーがすごい！』大賞を受賞しデビュー。同作は映画化されベストセラーとなる。近著に『セイレーンの懺悔』『翼がなくても』『秋山善吉工務店』などがある。本作は『切り裂きジャックの告白』『七色の毒』『ハーメルンの誘拐魔』に続く、「刑事犬養隼人」シリーズ、第４弾。

ドクター・デスの遺産《いさん》

2017年５月31日　初版発行

著者／中山七里《なかやましちり》

発行者／郡司 聡

発行／株式会社KADOKAWA
〒102-8177　東京都千代田区富士見2-13-3
電話　0570-002-301(ナビダイヤル)

印刷所／旭印刷株式会社

製本所／本間製本株式会社

KADOKAWAカスタマーサポート
［電話］0570-002-301（土日祝日を除く10時～17時）
［WEB］http://www.kadokawa.co.jp/（「お問い合わせ」へお進みください）
※製造不良品につきましては上記窓口にて承ります。
※記述・収録内容を超えるご質問にはお答えできない場合があります。
※サポートは日本国内に限らせていただきます。

定価はカバーに表示してあります。

ISBN 978-4-04-103997-7　C0093